壁抜け男の謎

有栖川有栖

角川文庫
16775

壁抜け男の謎　目次

ガラスの檻の殺人

I

　まず、いつものように机の上で朝刊を広げる。世の中の動きをしっかりウォッチングすることも、私立探偵にとって大切な仕事だから……ではない。

　他にすることがないのだ。亭主の素行を洗ってほしい主婦でも、迷子のシャム猫を捜してほしい老婦人でも、誰でもいい。できれば失踪(しっそう)した娘を連れ戻してくれ、という富豪がいいのだが、贅沢(ぜいたく)は言えない身分だ。

　俺を頼ってやってくる人間を熱烈に募集しているというのに、誰もこの事務所のドアをノックしてくれない。調査費を問い合わせる電話すら寄こさない。

　俺が想像している以上に世間の皆様方はハッピーなのか？　だとしたら商売替えを考えたくなるが、もしかすると不景気の原因はＰＲ不足かもしれない。探偵事務所の看板を下ろす前に、まだやるべきことがありそうだ。

　かといって、広告費なんて洒落(しゃれ)たものが捻出(ねんしゅつ)できるわけもなく、ウェブサイトぐらいは作るべきなのだろうが、それにどの程度のコストが掛かるのかすら知らない。パソコンがいじれて、暇を持て余しているような友人はいなかったか、と記憶をまさぐってみたが、どいつもこいつも忙しそうなのばかりだった。

あくびを噛み殺しながら新聞をめくった。相変わらず、ろくでもないニュースばかりだ。窓からは五月の朝の光が、まぶしく射し込んでいるというのに。

くさくさしていたら、ドアがコンコンと鳴った。ドアが勝手に鳴るわけはない。一ヵ月ぶりの依頼人か。

「どうぞ」

はやる気持ちを抑え、努めて落ち着いた声で応えたが、その声と同時にドアはもう開いていた。

「なんだ、お前かよ」

がっかりして言うと、沙耶はほっぺたをふくらませた。今どき、そんなふうに怒りを表現する女も珍しい。お前は昭和の漫画か。

「失礼ねぇ。私はアポイントを取っていたはずだけど。それも、クライアントとして」

「ごめん。悪かった」

素直に謝る。そう、そうだった。大学時代のお友だちではなく、今日はれっきとした依頼人だ。先週、家で酔っているところに、そんな電話がかかってきた。

「悩みの相談があるんだってな。どうぞ、すべてこの私に打ち明けてください。依頼人の秘密は厳守いたしますので」

「真面目にやってほしいんだけど」

沙耶は、勧められる前に俺の真向かいの椅子に座った。会うのは二年ぶりだが、きれいになっている。華やかなぱっちりとした目はチャーム・ポイントとしてますます有効だろうし、ナチュラル・メイク技術の向上が著しい。亜麻色に染めたショート・ヘアも顔とよく似合っている。

沙耶は、机の新聞に視線を落とした。「連続通り魔事件、捜査難航」の見出しが一面で躍っている。それを指差し、言った。

「これ、あなたなんでしょ？」

二秒間の沈黙があった。

「藪から棒に何を言うんだ。俺が通り魔だって？　何を根拠に——」

「私の推理では、こんなことをするのは、自己評価が高いのに仕事がうまくいかなくて腐っている二十代後半の男よ。あなたみたいな人。やってない？」

「俺は探偵だぜ。正義感が強くて、他人様の役に立ちたくてうずうずしているナイス・ガイだ。通り魔扱いなんて、無礼にもほどがある」

「あ、違った？　ごめんなさいね。——それにしても、物騒よねぇ。見境なしに人を刺して回るなんて、犯人はどんな神経をしてるのかしら。ほんと、信じられない」

会話のペースを握られてしまった。これは大学時代のままだ。

事件は、いずれも隣の県で起きている。四人が凶手にかかり、うち三人が死亡。助かった一人も背中を刺されて重傷を負った。犯人は、性別も年齢も問わずに夜道で目についた人間を無差別に襲っており、信頼できる目撃情報は皆無に近い。最初の犯行は一月、二番目が二月、三番目が三月……という具合で、今月には第五の犠牲者が出そうだ、とみんな警戒している。

「同感だね。おちおち町も歩けません、ってやつだ。警察は何をやってんだか。困っているのなら、俺が手足と頭脳を貸してやるのに」

「私立探偵に警察が相談を持ち込むわけがないじゃないの。それにしてもさぁ……」

　室内をじろりと見回した。値踏みをしているのだろう。

「キャビネットに薄っぺらいファイルが三冊だけ。商売繁盛とはいってないようね」

「人の事務所を観察するな。探偵か、お前は」

「探偵はそっち。何かそれらしいものを並べておいた方がいいわよ。間違って入ってきたクライアントも、この人に任せていいのかしらって、不安に思う。それから、散髪もしたら」

「おせっかいを言いにきたんじゃないだろう？　依頼人の辻村沙耶さん」

　沙耶は、真顔になった。軽口を叩いたのは、その依頼が切り出しにくかったためだろう。それしきの心理は読める。

「こっちも真面目になるわね。ふだんは提灯みたいにふらふらでも、いざという時のあなたは頼りになると知っているからきたの。今は開店休業状態だけど、探偵としての腕は確かなんでしょ？」

　もちろん、と答えるしかない場面だ。学生時代に信用調査会社で「史上最強のアルバイト」と称賛され、卒業後に正社員になってからも有望株と言ってもらえた。独立してからは、力を持て余して空回りしているが。

「あなたは、学生時代からトラブル・シューターだった。探偵というのも、天職かもしれない。だから、本当は知り合いに話しにくいんだけれど、ここにきた。私、ストーカーにつきまとわれているのよ」

　それは放っておけない。俺は手帳を開いた。

　辻村沙耶とは、大学のカバディ同好会で一緒だった。攻撃する時は「カバディ、カバディ」と唱え続ける、広くアジアでメジャーな競技だ。日本での競技人口は……と解説していたら話が進まないので省略する。

　彼氏と彼女になりかけたところで、盛り上がり切れずにお友だちのままで終わった。卒業後はめったに会う機会がなかったが、こうして頼ってこられたら発奮しないわけにはいかない。

「ストーカーね。相手がどこの何者か判っているのか？」

　彼女は首を振る。それが判らないから、調べてもらいたいわけだ。

「私ね、今、スポーツジムの受付をやってるの。今日も午後から出勤なんだけれどね。そこへやってきた男に見初（みそ）められちゃったらしいんだな。年は三十歳ぐらい。背が高くてがっちりタイプの、ちょっと見た感じはいい男。でも、目つきがいやらしいの。ねっとり人の体をなめ回すようで」

「そいつは、ジムに入会はしなかったのか？」

「私が受付に座っているところを見て、話をする口実に『見学したい』なんて寄ってきただけ。本人がそう言ってたわ。食事に誘われて断わったら、つきまとわれるようになったの」

「いつ頃からだ？」

「三月の終わりぐらい。仕事の帰りに待ち伏せするので、『困ります』とはっきり言ったから、それで引き下がったのかと思った。そうしたら、ずっと尾行されてたのね。部屋を突き止められちゃった。痛恨よ」

　それが四月の中頃。以来、男はワンルーム・マンション界隈に頻繁に出没するようになる。そして、帰宅する彼女にしつこく声をかけ、やがて「付き合ってほしい」という哀願が、「付き合え」という強要へと変わっていったのだ。

「交番に相談に行ってみたんだけれど、『部屋に押し入ろうとするわけでもないんでしょ？　郵便物を盗まれたわけでもないんでしょ？』って、ひどい対応なの。相手が凶暴性を発揮してからじゃ遅いのに。私、あいつはいつか爆発すると思う。ある日、突然、刺し殺されるかもしれない」

　沙耶は寒気を覚えたのか、ジャケットの上から二の腕をさすっていた。警察の腰が重いのもやむを得ない状況か。彼女を知らない人間ならば、そんなに神経質にならない方がいい、となだめるところだろうが、俺は違う。こいつの予感は、神様が八百長をしているんじゃないかと思うぐらい的中するのだ。特に、バッドな予感は。

「私の希望は、その男の素性を確かめてもらうこと。ストーカー行為をした、しない、と水掛け論にならないように、証拠の写真を撮ってもらうこと。それから……もしできれば、ストーカー撃退の手助けをしてほしい。どうかな？」

素性を確かめたり、証拠写真を撮ったり、そんな面倒なことをせずとも、一喝してうるさい蠅を追い払えば、彼女の悩みは解消するのだ。やり甲斐があるし、面白そうな仕事だ。

「任せろ。金は取らないよ。そのかわり――」

2

沙耶は、スポーツジムで午後一時から九時まで受付を務め、たまに同僚と夕食に行く以外は、たいていまっすぐ家に帰る。ふだんは寄り道をせず、休日にめいっぱい遊ぶのだそうだ。

ストーカー男は、ほぼ毎日姿を見せるが、どこで現われるか判らない。職場のそばで張っている日もあれば、マンション近くに潜んでいる日もある。暇な野郎だ。

その態度も日替わりで、「付き合ってくれてもいいだろ」と下手に出た翌日に、「いいかげんにしろよ」と切れかけたりするという。沙耶は、そんな不安定さを恐れているのだ。
「任せろ」と胸を叩いたからには、ストーカー男ごとき瞬殺だ。一回で方をつけてやる。昔のよしみがあるから、これしきのトラブル・シューティングで金をもらうほどのことでもない。そのかわり——。

彼女はパソコンの扱いに長じており、カバディ同好会ではウェブサイト担当だった。わが探偵事務所のサイト開設に手を貸してくれないかと聞いたら、簡単にOKしてくれた。サービスの等価交換というわけだ。

いつから着手してくれるのか、とは野暮な質問だ。抱えている仕事が他にないのだから、ただちに行動を開始して、今日中に一件落着をめざす。沙耶は、今夜から枕を高くして眠れるようになるだろう。

男について、彼女は何も知らない。しかし、携帯電話で短い動画を撮っていた。職場の前にいるのに気づき、柱の陰から撮影したものだ。粗い画像だったが、雰囲気はつかめたので参考になる。

ジムは、S駅近くのテナントビル一階に入っていた。何度か前を通りかかったことがあるので、場所は承知している。ストーカー男のように中を覗くことがあったら、受付に沙耶が座っているのに気づいたかもしれない。

夕方のうちに下見をし、定食屋で牛丼をかっ込んでから、スタンバイに移る。小型のカメラとボイスレコーダーをポケットに携えて、ジムの前の喫茶店で待機した。

やがて九時。

吸い殻でいっぱいになった灰皿を、仏頂面のウェイトレスが取り換えた。俺は最後の一本をくわえ、セブンスターのパッケージを握りつぶしながら、吸いすぎを反省する。煙草代も馬鹿にならない。

腕時計の針が九時十三分を指したところで、沙耶が出てきた。俺が喫茶店で張っていることは伝えてあったが、こちらに視線を向けることはない。きょろきょろと左右を見たのは、ストーカーの姿を捜したのだろう。奴がいないことは、確認してある。

俺はすばやく勘定をすませ、追尾を始めた。彼女の後ろについて歩きながら、ストーカーが面を出すのに備えるのだ。どう言ってとっちめてやろうか、とインパクトのある言葉を考えながら。

ポキポキと指を鳴らしてみる。まもなく、決戦の時だ。

九時五十二分。

W駅で、沙耶が電車を降りる。郊外の急行停車駅だ。駅前はカラオケボックスや呑み屋のネオンでにぎやかだが、十分も歩けばそこいらに田畑が点在するとか。彼女がマンションに帰るには、ちっとばかり淋しい夜道も通らなくてはならない。

沙耶と適当な間をおいて、改札を抜ける。彼女はバス停の角を右に折れ、国道に沿って歩いた。もちろん、ねぐらまでの道順は事前に教えてもらっている。

同じ方向に家路を急ぐ人間が少なからずおり、俺はその中に溶け込んだ。くたびれた顔が多い。月曜日の帰宅風景だ。

次第に人の流れがいくつもの支流に分かれて、前を行くのは沙耶一人になる。俺は、彼女との間隔を二十メートルに保った。これなら、いざという時にダッシュすれば事足りる。しっかり走れて、靴音をたてないスニーカーを履いてきていた。

ラーメンの屋台が出ている角で、彼女は左に曲がった。うまそうな匂いに心惹かれながら、あとを追う。工場の長い塀が片側に続く道で、人通りは絶えた。喫茶店や商店もあるが、この時間ともなるとどこもシャッターを下ろしていて、夜の闇を煌々と照らしてくれるコンビニはない。

そろそろ出てこいや。こっちが沙耶をストーキングしているようで妙な気分になる——と思いかけた時。

駐車場の物陰から、黒い塊がのそりと現われた。沙耶の足が止まる。携帯の動画で見た男と背恰好も一致しているので、俺は足を速めた。

「辻村さん。今夜も待っていましたよ。僕の熱意を判ってもらうために」

そんな声が聞こえた。男は目の前の沙耶に気持ちが集中していて、俺が接近しているのになかなか気づかなかった。

「おい」

呼びかけるのが早すぎた。男は、はっとして身を翻す。

立ち尽くす沙耶をおいて、追った。確かに柄はでかいが、気弱そうな男だ。捕まえて身元を聞き出した上、ガツンと言えばそれで退散するだろう、と俺は甘く考えていた。

二つ誤算があった。ストーカーが思わぬ俊足だったこと。知らない夜道では迷いやすいということ。脚力にも方向感覚にも自信があったのだが、どちらも打ち砕かれた。

見失い、迷った。

奴がどちらへ逃げたのか判らず、自分がどちらから走ってきたのかも怪しくなってしまった。失態だ。

追跡を諦め、呼吸を整えた。沙耶のところに戻ってやらなくてはならない。しかし、どっちだ？

煙草の自販機があったので財布を出したら、セブンスターだけ切れていた。「よそを当たるよ」と舌打ちして、南と見当をつけた方に曲がった。少し行くと、小さな児童公園がある。

ふと、背後に人の気配を感じた。

火薬のように危険な気配を。

「てめえ、何なんだ」

さっき聞いた声。

振り向くと、正気をなくした男の顔。

頭に打ち下ろされる何か。

気絶する俺。

3

激しく肩を揺すられ、意識を取り戻した。沙耶が俺の名前を呼んでいる。何度も繰り返し。

「大丈夫？　しっかりして」

頭のてっぺんの少し下、やや右寄りに、鈍い痛みがあった。こめかみの血管がどくどくと脈打ち、目のまわりで星が瞬いている。

「あいつに殴られたのね。ひどい。血が出てる」

頭に手をやったが、コブができているだけだ。どうやら倒れた際に、顎（あご）のあたりを擦りむいたらしい。

腕時計を見ると、十時十五分。気を失っていたのは短い間だった。せいぜい二分か。

「あいつを追いかけて急に走りだしたから、どうしていいか判らなかった。国道沿いまで出て、あなたが戻るのを待っていようかと思ったけれど、心配になって捜していたら……」

俺がアスファルトの上にのびていたわけだ。

「頭を冷やした方がいいわよ。それとも、病院に行く？」

児童公園の常夜灯の下に、水飲み場が見えていた。ハンカチを濡（ぬ）らして、頭のコブに押し当てると、じんじんと沁みた。ストーカーに対する怒りが、ゆっくりと込み上げてくる。

「あいつは、どっちに逃げやがったんだ？」

「知らないわよ。もうこのあたりには、いないでしょ。まさか、また襲ってくるなんてこと……」

それはないだろう。もし戻ってきたら、ただではおかない。

「お前の直感は正しいよ。あの野郎は、かなり危ない奴だな。逃げたので甘くみたら、逆ギレしやがった。もしかしたら、俺のことをお前の彼氏だと思って、激怒したのかもな」

「災難ね。ほんと、ごめんなさい」

時折、国道の方から暴走族のたてる騒音が聞こえていた。それが頭の芯に響く。

ベンチに座り、沙耶が立てた指が何本かを数えたり、九九の七の段を唱えたりしてみる。脳みそは正常に動いていた。

「今日のところは、このへんで勘弁してやるか」

煙草を一服やろうとしたが、ポケットは空だ。さっきマイルドセブンでも買っておくんだった。

「よかったら……うちで休んでいく？　あ、痛みが引くまで休憩していって、というだけのことだから。誤解しないでね」

「するかよ」

ズボンの裾のほこりを払い、ゆっくり腰を上げた。

「私もあいつに恨まれたのかな。今度は、私に危害を加えようとしそう」

「守ってあげるよ、お姫様。とりあえず、家まで送ろう。どっちだ？」

「あっち」

そっちに向かいかけた。自転車が走ってくる。交番巡査のパトロールだ。もっと早く回ってこいよ、と思っていたら、俺たちの前で止まった。

「ちょっと、あなたたち。ここで何をしているの？」

何故か、きつい口調で訊かれた。まだ不愉快なことが続くらしい。

「星を見ていたのさ」

ふてくされて返事をした。俺より若そうな巡査の表情は、滑稽なほど硬い。

「動かないでください、二人とも」

緊急車両のサイレンが聞こえてきた。遠くから、いくつも。

4

「何か……事件なんですか？」

不安げな顔で、沙耶が訊く。巡査は、自転車から下りた。

「この先の路上で、血を流して人が倒れています。刺されたらしい」

俺と沙耶は、同時に同じことを思いついたようだ。彼女が口に出す。

「もしかして、通り魔ですか？」

いかれた殺人鬼が隣県から出張してきたのか？　俺もそう訊きたかったが、巡査に即答できるはずがない。

「判りませんが、どうやら被害者はまだ刺されて間がない模様で、このあたりに犯人がいる可能性があります。あなたたち、不審な音を聞いたり、不審な人物を見かけたりしませんでしたか？」

「いいえ」と沙耶。

「星を見ていたのでね」としつこく俺。

多少の声や物音は、暴走族のせいで搔き消されたかもしれない。

「本当に何も気がつきませんでしたか？　こちらに走ってきたような人間は？」

公園の中にいたが、人の姿は見ていない。犬や猫も散歩していなかった。

傍らをパトカーと救急車が通りすぎたかと思うと、二つほど向こうの四つ辻を曲がったあたりで、サイレンが止まった。五十メートルほど先だ。

「えーと、あの、その逃げた犯人って、彼を殴った男かもしれません」

沙耶の言葉に、巡査は軽い戸惑いを見せる。

「ん？　判りませんね。誰も目撃していないのに、この人が殴られたということは……」

事情を十秒で説明した。若造の巡査は感心したことに、するりと吞み込んでくれた上、被害者である俺の体を気遣った。

「三十歳ぐらいのがっちりとした長身の男なんですね。ん？　それって……」

と、にわかに態度がおかしくなる。頭を混乱させる情報を与えてしまったようだ。

「あなたたち、きてもらえますか。ちょっときて、見てほしい」

片手で自転車のハンドルを握ったまま、もう片手で沙耶のジャケットの袖をひっぱった。

国家権力を拒むことはできない。

四つ辻では二台のパトカーと一台の救急車が集結し、街灯が道路に横たわる男を照らしだしていた。顔はこちらを向いている。「あっ」と沙耶が声をあげた。

「……これって、どういうこと？」

目を開いたまま倒れているのは、この頭に一撃かましてくれたストーカー野郎だ。それは確かだが、そいつが誰にどうして刺されたのかを俺に訊くのは間違っている。そんなことは、彼女も重々承知しているだろうが。

「あいつだな」

俺がぼそりと呟くのが耳に届いたらしく、一人の刑事が近寄ってきた。その目つきはあくまでも鋭く、眉毛がほとんどない。子供が見たら泣きだしそうなご面相だ。

「被害者を知っているのか、あんた？」

まるで被疑者を詰問するような口調だった。

被害者となったストーカーが救急車に載せられるのを、俺は横目で見ながら答えた。

「どこの誰かは知りませんけれど、面識はあります。――あの人、助かりますか？」

救急車が去る。路上には、直径三十センチほどの血溜まりができていた。

「心肺停止状態だから何とも。正直いって、生き返らせるのは難しいだろう。——で、被害者はどういう人間なんだ？」

今度は十秒ではすまない。五分かけて説明をした。刑事はメモもとらず、俺をにらみつけるようにして聞いていた。

「ストーカーね。そっちの女性、警察に相談はしていたの？」

「近くの交番に行ったことがあります。あのお巡りさんに話を聞いてもらったんですけれど……特に何もしてくれませんでした」

立入禁止の黄色いテープで現場付近を封鎖している巡査たちがいる。沙耶は、そのうちの一人を遠慮がちに指差した。

「あとで彼に訊こう。しかし、現状ではさほど切迫した状況ではなかったようだね」

大きな見解の相違だ。

「それはどうでしょう。彼女は警察が当てにならないので、私立探偵まで雇っているんですよ。切迫していなかった、と決めつけないでほしい」

「私立探偵を？」

俺は、自分の胸に親指を突きつけた。

「あんた、探偵さんかい？　ほぉ。ストーカーの身元調査ってわけか。——お二人さんの名前と住所を訊こう」

横柄な物言いだ。

「刑事さんをどう呼べばいいんでしょうね。ヤマさんなのか、ナベちゃんなのか」

「ナベちゃん、だな」真顔で言う。「田辺(たなべ)だ。で、あんたたちは?」

俺たちが答えるのを、今度はメモした。名刺も提出させられる。

「あんたが殴打されたのは公園の脇なんだな? 気絶していたのは約二分。二分あれば、色んなことが起きる、か」

自分だけで、何事かに納得していた。心なしか、俺を見る目が冷たい。

「色んなこと、とは何です?」

「ちょっと頭を見せてもらえるかな」

そう言いながら、俺の髪の毛を掻き分ける。痛みと怒りをこらえた。

「大きなコブができてる。あれでやられたのかもしれんな」

血溜まりのそばに、長さ八十センチぐらいの太い棒が落ちていた。杭(くい)。沙耶の前に出現したストーカーはあんなものを持っていなかった。よく見ると、W児童公園記念植樹という文字が書いてあった。俺を殴るために、わざわざ引っこ抜きやがったのだ。

「公共の施設にあるものを、私的に利用するのは違法行為ですよね」

白けた空気が漂った。眉毛のない刑事は、にこりともせず、よそよそしい。まさか、俺を疑っているのではあるまいな。

「被害者の名前は、成瀬龍之介(なるせりゅうのすけ)。これは知らなかった?」

立派な名前だ。田辺刑事に訊かれて、俺たちは首を振る。所持していた免許証から身元が割れていたのだ。市内の物流センターの入館証も持っていた。そこでアルバイトとして働いていたらしい。

「倒れた彼を見つけたのは、誰です？」

この場にそれらしき人間がいないので訊いてみると、発見者は自転車でパトロール中の二人の警官だという。俺たちに声を掛けた若い森巡査と、犯行現場に残っていた年長の林巡査。森と林のコンビとは、できすぎている。

彼らが被害者を発見したのは、犯行直後と思われる。成瀬の体から鮮血が流れていたというから、現場には凶行の湯気が立っていたのだ。

ただちに署に通報した後、林巡査は現場を保存。森巡査は、犯人が付近にいる可能性が高いと判断して、自転車にまたがった、ということらしい。

「発見の時刻は？」

「そんなこと訊いて、どうするんだい？　探偵さんよ」

さっき渡した名刺をひらひらと振りながら、嫌みたらしく言う。

「私が殴られたのは、十時十三分頃です。その後、成瀬さんが歩いたのか走ったのか判りませんが、ここまでくるのに一分ほどしか要しなかったと思われます。だとしたら、犯行時刻は十時十四分頃になるのかな、と」

「安易な見方だな」

ナベちゃんは冷ややかに言った。

「安易ですかね」

「警邏中の両名が被害者を発見したのは、十時二十分だ。あんたが殴られた七分後。その間に、被害者がどんな行動をとったかは判らないだろう。こちらの辻村さんを捜して、そこいらをぐるぐる回っていたのかもしれない。むしろ、その公算が大きいな。そうしているうちに何者かと衝突が起きて、刺された。だとしたら、犯行があったのは十四分から十九分の間というところだな。あんたの話を信用するとして」

そう丁寧に応じたのは親切心や市民サービスの発露ではなく、素人は黙っていろ、ということだろう。

なるほど。もしも、成瀬が沙耶を捜したのだとしたら、彼女のマンションの方角に向かったのかもしれない。だから、俺たちがいた児童公園の方にやってこなかったわけか。

いや、待てよ。

彼女のマンションに向かうどころか、成瀬は俺を殴った現場から五十メートルしか離れていない場所で倒れていた。そんな狭い範囲を、うろうろしていたのか？　ちょっと不自然だ。

疑問を口にしたら、刑事は鼻で笑った。

「辻村さんは、あんたを放ってさっさと家に帰るほど薄情な女性に見えない。おそらく、彼女はあんたを捜し回り、一方の成瀬は彼女を捜し回っていたんだよ。この近辺を、うろうろとな」

5

ほどなく県警本部のパトカーが続々と到着し、現場は俄然にぎやかになった。パジャマ姿の野次馬が集まってくるかと思ったが、そうでもない。この一画の夜間人口は、極めて少ないようだ。

俺たちは交替でパトカーの中に招かれ、本部の捜査員の求めで同じ話を何度もさせられた。二人から一緒に話を聞かないのは、俺と沙耶の証言に食い違いがないかを確かめるためかもしれない。

事情聴取がすんでも、帰ることは許されない。「恐縮ですが、もうしばらくいてください」とお願いされた。厄日は零時をまたいで、明日まで延長されそうな雲行きだ。

パトカーから出て、力ない溜め息をついていたら、横手からひょいと缶コーヒーが差し出された。沙耶のおごりだ。

「サンキュ」

彼女は、ウーロン茶のプルタブを持ち上げる。

「喉が渇いたから、公園の中の販売機で買ってきたの。警察って、感じが悪いよね。これを買いに行こうとしたら『どこへ行くの?』だし、説明したら『じゃあ、ついて行きます』。逃走するとでも思ってるのかしら」

「勝手に逃げたりするな。撃たれるぞ」

道の向こう側に停まったパトカー。その脇で、一人の男が捜査員に何かまくしたてている。三十代後半で、会社員風。スーツ姿で、手にはふくらんだスポーツバッグを提げている。

「誰だ？」

「あなたがパトカーの中で事情聴取されている間に、刑事さんが連れてきたの。事件があった時、この近辺を歩いていたんですって。会社帰りのサラリーマン。やりとりが聞こえていたわ」

「何か重要なものを目撃したのか？」

「ううん、違う。歩いていただけ。それが怪しいそうよ」

「何故？」

「知らない」

考えられることは一つ。やはり警察は、この事件を通り魔の犯行と見ているのだ。だから、付近を歩いていただけの男にも嫌疑が及ぶのに違いない。

会社員は興奮ぎみで、だんだんと声が大きくなっていく。こんな扱いは理不尽だ、と抗議していた。

「官憲横暴だ。私が通り魔だとでも？　冗談じゃないですよ。朝から晩まで額に汗して働いて、栄転する同僚の送別会にもきちんと出席して、余興までサービスしてきた実直で善良なこの私を疑うなんて。あんまりですよ。私は、非常に……悲しいっ！」

酒が入っているようだ。刑事はなだめつつ、荷物を見せるように頼んでいた。男は、それを拒んでいるのだ。

「車の中に入ろう。ね。中で見せてくださいよ」

「パトカーになんて乗りたくありません。それだけで犯罪者みたいだ。——あ、あの人たち、こっちを見てる！」

俺を指差して叫ぶので、笑って手を振った。

ほろ酔いの会社員は、パトカーの後部座席に押し込まれる。そして、抵抗むなしくバッグを開けさせられていた。

「他にも色んな人が連行されてきてるのよ。ほら、あっちも」

別のパトカーでは、茶髪の若い男が事情聴取を受けていた。年の頃は大学生。左耳のピアスをいじりながら、捜査員の質問に素直に答えている様子だ。

「あの子は、アルバイトの帰りだったんですって。かわいそうに。おとなしそうな顔してるでしょ。刑事さんに、いじめられているみたい」

「さっきあの会社員が『通り魔』って口走っただろ」

「ええ。やっぱり、そうなの？　ストーカーがあなたを殴ったすぐ後、たまたま獲物を物色していた通り魔に襲われた……のかしら？」

「天罰にしては重すぎるな」

犯行現場という舞台には、まだ他にも役者がいた。一人は白髪頭、一人は禿頭。いずれも年配の男で、二人揃って捜査員と立ち話をしている。

「頭の白いおじさんはラーメン屋さん。ほら、国道沿いで屋台が出ていたでしょ。いつもあそこで商売をしているの。もう一人は、この先の煙草屋さん。優しくて、愛想のいいおじさんよ。出勤する時、にこにこ挨拶してくれる。私のファンなのかも」

それはいいが、セブンスターを切らさないでもらいたい。

「ラーメン屋もこの近辺にいたから怪しいってことか。煙草屋は？」

「私に訊かないで。あっちの会話は聞こえないから、判らないわよ」

沙耶は、残りのウーロン茶をごくごくと呷った。俺も甘ったるいコーヒーを飲み干したはいいが、空き缶を持て余す。向こうにゴミ箱があるのだが、捜査員が何かを調べているところだった。仕方がないので、上着のポケットに突っ込む。

「何を話しているんだろうな。好奇心がうずく」

親爺さんがダミ声で証言するのが聞こえるところまで、そろりと移動した。

「十時以降は、ぱったりと客足が途切れてね。ラジオを聴きながら、椅子に座ってぼけーっとしてました。若い女と男が通った後、屋台の前の道を入っていったのは、バッグを提げた男だけ。それが十時十五分。番組の変わり目だったから、これは確かです。その後は誰も通っていません。お天道様に誓ってもいい」

若い女と男とは、明らかに俺たちのことだ。

煙草屋の親爺さんは、もごもごと語る。

「隣町で昔なじみと一杯やっていました。十時十五分ぐらいに帰ってきて、家に入ろうとしたら中から閂が掛かっている。家内がうっかりしていたんです。おまけに風呂に入っていて、呼び鈴を鳴らしても、なかなか出てきてくれなくて……。刑事さんに声をかけられた時も、締め出しを食らっていました。その間、うちの前を通った人はいません」

傍らに誰かが立った。はっとして見ると、田辺刑事だ。

「探偵さん。面倒なことになったよ」

「それは大変ですね」

軽く応じたら、むっとされた。

「あんたたちにとって面倒なことなんだよ。状況を教えてやろうか。——その前に、シビアな報告だ。成瀬龍之介の死亡が確認された。本件は殺人事件になった」

一発貸しがあるのに、返してもらえなくなった。

「さて、次は面倒なことの説明だ。警邏中の巡査が被害者を見つけたのが犯行直後だということは、話したよな。つまり、署に通報が入った時、犯人はまだ現場のごく近くにいたわけだ。両巡査は、追えば捕まえられる範囲にいるとすばやく判断し、森巡査が自転車で近辺の様子を見て回った。その最中に公園であんたたちを見かけて、職務質問したんだ」

「ええ。そして、話しているうちに私たちが被害者を知っていそうだということで、現場に連れてこられました。犯人ではないか、と怪しまれたわけではありませんよ」

「捜査の方向というのは、風向きみたいに刻々と変わるんだ」

「私たちが犯人だとしたら、死体が発見されて警官が追ってくるまで、のんびり公園のベンチで寛いでいたことになります」

「それほど早く死体が見つかると予想していなかったのかもな」

ナベちゃんは続けた。

「ここからが大事だ。付近を調べてみたら、意外な事実が浮上した。この一画は、犯行の前後はガラスの檻に入っていたんだ」

洒落た表現だが、どういうことか判らない。

「刑事さんは、文学青年だったんですか？」

「つい教養がにじみ出たかな？　犯行直後の現場に警察官が居合わせたのは、僥倖だ。平たく言えば超ラッキー。森、林の両巡査は手分けして、現場を保存しつつ、付近の状況を把握した。結果、ここから半径五十メートル以内にいたのは、たったの四人だったことが判明したんだ」

高い塀で囲われた工場、倉庫、児童公園、シャッターの下りた商店など、このあたりには人気が少ないのは確かだ。しかし、半径五十メートル以内にたった四人だったとは。

「本当ですか？」

「警察官が嘘をつくとでも？　もちろん本当だ。いいか、よく見な。この四つ辻の先が、それぞれどうなっているか」

北へ行くと、両巡査が詰めていた交番がある。

東へ行くと、交通量の豊かな国道へと出る。

西へ行くと、煙草屋がある。

南へ行くと、児童公園がある。

「犯人が北へ逃げなかったことは、間違いがない。そっちに向かったのなら、警邏に出ようとしていた二人の巡査が見ているはずだからな。

東へも逃げていない。国道沿いでラーメンの屋台を出している親爺さんが証言している。西に走ったら、締め出しをくっていた家の前で立っていた煙草屋の親爺さんに見られたはずなのに、彼は誰も見ていない」

そして、犯人が南に逃げなかったことは、俺と沙耶が請け合える。公園のベンチからは、街灯に照らされた道路がよく見えていた。たとえ匍匐前進で逃げていたのだとしても、見落としたはずがない。

「東西南北、いずれの方角にも犯人は逃げていない。さっき現場の半径五十メートル以内と言ったろ。その表現だとかなり広い範囲のように聞こえるが、実際は、しごく狭い範囲だ。交番、ラーメンの屋台、煙草屋は、この現場から五十メートルも離れていないからな」

頭に、十字架を描いてみた。二つの線が交叉したところが犯行現場。縦線の上の先っぽに交番、下の端に児童公園がある。横線の右端がラーメンの屋台、左端が煙草屋である。これが近辺の概念図だ。

その四つある先端のいずれにも、人の目があった。ということは、犯人は十字架のどこかにいなくてはならない。

「ガラスの檻と言った意味が、判ってもらえたかな？　ここは星空の下の路上で、屋根や壁で閉じてはいない。しかし、四つ辻のどの先にも証人が配置されていたために、馬鹿でかくて透明な檻の中のようになっていたわけだ」

沙耶が、うーんと唸ってから発言する。

「そのガラスの檻の中にいたのが、連れてこられたサラリーマンと茶髪の男の子なんですね。でも……どっちが犯人なのか判りませんけれど、成瀬さんを刺す動機はあるんですか？」

「それは調べてみないと、何とも言えない。どちらかが成瀬に恨みを抱いていたのかもしれない」

「凶器を用意して、暗くて淋しい夜道で待ち伏せしていたわけですか？」

「会社員が犯人だったら、待ち伏せではないな。被害者より後からやってきたんだから。学生は、煙草屋の親爺が締め出しを食らう前に西から歩いてきたらしいので、待ち伏せしていた可能性もある」

「変な話」

忌憚のない言い方だ。彼女が考えていることを、俺が代弁した。

「成瀬は、沙耶に対してストーカー行為を繰り返していました。それを知っていたら、彼女の帰り道に現われる成瀬を待ち伏せできたかもしれません。が、奴は私と追いかけっこをしました。犯人は、それで振り切られたはずです」

「追いかけっこが急に始まって、犯人は成瀬を見失ったかもしれないな。しかし、あんたを昏倒させた後、うろついている成瀬とここでばったり鉢合わせしたとしても不思議はない。そこで、ブスリとやった」

ありえないことではない、という程度の仮説だ。俺たちの反応は鈍かった。なのに何故か、田辺はにやりと笑う。

「『あんたたちにとって面倒なこと』と言ったのを、覚えているかい？　本題はこれからだ。現場はガラスの檻だ。中にいたのは、通りすがりの会社員と学生。しかし、見方を変えれば、あんたたち二人も檻の中にいたんだよ」

自分の立場が、ようやく見えてきた。

6

巨大なガラスの檻にたとえられる殺人現場。その四つある出入口の一つを、俺と沙耶が固めていた。しかし、俺たちの証言が真実だという保証はない、と言いたいわけだ。

「あんたたちには、成瀬を刺す動機がある。憎きストーカーだったからね。殺してやりたいほど嫌ってはいなかった？　そんなこと、こっちには判らない。成瀬が暴れたので、はずみで刺してしまった、というケースも考えられる。もしそうならば正当防衛が成立するかもしれないよ」

自供を促しているつもりか。

「私たち二人が逆襲して、殺しちゃったって言うんですか？　ひっどい。私はストーカーの被害者、彼は暴行の被害者なのに」

「突発的な事件だったんだろう。同情するよ。——吐くか？　凶器はどこへやった？　まだ見つかっていないんだ。手間を省かせてくれ」

唾なら吐いてやってもいい。

「この機会に申し上げておきますよ、刑事さん。私はやっていません。彼女もです」

田辺は、俺たちを交互に見てから、おそらくは痒くもないであろう首筋をぼりぼりと掻いた。

「自分の潔白を主張するのはいいとして、辻村さんの分まで引き受けることはないだろう。あんたは殴られて、二分ほどおねんねしてたんだろ？　その間に世間で何が起きていたかまで語るのは、僭越ってもんだよ」

「彼女が、私の介抱にやってくる前に、成瀬さんを刺していたって言いたいんですか？」

「そりゃ考えるよ。デカなんだから。そして、こうも考える。あんたが成瀬を刺した後、自分の頭にコブをこしらえてから、狸寝入りをしていたのかもしれない」

　ここまで人を疑わなくてはならないとは、因果な稼業だ。

　全面的に否定してやりたかったが、つい口ごもる。俺が刑事ならば、同じことを考えたはずだ。

「凶器も所持していないし、返り血の一滴も受けていませんよ。とくと調べてください」

　俺はあらゆるポケットをまくって危ないものは持っていないことを示し、両腕を広げて身体検査に備えた。

　田辺は、今度は鼻の頭を掻いている。

「被害者の心臓は、外傷性のショックで停止したらしくてな。出血そのものは少なかったんだ。犯人が返り血を浴びなかった可能性もある。——血痕は、あとで調べさせてもらう」

　そう言いながら、不意に屈み込んだ。そして、俺のズボンの裾から始めて、凶器を身につけていないかを調べる。寸鉄も帯びていないことは、じきに立証された。沙耶のボディチェックのためには女性警官が呼ばれた。刑事が望むものは、もちろん出てこない。

「荷物だ。二人ともバッグを見せてくれないか」

　承諾する前に、田辺はもう手を伸ばしていた。

7

夜が更ける。

現場付近には捜査員の数が増えていった。あたりは完全に封鎖され、ガラスの檻は、さらに強固なものになっている。

やがて、学生がパトカーから出てきた。刑事の執拗な追及に、おびえた様子だ。それでも、おそるおそる不満をぶつけていた。

「オレ、そんなに怪しいですか？　バイト帰りに、歩いてただけじゃないっすか。ナイフも包丁も持ってないでしょ。死んだ人のこと、知らないし。立ち止まっていたのは、携帯に入ったややこしいメールをチェックしていたからです」

年嵩の刑事が、淡々と応じていた。

「運が悪かったね、長谷川君。もうじき終わるから。でも、君を疑う根拠はあるんだよ。警官を見て、逃げようとしたろ？　スタンガンなんて持ってたし」

「護身用ですよ。警察が通り魔を野放しにしてるから。それに、逃げてないっすよ。子供の頃からお巡りさんが苦手なだけです」

もう一台のパトカーから、会社員も出てきた。相変わらずご立腹だ。刑事とやり合っている。

「帰してくださいよ。明日も朝が早いんだから」

「まだ駄目だね。野田さん。おかしなもの、持ちすぎてるもの。あなたに興味を持ってしまうよ」

刑事は、バッグの中から色々なものを取り出して見せた。銀の輪っかが三つ、ロープ、団扇になるぐらい大きなトランプ、そして短剣らしきもの。

「余興にやった手品の道具です。デパートで売っている品ばかりですよ。短剣だって押せば刃の部分がひっこむおもちゃだし。これで会社の人気者なんだ。時間つぶしに、一つやって見せましょうか？」

「結構」と言いながら、刑事は短剣の先を指で押してみている。なるほど、人を傷つけられるものではない。

田辺がまたやってきて、通り過ぎようとするので呼び止めた。

「まだ凶器は出ませんか？」

様子を見ていれば判ることなので、彼は認める。

「ああ、出ないね。檻の中にいた誰も、爪切りすら持っていない」

「ラーメン屋さんと煙草屋さんの所持品も調べましたか？」

田辺は、まじまじと俺の顔を見返してきた。呆れているのか、感心しているのか、どちらかだ。

「その二人もガラスの檻の中にいたと考えられるから、疑えということか？　さすがは探偵さんだな。警察に抜かりはない。親爺さんたちにも協力を願って、身体検査をさせてもらった。煙草屋は、中身の乏しい財布と鍵がジャラジャラついたキーホルダーを持っていただけだ。ラーメン屋については、屋台を調べさせてもらったけれど、凶器と思われるものはなかった。凶器は刃渡り十センチほどの細身で、たぶん特徴的なものなんだろうが……」

「ガラスの檻の中にまだ犯人が閉じ込められているのなら、凶器もあるはずですよね」

「ああ、そうさ。だから捜してるんだよ！」

どなられた。

「まあまあ、刑事さん。プロなら落ち着いて」

沙耶が言った。相手の神経を逆なでするような大胆な発言だ。

「捜せばどこかにありますよ。ないはず、ないもの。もしなかったとしたら、密室殺人になってしまいますよ」

「密室殺人だぁ？」

俺が訂正してやるべきだろう。

「それは、密閉された場所での殺人のことだろ？　こんな屋外で、密室殺人なんてことあるか」

「認識不足ね。状況が密室なの。犯行はガラスの檻の中で行われたんでしょう？　なのに、その内部にいた人間は誰も凶器を持っていないし、どこにも隠していないいんだとしたら、犯人はどうにかして檻から脱出したのよ。透明人間にでもなって」

「そういうのを密室殺人とは呼ばないだろ」

「広い意味の密室よ」

田辺が割って入った。

「あんたたちこそ、落ち着け。凶器の探索はまだ続いている。そのうち出てくるだろう」

俺は、捜査員たちの動きをずっと観察していた。一度調べたはずのゴミ箱や側溝を、彼らが何度も覗き込むのを見ている。そのうち出てくる、という保証はなさそうだ。

「排水溝やマンホールに捨てたんじゃ――」

刑事は、最後まで沙耶に言わせない。

「溝掃除もしたし、マンホールに動かされた形跡がないことも確認した」

「自販機の裏や――」

「裏も、底も、てっぺんも、取り出し口も調べた」

「どこかに掘って埋めたとか？」

「犬じゃあるまいし。だいたい、どこもかしこも舗装されている。あんたたちがいた公園にも、掘り返した痕跡はない。遊具にも隠されていなかった」

「工場の塀の向こうに、ぽいと投げ捨てたのかも」

「くまなく捜した」

「あ、どこかの屋根にほうり上げたんだ。一時的な隠し場所として、あり得ますよね？」

「勾配のきつい屋根ばかりだから、あり得ない」

「街灯に上って、電灯の陰に貼りつけ――」

「なんで、そこまでする？　逃げた方が早い」

ゲームに参加したくなった。

「ポストに投じたんじゃないですか？」

「ポストはない。そこいらの郵便受けも見た」

「鳩が持って、飛んで逃げた、なんて……」

失笑された。

「アマチュア・マジシャンが手品用の鳩を持っていた、と思ったのか？　それもないね。鳩を仕込むには道具がいるんだ。それを持っていない。それに、そこまでする理由があるか？　現場が密閉状況になったのは、なりゆきだ。事前に策を弄したはずがない」

ごもっとも。それは忘れてはならないポイントだ。

「じゃあ、隠してないのに、私たちが気づいていないのよ。何か特殊なものが凶器だから、みんな見逃しているんだわ。あるいは、目に見えないものが凶器なのかも」

「たとえば何だい？」

当然、刑事は尋ねた。

沙耶は口ごもってしまう。俺は、ボロい助け船を出すことにした。

「氷の短剣か？」

「それはないだろうけれど……たとえば、塀の上に泥棒よけにガラス片が埋め込んであるじゃない。あの中の一つで刺して、もとに戻しておいた——」

田辺は嘆息した。

「できるできない以前に、そんなことをする必然性がないだろう」

「そうか。……もしかしたら、凶器は透明なのかも。硬質のガラスの短剣。だから、なかなか見つからないんですよ」

沙耶はへこたれない。見上げた敢闘精神だ。

「警察をなめてもらっては困る。半透明なものでも、見逃すもんか」

「でも、犯行後にそれを粉々に砕いて、どこかに流したとしたら？　犯人にその気があれば、呑み込むことだってできたかも」

「警官を見て慌ててから、そんなことをする時間的余裕はないだろう」

沙耶は万歳をした。ごく古典的なお手上げのポーズだ。しかし、両腕を下ろしながら、まだ言う。

「ラーメンの鍋の底、見ました？」

田辺は笑わず、それどころか、近くの捜査員を手招きして、「鍋の底を」などと耳打ちした。ラーメン屋が犯人なら、そうする可能性はあるが、食べ物を粗末にしてはいけない。

俺は、これまで検討されなかった可能性に思い至った。犯行直後に死体が見つかったため、現場近くに足止めされた犯人は、大急ぎで凶器を始末せねばならなくなった。砕いて呑み込むのが無理なら、一時しのぎでもどこかに隠したかったはずだ。盲点をついて隠せれば、周囲のすきを見て回収できるかもしれない。

「ねぇ、刑事さん。犯人は、自分が接触した警察官の所持品や、パトカーに凶器を隠したのかもしれませんよ。身内のものは、調べていないでしょう?」

田辺は今度も笑わず、怒りもせず、お仲間の方に走っていった。沙耶が、小さく拍手してくれた。

「すごい推理ね。さすがは探偵、という発想だわ」

推理ではない。

「単なる仮説だよ」

捜査員たちは、自分の服や持ち物を点検し、パトカーの中を探り始めた。真夜中のコントだ。それがしばらく続いた後、田辺が苦りきった顔で戻ってきた。

「とんだ茶番を演じさせてくれたな。何も出なかった。屋台の鍋の底からも。……ふざけやがって」

恥をかいたのか、俺たちへの敵意があらわだ。被害者と接点があったのはお前たちだから、被疑者の筆頭である、と言い切る。

「待ってください。通り魔殺人なら、動機は関係ない。ストーカーが例の通り魔と遭遇して――」

「それはないんだ!」

興奮した刑事は、捜査上の機密を暴露した。実は、通り魔は十七歳の少年Aであることがほぼ判明しており、近日中の逮捕が予定されている、と。

早く言えよ。

「あんたらがやってないなら、誰が犯人だ？」

訊かれても困る。

凶器はどこに消えたのか？

犯人は誰なのか？

ここで推理してみてください（作者）。

8

その夜、俺は沙耶の部屋で寝た。彼女はベッドを譲ろうとしたが、固く辞してソファで。学生時代にはなかったシチュエーションだ。

殺人事件に巻き込まれた直後だから無理もないが、沙耶はなかなか寝つけないようだった。それを知っている程度に、俺も長い夜を過ごしたのだ。

ほとんど仮眠だった。

少しは眠れたな、という感じで目覚める。夜は、かろうじて明けていた。沙耶の枕許の時計を見ると、五時半だ。二度寝をしようとしたが、すぐに諦めた。

昨夜の事件のことを考える。警察は、俺と沙耶がさも重要参考人であるかのように突き回してくれたが、それは当惑の産物だ。現場付近にあるはずの凶器が見つからないことの説明がつけられなくて往生しているのだ。

誰が、成瀬龍之介を路上で刺したのか？

何故、凶器が見つからないのか？

ソファに寝転がり、天井を仰いだまま考えた。探偵さん、探偵さんとからかってくれた田辺刑事に先んじて真相を見破り、凹ませてやりたいのだが。

ガラスの檻のように、密閉された殺人現場。その中にはごく限られた人間しかおらず、誰かが犯人なのだ。しかし、檻の中で凶器は見つからない。

沙耶が言ったように、まさか犯人は透明人間に変身して檻から脱出した、とは考えられないとすると、犯人が巧妙に隠したのか？　われわれの意表を衝いたものが凶器に使用されたのか？　真相は、そのいずれかなのだが……。

思考が空転して、考えても何も浮かばない。脳が覚醒していないのだ。エンジンをかけるには、煙草とコーヒーの助けを借りなくてはならないらしい。

ダイニングのテーブルの上に、寝酒がわりに二人で飲んだビールの空き缶。その横に鍵が置いたままだったので、外出することができる。赤ん坊のような寝息をたてている沙耶が目を覚まさないように、そっとドアを閉めた。

気持ちのいい朝だ。美しい朝と呼んでもいい。俺は、光の中を歩いた。

殺人現場がどうなっているか気になる。警察は、まだ凶器を見つけていないのだろうか？　偵察してみることにした。

あの四つ辻に近づくと、私服刑事や茄子紺色の制服を着た捜査員たちが、昨夜と同じ作業に没頭していた。ナベちゃんの姿もある。挨拶をするのも面倒だったので、右の踵を重心にくるりとターンした。

脇道を通って、西へと向かう。煙草屋の前の道でも一人の刑事が四つん這いで探し物を続けていた。涙ぐましい努力だ。

「ああ、眠てぇ」

やがて体を起こした刑事は、大きなあくびをして、俺がきた方へと去った。

自販機の前で財布から百円玉を出していたら、店のドアが開いて、人が出てきた。昨夜、妻に締め出された親爺さんだ。

声をかけてみた。

「おはようございます」

禿頭の男は、驚いた様子で顔を上げた。目を細めて、まじまじと俺を見る。

「おたくは……もしかしたら……」

数時間前の記憶が残っていたようだ。

「昨日の夜、事件の現場でご一緒した者です。ご一緒した、というのは変かな」

「ずいぶんと絞られましたね。私が帰された後も、まだ引き止められてたでしょ」

「ええ。通りかかっただけなのに、刑事さんが放してくれなかったんですよ。まいりました」

「おたくは、辻村さんのお知り合いなんですね」

沙耶の名前を知っていた。喫煙をしない彼女だが、店でよくガムを買うのだそうだ。

「学生の頃のサークル仲間です。ストーカーにつきまとわれているという相談を受けたので、昨日はボディガードをしていたんですが……」

頭の中で、何かがパチンと弾(はじ)けた。俺が急に口をつぐんだので、親爺さんは怪訝(けげん)そうな顔になる。

「どうかしましたか?」

どう切り出すべきか、言葉を選んだ。

「沙耶が、いや、辻村さんがストーカー被害に遭っていたのをご存じでしたか?」

「いいえ」

「本当ですか?」

親爺さんは、半身になって身構えた。明らかに警戒している。

「これは憶測ですが、彼女がストーカーに悩まされ、警察も当てにできない状態だったことを知って、あなたは案じていたんではありませんか?」

「知らなかったと言っているでしょう。何が言いたいんです？」

　否定されたら、それまでだ。この親爺さんは、沙耶にかなり深い親しみを抱いている、と俺は想像するのだが。

「失礼なことを言いますよ。あなたは昨夜、長い棒を手にして辻村さんを捜し回るストーカー男を見て、彼女を守ろうとしませんでしたか？　そして、そいつを阻止しようとして、揉み合いになった」

　相手の顔が、みるみる紅潮していった。的はずれなことを言われたぐらいで、そこまで逆上しなくてもいいだろう。

「図星ですか？」

「ば、馬鹿なことを平気で言うんだね、おたくは。私が殺人犯だとでも？　よしてくれ。危ない奴を見かけたのなら、自分が止めようとしたりせずに、交番にすっ飛んでいってるよ」

　それができないほど、切迫した雰囲気があったのかもしれない。俺が気絶する直前に見た成瀬の形相は、狂気を感じさせるものだった。

「ストーカーが辻村さんに襲いかかって馬乗りにでもなってたら、腕ずくで制止しようとしたでしょう。でも、そんな状況でもなかったら、私だって危険は冒さないよ。まして、刺すだなんて」

　だが、ものの弾みということもある。

「身を挺して辻村さんを守ろうとしてくださったのなら、彼女は感謝するでしょう。あなたのことを、ふだんから『優しい』と思っていたようですからね。しかし、刃物で刺すのはやりすぎだ。正当防衛なのか、過剰防衛なのか、私には判りませんが」

「私だって、警察に痛くもない腹を探られましたよ。形式的な捜査手順だからと言って、身体検査まがいのことまでされた。その上、どこの馬の骨とも知れない人にからまれるなんて、不愉快だね。——塩をまかせてもらうよ」

家に戻ろうとする男の腕を、反射的に掴んだ。

「煙草をください」

穏やかに頼むと、相手の体から力が抜けた。こちらの真意を測りかねているのだ。

「吸いたいんです。自販機を使えるようにしてもらえますか？」

「煙草が欲しいのなら、よそへ行ってくれ」

「あなたに売ってほしい。いや、正確に言うと、この自販機で買いたいんです。ぜひとも」

俺は、四角い箱の側面を平手で叩いた。親爺さんは、肩をすくめる。

「売れば消えてくれるのか？　それなら取ってくるから銘柄を——」

そんな反応に、俺の確信は深まった。この自販機を使われたくないのだ。

「こんな時間に外に出てきたのは、散歩が目的ではないでしょう。あなたは、自販機の中のものを処分しようとしたんだ」

親爺さんのポケットから何か覗いていた。たくさん鍵がついたキーホルダー。自販機を開く鍵も含まれているはずだ。

「セブンスターを」

「あいにく、それは切れていたな」

知っている。だから、商品が売れた分だけスペースができている。刃渡り十センチのナイフぐらいは、そこに収まるだろう。

「警察が路上の自販機の底や、裏や、てっぺんや、取り出し口もチェックしましたが、中までは見ていない。――ここにあるんですね？」

彼は否定しなかった。

「ここに凶器を隠せたのは、キーを持っているあなただけです。成瀬を刺してしまったあなたは慌てて家へ逃げ戻ったが、奥さんが入浴中だったため締め出された。手にしたままの凶器を早く始末しなければ。どこへ？　一時しのぎは承知で、とりあえず目の前にあった自販機の中に隠すしかなかったのでしょう」

彼は、一刻も早く自販機の中のものを回収したかったに違いない。だが、つい今しがたまで店の前に刑事の姿があったため、できずにいたのだ。

うなだれたまま、親爺さんは自販機を開いてみせる。思ったとおりのところに、思ったとおりのものがあった。折りたたまれたナイフ。

「洒落た形なので、旅先で土産に買ったんです。近ごろ物騒なので、護身用に持ち歩いていたのが仇になりました」

あなたも彼女のストーカーだったんだよ、と思ったが、黙っていた。

沙耶は、まだ夢の中だろうか。

壁抜け男の謎

私が解決した事件の話が聞きたい？　推理小説みたいに不思議な事件がいいって？　困ったな。現実の刑事は、そんなものにお目にかからないんだ。

いや、たまには奇妙な事件にぶつかることもある。あの壁抜け男事件なんかは……。

それを話してくれ？

仕方がないね。ずいぶん昔の事件だし、しゃべってしまってもかまわないか。あれならば推理小説になりそうな話だから、ご期待にこたえられるかもしれない。

アンリ・プレサックを知っているかね？　とても美しくて幻想的な絵を描くフランス人の画家だ。いや、私だって美術の知識はとぼしいから、あの事件にでくわすまで知らなかったんだけれどね。熱烈なファンがいるので、一枚が何千万円もする作品がたくさんあるんだそうだ。

その画家に、『壁抜け男』という絵がある。おもしろい絵だよ。ぶ厚い壁でも通り抜ける力を持った壁抜け男が、月明かりを浴びたレンガ塀に半分もぐり込んだ場面が描かれているんだ。この絵をめぐる話をしよう。ことわっておくが、登場人物は一部仮名だよ。

とある夏の夜のこと。

高台に建つ松原利雄（まつばらとしお）のお屋敷で、おかしな事件が起きた。泥棒が侵入して高価な絵が盗まれた、ということだったので、私たちはただちに現場に急行した。松原利雄は、大手建設会社の社長で、絵画のコレクターとしても知られていたんだ。偉そうな男で、自分の絵をめったなことでは他人に見せないケチという評判もあった。

そのお屋敷は、高台の上に城のようにそびえる豪邸でね。まわりはブナの木立で囲われていて、広い庭には趣味で作った迷路があった。そんなお屋敷に、たった一人で住んでいたんだよ。これだけで、なんだか推理小説に出てくる人物みたいだろう？

現場に着いた私たちを、若い男が出迎えた。松原社長の甥で、浩司という名前の大学生だ。夏休みだったので、泊まりがけで遊びにきていたんだな。スポーツマンらしくて、がっちりとした体形をしていた。

松原浩司は早口でまくしたてた。

「何者かが屋敷に忍び込んで、伯父が襲われました。そして、大事にしていたアンリ・プレサックの『壁抜け男』が盗まれたんです。いや、盗まれかけたんです」

かなり興奮している。

「落ち着いて。松原社長に何があったんですか？」

「美術ギャラリーで眠っていたんです」

それがどうしたんだ、と思ったところで、そばにいた別の男が一歩前に出た。

「浩司さんは混乱しているようなので、私がかわりに答えましょう。社長にお世話になっている画商の杉田実といいます」

鼻の下に髭をたくわえ、ベレー帽をかぶっていた。画家を気取っているようなスタイルだ。この中年男には、見覚えがあったよ。絵の取引で詐欺まがいのことをして、訴えられたことがあるんだ。うさん臭い男だ。

「こちらのお屋敷には、社長のコレクションを飾った美術ギャラリーがあります。松原さんのご自慢の絵がずらりと壁に並んでいて、誰かがそれを盗ろうとしたら警報ベルが鳴る仕掛けになっていました。そのベルが、三十分ほど前に鳴り響いたんです。ちょうど十時ごろに。驚いた私がギャラリーに駈けつけてみると、社長が床に横たわっており、壁から一枚の絵が消えていました」

「さっき浩司さんは、床で眠っていたと言いましたが」

「ええ。強盗が押し入って社長をノックアウトしてしまったのかと思ったんですが、そうではありませんでした。社長は、寝息もたてないほど深く眠っていたんです」

「犯人にやられたんですよ」

浩司が断言した。

「絶対にそうだ。いくら名前を呼びながらゆすっても、起きない。かたわらに、何か液体をしみ込ませた布が落ちていたから、眠り薬を嗅がされたんでしょう」

その布をあとで調べたら、たしかにそんな薬物が検出された。

また画商の杉田が話しだす。

「私が社長を介抱しているところへ、住み込みのお手伝いさんやシェフが、それから浩司さんが走ってきました」

料理人まで住み込んでいるんだ。

「まず、浩司さんが警報ベルを止めました。その時になって、私は窓が半開きになっていることにようやく気がつきました。絵を盗んだ犯人は、そこから逃げたんです。社長のことはお手伝いさんたちにまかせて、私と浩司さんは窓から庭に出ました」

「ギャラリーは一階にあるんですね。それからどうしました？」

「すると、右から武川ローラさんが『どうしたんですか？』と訊きながら、左から三田村栄介さんが『まさか泥棒では』と言いながらやってきました。お二人とも別々に庭を散歩していたんですが、警報ベルに驚いて様子を見にきたんです」

武川ローラは、二十代の新進女性画家。三田村栄介は、県立美術館の初老の館長。彼らはみんな夕食に呼ばれてきていた。

「ここからは、ぼくが説明します」

浩司が深呼吸をしてから話す。

「『絵が盗まれました。怪しい人影を見ませんでしたか？』と訊いたところ、武川さんも三田村さんも『いいえ』と答える。犯人が右にも左にも逃げなかったとしたら、残る可能性はただ一つ。そこに逃げ込んだとしか考えられません」

彼が指さしたのは、松原利雄が趣味で作った迷路の入口だった。ギャラリーの窓のほぼ正面にある。迷路全体は、高さ二メートル半ぐらいの板塀で囲まれていた。

「しめた、と思いましたね。ぼくは『ここを見張っていてください』と言って、三田村さんやシェフといっしょに出口へ回りました。そうすれば犯人は袋のネズミです」

「しかし、あなたが出口に回るよりも先に、犯人は迷路をくぐり抜けたかもしれないでしょう」

「それは無理です。あの迷路はとても複雑で、たとえ順路を完全に記憶していたとしても、いったん入ったら通り抜けるのに十分はかかります。ぼくたちは、警報ベルが鳴ってから五分後には迷路を封鎖したんです」

私は、舌打ちをしたくなった。

「すると、犯人はまだあの中に？　それを早く言ってくださいよ」

「出口は今、三田村さんとシェフが見張っています。さぁ、泥棒を捕まえてください。迷路の地図はこれです」

私はそれを受け取ると、部下を集めて、入口と出口から同時に迷路に入っていった。それなら、かんたんに犯人が逮捕できたと思うだろ？　ところが違うんだ。

犯人はいなかった。迷路の中をくまなく調べたのに、影も形もありゃしない。ただ、とても重要な発見があってね。行き止まりになった迷路のある隅っこに、絵が落ちていた。それこそ、ギャラリーから盗まれた『壁抜け男』だ。額に収まったまま、地面に捨てられていたんだ。順路でいうと、入口と出口の真ん中あたりだったたな。

絵が無事にもどったのはいいとして、それだけでは事件解決にならない。松原社長を睡眠薬で眠らせ、絵を盗もうとした犯人はどこに消えたのか？

わからないのはそれだけじゃない。封鎖された迷路から脱出できたのなら、どうして犯人は盗んだ絵を捨てていったのかも解せない。変な事件だろう？

捜査を進めるうちに、さらに興味深い事実が浮かび上がった。絵が壁からはずされると、異常発生が警備会社に伝わり、警備員が車で飛んでくることになってたんだが、その車が高台の松原邸に到着するまで、怪しい人物や車をいっさい目撃していないんだ。一本道なのにね。つまり、犯人は屋敷から出ていないことになる。

そこで私は関係者全員から、さらにくわしい話を聞くことにした。お手伝いさんやシェフは、いっしょに食事の準備や後かたづけをしていたから、みんなが口をそろえて同じことを証言した。

夕方、五時に武川ローラが、六時に三田村栄介がやってきた。武川は社長が才能を認めて、熱心に応援しているアーティストで、ときどき食事に招待する。三田村は、県立美術館で開く幻想絵画展のためにプレサックの『壁抜け男』を貸してほしい、と依頼していた。そこで社長は「食事をしながらくわしい話を聞こう」と言って館長を招いたんだな。社長は機嫌がよくて、二人をつれて迷路の中を巡って遊んだり、屋敷の中を見せて回った。

七時前に、杉田実がやってくる。彼は、月に一度「こんな絵がありますが、いかがですか？」と御用聞きのように訪問して、ついでにごちそうになって帰るんだそうだ。その日も、何枚かの絵を車に積んで持ってきていたよ。彼が到着した時点で、屋敷の門は閉じられた。不審者が出入りしたらやはり警報が鳴るはずなんだが、こちらのベルは一度も鳴っていない。

甥の浩司は、二階の部屋で音楽を聴いたり、本を読んだりしていたらしい。ずっと部屋にいて、七時ちょうどに「おなか、ぺこぺこ」と言いながら下りてきた。

七時に始まった食事は、九時過ぎに終了する。社長は終始ご機嫌だったけれど、夕食の席で酔っぱらったせいか、いばって失礼なことを言ったらしいね。

「浩司は、おこづかいをせびりにくるばかりだ。でかい図体(ずうたい)をして、もっとしっかりせんか。武川君は、わしのおかげで個展が開けるんだから、もっともっと感謝してもらいたい。三田村さんの美術館に大切な絵を貸すのは気が進まない。館長が絵にくわしくない上、説明を聞いたらつまらない展覧会のようだ。杉田は『壁抜け男』以降は、ろくな絵を持ってこん。よくない噂も聞くし、当分の間、出入りしなくていいぞ」

みんな言われるままだったらしいが、内心は向かっ腹を立てていた、というのがお手伝いさんたちの印象だ。ちなみに、彼女らはずっと離れずにいたから、事件にはかかわっていないよ。

食後、杉田さんが持ってきた絵の売り込みをしようとしたら、社長は「勝手に見るからギャラリーに運んでおけ」と言って話を聞かなかった。やむなく画商は、一人で食堂で酒を飲んでいた。

浩司は部屋に戻って、ヘッドホンで音楽を聴いていた。それで、警報ベルが鳴っているのに気づくのが遅れたと言う。

武川は、館内の冷房が効きすぎていたので、外に出て庭を散歩していた。

三田村は、ギャラリーで絵の出品の交渉をしたんだが、社長の機嫌が悪くなってきたところで逃げるように退散して、やはり庭をうろついていた。

こんな様子だったんだな。そして、十時に警報ベルが鳴り響いたわけだ。犯人は、四人のうちの誰か。酔った社長の背後に忍び寄って、薬品をしみ込ませた布で眠らせてから、壁の絵を盗もうとしたものと思われる。その機会は全員にあった。動機は、失礼な松原利雄に対するいやがらせ、とも考えられるんだが……。

説明がつかないことも多い。誰が犯人だとしても、『壁抜け男』を盗みだしたあとで迷路に入り、絵が落ちていた場所まで行って戻るだけの時間はなかったし、出口から抜け出す時間もなかった。それに、これがいやがらせ目的の犯行だとしたら、ずいぶんと中途半端ないたずらだと思わないか？

迷路の中を捜せば、絵がすぐに見つかるのはわかっているんだから。

翌日になって、ようやく目を覚ました松原利雄の話を聞いたところ、いきなり後ろから口と鼻をふさがれたことぐらいしか記憶していなくて、参考になる証言は得られなかった。だいぶ怒っていたけれど、お気に入りの絵が無事だったと聞いて安心していたね。

迷路に落ちていた『壁抜け男』を鑑定したところ、まちがいなく本物だった。コレクターの社長が愛蔵するだけあって、なるほど、いい絵だね。大きさは賞状の額に入る程度のものなんだけれど、見ていると夢の世界に引き込まれそうになる。

そのせいか、おかしなことを言い出す捜査員がいた。ある若い刑事なんだが、額の一部に新しいキズがついてるのを指さして、こんなことを言う。

「これは何かにぶつかってついたキズですね。もしかすると、迷路の壁に激突してできたのかもしれません。この事件の犯人は、壁抜け男じゃないでしょうか。自分が素敵に描かれた絵が欲しくなって、盗みに入ったんですよ。警報ベルにびっくりして迷路に逃げ込んだものの、中でまごついてしまった。そこで、得意技を使って脱出しようとしたら、絵だけが壁にぶつかって通り抜けられず、仕方なく残していったんですよ。うーん、奇跡のような事件だ。まさに真夏の夜の夢」

刑事が本気でそんなことを言うのか、とあきれたかな？　だけど、あの絵を見ていたら、そんな現実ばなれした空想も浮かんでくるんだよ。名画だから。しかし、壁抜け男の犯行だと報告書に書くわけにはいかない。

えっ、犯人は外部から侵入した者で、迷路に閉じ込められてしまったので壁を乗り越えて逃げたんだろうって？　なるほど。その時、邪魔になったから絵を捨てた、というわけか。そして屋敷の塀も乗り越えたと考えると、辻褄が合いそうだね。でも、違うんだ。さっきも言ったとおり、それだと警報を受けて駈けつけた警備会社の人間とどこかで鉢合わせしたはずだから。

やはり屋敷にいた人間が怪しい。けれど、ギャラリーの絵を持ち出そうとしたら警報ベルが鳴ることは、みんな知っていたんだ。社長が夕食の際にそう話したから。それなのに、犯人はあえて『壁抜け男』を盗もうとした。妙な話だよね。

いったい、その夜に何があったのか、わかるかな？　もちろん壁抜け男なんて現実には存在しない。すべては、ある人物が一人でやったことだったんだ。

そうそう、一つ言い忘れた。迷路で見つかった『壁抜け男』には、誰の指紋もついていなかった。全体がきれいに拭ってあったんだけれど、それも不思議だと思わないかい？

これはヒントだよ。


　犯人は誰なのか？

　ここで推理してみてください（作者）。


推理はまとまったかな？

聞かせてもらおうか。

えっ、ギャラリーの窓が半開きだったのは犯人の偽装工作で、本当は庭に出ていないって？　うんうん。みんなが庭で大騒ぎをしている間、犯人は屋敷の中に身を隠していた、と。それで、警備会社の人間がやってきた後、すきを見て逃走したと言うんだね。つまり、やはり外部から侵入した人間が犯人というわけか。

でも、それだと……。はは、そのとおり。『壁抜け男』の絵が迷路で発見されたことの説明がつかないよね。残念。だけど、ある意味でいいところまでいってる推理だよ。

　そろそろ謎解きにかかろうかな。

　私が着目したのは、犯人が『壁抜け男』についた指紋を拭い去っていたことだ。警報ベルを背中に聞きながら逃げている最中に、どうしてそんなことをしたんだろう、と気になった。

　自分の指紋を消すためだとは考えにくい。それならば、あらかじめ手袋をして絵に触ればよかったんだから。泥棒をしようとする人間ならば、誰でも手袋ぐらいは用意するだろう。とっさに犯行におよんだのだとしても、指紋を拭うハンカチやタオルを持っていたのなら、初めから指紋が残らないように絵を持つこともできたはずだし。さぁ、これも謎だぞ。

　犯人が絵の指紋を拭き取った理由についてはあとで説明することにして、次に犯人が迷路から消失した方法について推理しよう。この事件で最大のミステリーだ。

　入口と出口を封鎖されたあとで、犯人が迷路から脱出する機会はなかった。したがって、犯人は封鎖以前にもう迷路を出ていたということになる。素直に考えればいいんだ。

　でも、絵は迷路の隅っこに捨ててあったよね。それはどう説明すればいいのか？　かんたんな話だ。塀の外側から、ポイと投げ入れたんだ。額縁に残っていたキズは、絵が地面に落ちてついたもの。つまり、この事件の犯人は迷路の中に入っていないんだよ。

せっかく苦労して盗んだ絵を、迷路に投げ込む理由がわからない？　そこだよ。事件の背景には、ある秘密があった。犯人は、絵を盗み出すためにあんな騒動を起こしたわけではないんだよ。かといって、単なるいたずらでもなかった。

では、いつ誰が絵を投げ込んだのか？　いつ、という問いの答えはわかるね。警報ベルが鳴ってから迷路が封鎖されるまでの間だろうって？　ところが、違うんだ。

いいかい、この事件においては、誰が犯人だったとしても、ギャラリーから持ち出した絵をていねいに拭いてから、それを塀越しに迷路内に投げ込み、そ知らぬ顔でみんながいるところに走ってくるだけの時間的余裕はなかったんだよ。だとしたら、どうなる？

夕方の六時すぎに松原社長が武川ローラと三田村栄介を案内して迷路中を回ったときは、絵は落ちていなかった。だから、それよりあとに絵が投げ込まれたのは確かだ。犯人は、画商の杉田実だよ。七時前に車でやってきた彼は、屋敷に入る前に『壁抜け男』を迷路にポイしたんだ。

ギャラリーから盗まれる前の絵を、どうして七時前に投げ込めたのかって？　そこが事件の核心でね。杉田が社長に売った絵は、そもそも偽物だったんだ。まったく詐欺師みたいなやつだよ。

バレなくて、しめしめと思っていたらしいが、予想外の事態が発生する。『壁抜け男』が展覧会に出品されそうになったことだ。大勢のプレサックファンや専門家の目に触れたら、それが偽物なのが発覚しかねない。あわてた彼は、本物の絵と交換しようとした。社長に本当のことを話すわけにはいかないから、非常手段を使ってね。それがこの泥棒騒動だったわけだ。

杉田としては、迷路の封鎖にもっと時間がかかると思っていたんだな。みんなが右往左往している間に、泥棒は絵を捨てて逃げました、ということで収めたかったらしい。そううまくはいかないよ。

絵の指紋がきれいに拭き取られていたのは、自分の指紋を消すことが目的だけど、それだけじゃない。そこについているはずの社長の指紋がないことが判明したら、まずいだろう。あるものを消すのではなく、ないものを隠すために、絵を拭いておいたんだね。

社長を眠らせたあと、彼は壁に掛かっていた偽物の『壁抜け男』をはずすと、その中身を社長に売り込むためと称して持ち込んだ何枚かの絵の裏に隠した。大急ぎでやる必要があったけれど、偽物の絵だから乱暴に扱っても平気だったらしい。調べたら、ちゃんとその偽物が見つかったよ。

これが私の出合った「推理小説みたいに不思議な事件」だ。少しは楽しんでもらえたかな？

下り「あさかぜ」

作中で鮎川哲也著『王を探せ』のダイイング・メッセージの解答を割っていることをあらがじめお断わりいたします。「ネタをばらすな」と不満に思う方がいらっしゃるでしょうが、『王を探せ』においては、メッセージが解読できても犯人を特定することは不可能というユニークな設定が採られていることも付記しておきます。

この事件の発端となった千九百八十五年三月十八日は、朝からどんよりとうす曇ってひどくうっとうしい日だった。だが、後から考えてみると、この重くるしい天気こそ、事件の性格を端的に象徴していたかというと、そうでもないのである。

その夜が明けやらぬ午前四時三十分。岡山駅駅長室の電話がけたたましく鳴った。受話器を取った助役の耳に、不自然に圧し殺した男の低い声がぼそぼそと何か告げる。

「え、何ですって？　よう聞こえませんけん、はっきりしゃべってください」

助役が問い返すと、声はゆっくりとこう云った。

「中央コンコースの待合室脇にあるトイレに死体が転がっている。男子トイレの一番奥の個室を見てみろ」

「死体って、あんた、それは」

相手は一方的に電話を切ってしまった。助役は腕組みをして受話器をにらむ。どうせ悪戯電話だろうと思うものの、それならそれで上に報告をしなくてはならない。彼は鉄道公安官に電話を入れてから、自分も確かめにいくべく腰を上げた。

靴音を響かせながら云われたトイレに向かう途中で、公安官と合流する。二人は「今朝は冷えますね」などと呑気なことを云いながら、男子トイレに入っていった。中には誰もいない。個室のドアはいずれも半開きの状態だった。

「一番奥って云ってたんですね？」

公安官が先に立って、その扉を押し開ける。と、その次の瞬間、二人はわッと叫んでとび退った。便器の傍らに、海老のように体を丸めて横たわっている人間の姿があったのだ。しかも、多量の出血で床が赤く染まっている。

「おい、大丈夫か？」

公安官は屈み込んで、倒れている中年の男の肩を揺すったが、まったく反応がない。彼は男の手首を握った。どうですか、助役が背中から訊く。

「まだぬくもりがあるんですが、脈はまったくありません。すぐに警察に連絡をしてください。私はこのトイレを封鎖して現場保存をしますので」

助役は二、三度うなずいたが、すぐに電話に走ろうとしない。公安官に「早く」と促されると、壁の低い位置を指さして、ふるえる声で尋ねた。

「ねぇ、あれは……、何でしょう？」

赤い文字だった。絶命した男が、最後の力を振り絞って、おのれの血で書き記したものらしい。それは、「王」と読めた。

「そうか、あの保津川君がね……」

鬼貫主任警部は沈痛な面持ちで、頬骨をなでた。

「出張先で客死です。現場は国鉄岡山駅中央コンコースのトイレ。鋭利なナイフで胸部を刺されての失血死で、死亡推定時刻は午前四時から四時三十分の間。捜査中の事件の犯人に襲われたのかと思いましたが、そうではないようですね。犯人はすでに逮捕ずみで、出張の目的は証拠固めだったということですから」

報告をする丹那刑事の表情も暗い。敏腕、保津川警部殺害さる、の衝撃は警視庁を、いや日本全体を震撼させていた。彼をモデルにした推理小説が何十冊もベストセラーとなっており、その活躍ぶりが国民に広く知られていたからだ。刑事部長が直々に発表に臨んだ午前中の記者会見の席は、騒然とした雰囲気であった。当然のこと、この事件を担当することになった鬼貫の双肩には、大きな重圧がかかる。

「誠実で人望の篤い人だったのにね」

警部は瞑目して云う。

「日本中を股にかけたやり手でしたから、かつて保津川警部に逮捕された者や、その関係者らの中に逆恨みで殺意を抱く者も多いのではないでしょうか。そのあたりのリストアップから始めるのが妥当かと思います」

　はやる丹那を鬼貫は穏やかに制した。

「待ちたまえ、丹那君。ぼくには犯人の目星がついているんだ」

「えっ？」

「保津川警部が遺してくれたダイイング・メッセージが教えてくれているじゃないか。彼は、ぼくが担当した『王を探せ』事件の顚末を知っていたはずだろう？　だから、とっさにあんな血文字を書いたんだろう」

「たしかに、あの事件の際も『王』というダイイング・メッセージが登場しましたね。しかし、それが今度の事件と……」

　丹那は小首をかしげたが、やがて、はっと顔色を変えた。

「王……亀……亀ということは、つまり、犯人は亀岡刑事だとお考えなんですか？」

　鬼貫は黙ってうなずいた。


　人目をはばかり、空いていた取調室で鬼貫、丹那は亀岡に対した。

「どうして私が保津川警部を殺さなくてはならないんですか。ひどいじゃありませんか。誰よりも今度の事件に打ちのめされているのがこの私だというのに」

　自分に容疑がかかっていることを知った亀岡は、さも心外だというふうに眉間に皺を寄せた。鬼貫はその目を見つめながら、淡々と話す。

「動機は怨恨だよ。きみは、いつも保津川警部に手柄を横取りされていたようだね。それだけでも苦々しかっただろうに、保津川君が美化されて小説のヒーローになり、大変な人気者になった。それが腹に据えかねる、と常々、丹那君を相手にこぼしていたそうじゃないか」

亀岡は、ちらりと丹那を横目で一瞥して、小さく舌打ちをした。が、すぐ気を取り直したように笑みを浮かべる。

「それは誤解ですよ。私は保津川警部を心から敬愛していました。しかし、いくら口でそう云っても信じてもらえないことは承知しています。私もデカですからね」

開き直ったのか、と思ったら、亀岡は一冊の時刻表を取り出して机に置いた。そんな分厚い雑誌をどこにどうやって隠していたのかは解らない。

「降りかかる疑惑は自分で払いましょう。私には、はっきりとしたアリバイがあります。保津川警部とは別に、やはり証拠固めのために九州に出張に行っていたんです」

亀岡が出張先の博多から急いで帰ってきたことは、鬼貫たちも聞いていた。

「私は事件の前夜、〈あさかぜ1号〉に乗って博多に向かいました。ほら、ここをご覧ください。〈あさかぜ1号〉の岡山着は午前4時36分です。保津川警部の死亡推定時刻は四時から四時半の間。遺体が見つかったのは四時三十二分ぐらいだったそうですから、私はわずかに間に合いません」

「よく見せてもらえるかな」

鬼貫は久しぶりに細かい数字に目を走らせた。なるほど、亀岡の云うとおりだ（時刻表

①参照）。
「きみがこれに乗っていたという証拠はあるのかい？」

「ええ、もちろんです。前日の18時45分、〈あさかぜ1号〉が東京駅を出るまで同僚の一人が見送ってくれましたから、私が乗車したことを証言してくれるでしょう。博多では、福岡県警の刑事とホームで待ち合わせていたので、私が〈あさかぜ1号〉から下車してくるところを彼が見ています。ああ、そうそう。大阪を過ぎたあたりで頭痛がしたもので、車掌に薬をもらったな。その三人からウラを取っていただければ、私の潔白は証明されるはずです」

　亀岡はぺらぺらとまくし立てた。そんなにうまい具合に証人が三人もいるのが不自然ではないか、と胡散臭く思う鬼貫に向かって、彼は云い放つ。

「証人たちの記憶が薄れないうちに確かめてもらえると幸いです。その時刻表はさし上げますから、どうぞお持ちになっててください。忙しいので、もうよろしいですね」

　亀岡は不敵に嗤って席を立った。

　彼の提示した三人の証人は、いずれも亀岡の言葉に間違いはないと明言したし、当日、列車の運行に乱れがなかったことも確認できた。彼には本当に堅牢なアリバイがあったのである。

　深夜におよぶ捜査会議を終えてから、鬼貫と丹那は刑事部屋の片隅で額を突き合わせて

寝台特急

東京方面 ⟷ 山陽・九州方面

東京からの営業キロ	運賃+特急料金	列車番号	1	4001	3		5	4005	7		9	13	15
		列車名	さくら	さくら	はやぶさ		みずほ	みずほ	富士		あさかぜ1号	あさかぜ3号	瀬戸
		発車番線	⑩		⑨		⑩		⑨		⑩	⑨	⑩
0.0	0円	東京 発	1630	(×は長崎行に連結)	1645	(×は熊本まで連結)	1700	(×は熊本行に連結)	1800	(×は大分まで連結)	1845	1855	1905
28.8	1,010	横浜 〃	1655		1710		1727		1825		1910	1922	1931
104.6	2,800	熱海 〃	レ		レ		レ		1929		2020	レ	2034
126.2	3,400	沼津 〃	1816		レ		レ		1948		2041	レ	レ
146.2	3,700	富士 〃	1832		レ		1903		2004		レ	レ	2106
180.2	4,600	静岡 〃	1905		1916		1934		レ		レ	2132	2139
257.1	5,600	浜松 〃	レ		レ		レ		2130		2226	レ	レ
293.6	6,200	豊橋 〃	2031		レ		レ		レ		レ	レ	レ
366.0	7,400	名古屋 着	2123		2137	…	2153		2249	…	2343	2351	2400
		名古屋 発	2128		2139	…	2155		2254	…	2347	2356	005
396.3	7,600	岐阜 〃	レ		2201	…	2218		レ	…	レ	レ	レ
513.6	9,400	京都 〃	2324	…	2337	…	2353	…	レ	…	レ	レ	レ
556.4	9,800	大阪 着	2357		011	…	026	…	レ	…	レ	レ	レ
		大阪 発	001	Ⓐ(B寝台は宇部から・A寝台は門司から寝台券なしで乗車できます)	015	…	030	…	レ	…	レ	レ	レ
587.0	10,300	三ノ宮 〃	レ		038	…	レ	…	レ	Ⓐ(柳井から寝台券なしで乗車できます)	レ	レ	レ
644.3	11,200	姫路 着	レ		レ	…	レ	…	レ		レ	レ	355
732.9	11,700	岡山 〃	レ		レ	…	レ	…	レ		436	444	509
748.8	11,700	倉敷 〃	レ		レ	…	レ	…	レ		レ	459	宇野着 554
791.2	11,900	福山 〃	レ		レ	…	レ	…	428		レ	531	
811.3	12,200	尾道 発	レ		レ	…	レ	Ⓐ(小野田から寝台券なしで乗車できます)	レ		536	548	
820.4	12,200	糸崎 着	レ		レ	…	レ		レ		レ	559	…
822.8	12,200	三原	レ		レ	Ⓐ(厚狭から寝台券なしで乗車できます)	レ		レ		レ	603	…
894.8	12,700	広島 着	432		444		459		601		655	711	…
		広島 発	434		448		503		603		659	716	…
916.6	12,700	宮島口 〃	レ		レ		レ		レ		719	レ	…
936.2	13,000	岩国 着	レ		523		538		レ		737	750	…
969.3	13,200	柳井 発	レ		レ		レ		703		レ	819	…
997.0	13,200	下松 〃	レ		レ		レ		726		レ	レ	…
983.3	13,200	徳山 着発	600		レ		631		レ	…	831	848	…
1009.8	13,500	防府 着	レ		レ		レ		800	…	857	914	…
1027.6	13,500	小郡 〃	638		657		レ		レ	…	レ	929	…
1052.9	13,700	宇部 発	701		レ		レ		835	…	932	954	…
1056.4	13,700	小野田 着	レ	…	レ		736		レ	…	レ	レ	…
1062.7	13,700	厚狭 〃	レ	…	727		レ	…	レ	…	レ	レ	…
1096.5	14,000	下関 〃	742	…	759	…	813	…	914	…	1011	1032	…
1102.8	14,000	門司 〃	755	…	812	…	825	…	926	…	1024	(広島から寝台券なしで乗車できます)Ⓐ	…
1108.3	14,000	小倉 〃	806	…	824	…	837	…	938	…	1035		…
1176.5	14,500	博多 着	905	…	920	…	932	…	‖	…	1132		…
		博多 発	908	…	922	…	935	…	‖	…	(宮島口から寝台券なしで乗車できます)Ⓐ		…
1205.1	14,700	鳥栖 着	934	…	948	…	1000	↳	‖	…			…
		鳥栖 発	937	…	950	…	1005	1014	‖	…			…
1212.2	14,700	久留米 着	‖	…	958	…	レ	‖	‖	…			…
1245.8	15,000	大牟田 〃	‖	…	1026	…	1041	‖	‖	…			…
1294.9	15,200	熊本 着	‖	…	1108	…	1123	‖	‖	…			…
		熊本 発	‖	…	1113	…	…	‖	‖	…			…
1330.6	15,500	八代 着	‖	…	1142	…	…	‖	‖	…			…
1380.2	15,700	水俣 〃	‖	…	1236	…	…	‖	‖	…		…	…
1396.2	16,000	出水 〃	‖	…	1253	…	…	‖	‖	…		…	…
1416.8	16,000	阿久根 発	‖	…	1316	…	…	‖	‖	…		…	…
1447.5	16,200	川内 着	‖	…	1350	…	…	‖	‖	…		…	…
1493.6	16,500	西鹿児島 〃	‖	…	1438	…	…	‖	‖	…		…	…
1230.1	14,700	佐賀 着	1001	…	…	…	…	1035	‖	…	…	…	…
1244.7	15,000	肥前山口 着	1016	↳	…	…	…	レ	‖	…	…	…	…
		肥前山口 発	1024	1031	…	…	…	レ	‖	…	…	…	…
1259.7	15,000	肥前鹿島 〃	1040	‖	…	…	…	レ	‖	…	…	…	…
1305.5	15,200	諫早 着	1130	‖	…	…	…	1151	‖	…	…	…	…
1330.4	15,500	長崎 〃	1152	‖	…	…	…	1215	‖	…	…	…	…
1284.6	15,200	早岐 着	…	1113	…	…	…	…	‖	…	…	…	…
1293.5	15,200	佐世保 〃	…	1133	…	…	…	…	‖	…	…	…	…
1160.1	14,500	中津 発	…	…	…	…	…	…	1029	…	…	…	…
1184.1	14,500	宇佐 〃	…	…	…	…	…	…	1055	…	…	…	…
1229.1	14,700	別府 着	…	…	…	…	…	…	1138	…	…	…	…
1241.2	15,000	大分 〃	…	…	…	…	…	…	1153	…	…	…	…
1306.1	15,200	佐伯 〃	…	…	…	…	…	…	1307	…	…	…	…
1364.5	15,700	延岡 〃	…	…	…	…	…	…	1420	…	…	…	…
1385.0	15,700	日向市 発	…	…	…	…	…	…	1443	…	…	…	…
1448.2	16,200	宮崎 着	…	…	…	…	…	…	1544	…	…	…	…

営業キロ	運賃+特急料金	列車番号	16	14	10	8		4	4006	6	4002	2	
		列車名	瀬戸	あさかぜ2号	あさかぜ4号	富士		はやぶさ	みずほ	みずほ	さくら	さくら	
0.0	0円	宮崎 発	…	…	…	1224	(×は大分から連結)	…	…	…	…	(×は長崎発に連結)	…
63.2	2,250	日向市 〃	…	…	…	1329		…	…	…	…		…
83.7	2,540	延岡 〃	…	…	…	1351		…	…	(×は熊本発に連結)	…		…
142.1	3,900	佐伯 〃	…	…	…	1456		…	…		…		…
207.0	5,200	大分 〃	…	…	…	1615		(門司まで寝台券なしで乗車できます)Ⓐ	…		…		…
219.1	5,200	別府 〃	…	…	…	1627			…		…		…
264.1	6,100	宇佐 〃	…	…	…	1710			…		…		…
288.1	6,400	中津 〃	…	…	…	1736	(門司まで寝台券なしで乗車できます)Ⓐ		…		…		…
0.0	0円	佐世保 発	…	…	…	‖			…		1630		…
8.9	1,250	早岐 〃	…	…	…	‖			…		1650		…
0.0	0円	長崎 発	…	…	…	‖			1535	(博多まで寝台券なしで乗車できます)Ⓐ	‖	1600	(博多まで寝台券なしで乗車できます)Ⓐ
24.9	1,440	諫早 〃	…	…	…	‖			1559		‖	1622	
70.7	2,390	肥前鹿島 〃	…	…	…	‖			レ		‖	1721	
85.7	2,540	肥前山口 着	…	…	…	‖			レ		1732	1736	
		肥前山口 発	…	…	…	‖			レ		↳(博多まで寝台券なしで乗車できます)Ⓐ	1746	
100.3	3,300	佐賀 〃	…	…	…	‖			1718			1800	
0.0	0円	西鹿児島 発	…	…	…	‖		1220	‖			‖	
46.1	1,800	川内 〃	…	…	…	‖		1307	‖			‖	
76.8	2,390	阿久根 〃	…	…	…	‖	…	1338	‖			‖	
97.4	2,680	出水 〃	…	…	…	‖	…	1403	‖			‖	
113.4	3,300	水俣 〃	…	…	…	‖	…	1421	‖			‖	
163.0	4,500	八代 〃	…	…	…	‖	…	1519	‖			‖	
198.7	4,800	熊本 着	…	…	…	‖	…	1549	‖			‖	
		熊本 発	…	…	…	‖	(×は熊本から連結)	1602	‖	1623		‖	…
247.8	5,800	大牟田 〃	…	…	…	‖		1645	‖	1705		‖	…
281.4	6,400	久留米 〃	…	…	…	‖		1713	‖	レ		‖	…
288.5	6,400	鳥栖 着	…	…	…	‖		1721	1740	1740		1822	…
		鳥栖 発	…	…	…	‖		1723	↳(博多まで寝台券なしで乗車できます)Ⓐ	1754	…	1824	…
317.1	6,900	博多 着	…	…	…	‖		1748		1819	…	1849	…
		博多 発	…	…	1654	‖		1750		1821	…	1851	…
385.3	7,800	小倉 〃	…	…	1751	1822		1850		1921	…	1949	…
390.8	7,800	門司 〃	…	…	1803	1834	…	1902		1932	…	2002	…
397.1	7,600	下関 〃	…	1557	1816	1849	…	1915		1945	…	2015	…
430.9	8,500	厚狭 〃	…	レ	レ	レ	…	1944		レ	…	レ	…
437.2	8,500	小野田 〃	…	レ	レ	レ	…	レ		2019	…	レ	…
440.7	8,700	宇部 〃	…	1634	1852	1927	…	レ		レ	…	2053	…
466.0	8,900	小郡 〃	…	1656	レ	レ	…	2014		レ	…	2116	…
483.8	9,100	防府 〃	…	1711	1928	2002	…	レ		レ	…	レ	…
510.3	9,400	徳山 〃	…	1737	1954	レ	…	レ		2120	…	2154	…
518.3	9,400	下松 〃	…	レ	レ	2032	…	レ	…	レ	…	レ	…
546.0	9,800	柳井 〃	…	1806	レ	2056	…	レ	…	レ	…	レ	…
557.4	10,100	岩国 〃	…	1834	2048	レ	…	2150	…	2216	…	レ	…
577.0	10,300	宮島口 〃	…	レ	2105	レ	…	レ	…	レ	…	レ	…
598.8	10,500	広島 着	…	1907	2124	2157	…	2223	…	2251	…	2321	…
		広島 発	…	1920	2126	2201	…	2227	…	2255	…	2323	…
670.8	11,200	三原 〃	…	2026	レ	レ	…	レ	…	レ	…	レ	…
673.2	11,200	糸崎 〃	…	2033	レ	レ	…	レ	…	レ	…	レ	…
682.3	11,400	尾道 〃	宇野発 2058	2042	2244	レ	…	レ	…	レ	…	レ	…
702.4	11,400	福山 〃		2058	レ	2339	…	レ	…	レ	…	レ	…
744.8	11,700	倉敷 〃		2131	レ	レ	…	レ	…	レ	…	レ	…
760.7	11,900	岡山 〃	2139	2147	2346	023	…	レ	…	レ	…	レ	…
849.3	12,500	姫路 〃	2244	2253	レ	レ	…	レ	…	レ	…	レ	…
906.6	12,700	三ノ宮 〃	レ	レ	レ	レ	…	レ	…	レ	…	レ	…
937.2	13,000	大阪 着	2349	001	レ	レ	…	レ	…	レ	…	357	…
		大阪 発	2353	005	レ	レ	…	レ	…	レ	…	401	…
980.0	13,200	京都 着	レ	レ	レ	レ	…	レ	…	404	…	436	…
1097.3	14,000	岐阜 〃	レ	レ	レ	レ	…	510	…	538	…	レ	…
1127.6	14,200	名古屋 着	レ	レ	レ	506	…	535	…	603	…	630	…
		名古屋 発	レ	レ	レ	510	…	540	…	608	…	635	…
1200.0	14,700	豊橋 着	レ	レ	レ	レ	…	レ	…	レ	…	728	…
1236.5	15,000	浜松 〃	レ	レ	557	627	…	レ	…	レ	…	レ	…
1313.4	15,200	静岡 〃	439	447	レ	レ	…	758	…	829	…	854	…
1347.4	15,500	富士 〃	508	レ	レ	756	…	レ	…	858	…	923	…
1367.4	15,700	沼津 〃	レ	レ	739	812	…	レ	…	レ	…	940	…
1389.0	15,700	熱海 〃	540	レ	758	832	…	レ	…	レ	…	レ	…
1464.8	16,200	横浜 〃	646	658	904	934	…	1005	…	1041	…	1105	…
1493.6	16,500	東京 〃	711	725	930	958	…	1030	…	1105	…	1130	…
		到着番線	⑨	⑩	⑩	⑩		⑨		⑩		⑨	…

いた。事件発生から一週間が経過し、捜査は行き詰まりの様相を呈している。マスコミの論調は、捜査陣をあからさまに非難するものに変わってきていた。

「動機がある人物にはみんなアリバイが成立してしまいましたね。亀岡刑事がどうにも怪しいのですが、その彼のアリバイが一番強固ですし、参りました」

丹那は弱気なことをこぼすが、粘り強さが信条の鬼貫はこれしきのことではへこたれない。過去において、犯人が偽造した鉄壁と思えるアリバイをいくつも崩してきた自負もある。

「丹那君。そうぼやかずに落ち着いて考え直してみようじゃないか。亀岡刑事のアリバイが偽物だとしたら、どこに細工の余地があっただろうか」

「どこに細工があるのかはわかりませんが、彼のアリバイ成立にあたっては、何といっても〈あさかぜ1号〉の車掌の証言が効いています。東京駅で見送られただの、博多駅で出迎えられただのという証言は、実のところあまり重要ではありません」

「そうかね？」

丹那は、亀岡からもらった時刻表を開く。

「ええ、そうじゃありませんか。彼が本当に〈あさかぜ1号〉に乗り込んだのだとしても、列車は横浜駅に停車しますから、そこで下車して新横浜発19時46分の〈こだま299号〉に乗り換えることができます（時刻表②参照）。こいつは23時38分新大阪止まりですが、そこから在来線に乗り換えれば岡山に……」

しかるべきページを開いたはずなのに、丹那は絶句した。その時刻以降に大阪を出て岡

東海道・山陽新幹線 下り 上り（その4）

電話予約コード	02293	01165		01383		02467	01177	02297	01167	01179	02299	01181	02325	01183	01185	02307	02327	01541	02311	02313
列車名	こだま 293	ひかり 165		ひかり 383		こだま 467	ひかり 177	こだま 297	ひかり 167	ひかり 179	こだま 299	ひかり 181	こだま 325	ひかり 183	ひかり 185	こだま 307	こだま 327	ひかり 541	こだま 311	こだま 313
発車番線	⑱	⑮		⑯		⑭	⑰	⑱	⑮	⑱	⑯	⑲	⑭	⑮	⑰	⑱	⑱	⑮	⑱	⑯
東京発	1816	1824	…	1836	┌	1840	1848	1852	1900	1924	1928	1936	1940	2000	2012	2016	2040	2100	2104	2200
新横浜〃	1834	レ	…	レ	◆（運転日注意）	1858	レ	1910	レ	レ	1946	レ	1958	レ	レ	2034	2058	レ	2122	2218
小田原〃	1858	レ	…	レ		1922	レ	1934	レ	レ	2010	レ	2022	レ	レ	2056	2119	レ	2143	2239
熱海〃	1909	レ	…	レ		1933	レ	1945	レ	レ	2021	レ	2033	レ	レ	2107	2130	レ	2154	2250
三島〃	1923	レ	…	レ		1942	レ	1959	レ	レ	2035	レ	2042	レ	レ	2117	2140	レ	2205	2301
静岡〃	1952	レ	– –	レ		（普通車全車自由席）	レ	2028	レ	レ	2104	レ	（普通車全車自由席）	レ	レ	2141	（普通車全車自由席）	2205	2227	2323
浜松〃	2019	レ	…	レ	…		レ	2055	レ	レ	2131	レ		レ	レ	2208		2232	（普通車全車自由席）	（普通車全車自由席）
豊橋〃	2039	レ	…	レ	…		レ	2115	レ	レ	2151	レ		レ	レ	2225		2249		
名古屋着	2106	2025	…	2037	…		2049	2142	2101	2125	2218	2137		2201	2213	2251		2316		
名古屋発	2108	2027	…	2039	…		2051	2144	2103	2127	2220	2139		2203	2215	（普通車全車自由席）		…		
岐阜羽島〃	2127	レ	…	レ	…		レ	2203	レ	レ	2234	レ		レ	レ			…		
米原〃	2145	レ	…	レ	…		レ	2221	レ	レ	2252	レ		レ	レ			…		
京都〃	2212	2117	…	2129	…	…	2141	2248	2153	2217	2320	2229	…	2253	2305		…	…	…	…
新大阪着	2230	2134	…	2146	…	…	2158	2306	2210	2234	2338	2246	…	2310	2322		…	…	…	…
発着番線	③	①		①	┐		③	④	①	④	④	①	┐┌	①	③					
新大阪発	…	2136	…	◆（運転日注意）	（1月25日・2月1日は③）	…	（1月25日・2月1日は⑤）	…	2212	（2月5日までは⑥）	日食	日食	Ⓐ	日食	B・T	…	…	…	…	…
新神戸〃	…	2152	…			…		…	2228				…			…	…	…	…	…
西明石〃	…	2204	…			…		…	2240				…			…	…	…	…	…
姫路〃	…	2218	…			…		…	2254											
相生〃	…	2230	…			…		…	2306											
岡山着	…	2252	…	…		…		…	2328											
岡山発	…	…	…	…		…		…	…	…										
新倉敷〃	…	…	…	…		…		…	…	…										
福山〃	…	…	…	…	…	…	…	…	…	…										
三原〃	…	…	…	…	…	…	…	…	…	…										
広島着	…	…	…	…	…	…	…	…	…	…										
広島発	…	…	…	…	…	…	…	…	…	…										
新岩国〃	…	…	…	…	…	…	…	…	…	…										
徳山〃	…	…	…	…	…	…	…	…	…	…										
小郡〃	…	…	…	…	…	…	…	…	…	…										
新下関〃	…	…	…	…	…	…	…	…	…	…										
小倉着	…	…	…	…	…	…	…	…	…	…										
小倉発	…	…	…	…	…	…	…	…	…	…										
博多着	…	…	…	…	…	…	…	…	…	…										
到着番線																				
運転期日（期日を示してない列車は毎日運転）				1月25日・2月1・8・15・22日・3月1・8日運転	1月25↓27日・2月1↓3・8↓11・15↓17・22↓24日・3月1↓3・8↓10日運転															
食堂車 ビュフェ	日食	帝国		B・T			日食	帝国	帝国	日食										

国鉄ハイウェイバス「ドリーム号」

＜全車指定席＞（詳しくは490ページ参照）

下り				
愛称名	ドリーム1号	ドリーム3号	ドリーム5号	
便名	801	901	951	
東京発	2220	2300	2320	…
名古屋着	‖	‖	601	…
京都〃	‖	745		…
大阪〃	740		…	…

上り				
愛称名	ドリーム6号	ドリーム4号	ドリーム2号	
便名	952	902	802	
大阪発	…	…	2240	…
京都〃	…	2200	‖	…
名古屋〃	2320	‖	‖	…
東京着	600	643	815	…

運賃＋バス指定券

東京	←→名古屋	6,000円
〃	←→京都	7,800円
〃	←→大阪	8,200円

山に向かう列車は皆無だった。岡山行きの最終電車である〈ひかり167号〉は22時12分新大阪発なので、話にもならない（時刻表②参照）。また、0時前後に〈さくら〉〈はやぶさ〉〈みずほ〉といった寝台特急が大阪駅に停車するものの、いずれも岡山駅は通過してしまうのだ（時刻表①参照）。

「おかしいですな。大阪から岡山まで車を飛ばしたんでしょうか」

「それはないよ。あの夜、山陽自動車道と国道2号線で同時に大きな事故があって、車での移動は困難だったからね」

その事実を、なぜか鬼貫はさも楽しげに語った。そうでした、と丹那は頭を搔く。

「車掌の証言に穴が見つけられたらアリバイは崩れる、と思っていたんですが、どうやらそんな柔な代物ではないようですね。まず、東京駅で彼が〈あさかぜ1号〉に乗り込むのを見送った、という証言を無効にしてしまわなくては始まらない」

「そうだね。亀岡刑事が乗ったのが〈あさかぜ1号〉ではなく、もっと早い列車だったのなら好都合なんだが」

鬼貫は時刻表をめくり、亀岡刑事をその日のうちに岡山駅に立たせることが可能な乗り継ぎを探した。しかし、18時15分発の〈出雲1号〉か18時0分東京駅発の〈富士〉だったとしたらどうか？（時刻表③参照）どちらも横浜駅に停車するので、そこで岡山行き最終の〈ひかり167号〉をつかまえることはできないか？　ところが、調べてみると〈ひかり167号〉は新横浜駅に停まらないのだ。〈富士〉よりさらに前の〈みずほ〉に乗らな

名 古 屋 （東海道本線・下り）（その3）

列車番号	831M	833M	835M	1837M	2839M	841M	337M	7	843M	2001	845M	339M	847M	531M	9	849M	13	851M		15	853M	1855M
列車名								富士 個		出雲1号 個					あさかぜ1号 個		あさかぜ3号			瀬戸		
季節臨時																						
行先	小田原	沼津	平塚	小田原	御殿場	平塚	静岡	宮崎	熱海	浜田	国府津	静岡	小田原	伊豆急下田	博多	国府津	下関	沼津		宇野	小田原	平塚
入線時刻	1709	1718	1641	1729	1732	1735	1741	1738	1753	1750	1747	1807	1813	1831	1831	1825	1834	1850	┐	1852	1859	1909
発車番線	10	9	7	8	10	7	12	9	7	10	8	7	12	7	10	8	9	7	8	10	12	8
東京	1719	1726	1732	1738	1744	1750	1755	1800	1804	1815	1818	1828	1834	1840	1845	1849	1855	1859	1908	1905	1911	1919
新橋	1722	1729	1735	1741	1747	1753	1758	レ	1807	レ	1821	1831	1837	1843	レ	1852	レ	1902	1911	レ	1914	1922
品川	1728	1735	1741	1747	1753	1800	1809	レ	1814	レ	1827	1837	1843	1854	レ	1859	レ	1908	1917	レ	1921	1928
川崎	1739	1746	1752	1758	1804	1810	1820	レ	1825	レ	1838	1848	1853	1905	レ	1909	レ	1919	1926	レ	1932	1939
横浜 着	1747	1754	1800	1806	1812	1819	1828	1824	1833	1839	1846	1856	1902	1913	1909	1918	1921	1928	1935	1930	1940	1948
横浜 発	1748	1755	1801	1807	1813	1820	1829	1825	1835	1840	1847	1857	1903	1914	1910	1925	1922	1934	1936	1931	1941	1949
戸塚	1800	1806	1812	1818	1824	1831	1840	レ	1847	レ	1858	1908	1914	1925	レ	1937	レ	1946	1946	レ	1952	2000
大船	1807	1813	1819	1825	1831	1842	1847	レ	1858	レ	1909	1915	1921	1932	レ	1949	レ	1955	1954	レ	1959	2007
藤沢	1812	1818	1825	1830	1836	1848	1852	レ	1903	レ	1914	1920	1926	1937	レ	1954	レ	1958	1959	レ	2004	2012
辻堂	1816	1822	1829	1834	1840	1852	1856		1907		1918	1924	1930	1941	レ	1958	レ	2002	2003	レ	2008	2016
茅ヶ崎	1820	1826	1833	1838	1844	1856	1900	(✕は大分まで連結)	1911	(✕は出雲市まで連結)	1922	1928	1934	1945	レ	2002	レ	2006	┘	レ	2012	2020
平塚	1826	1835	1839	1845	1856	1901	1906		1922		1929	1934	1944	2001	レ	2008	レ	2012	(1月26・27日はこの時刻に変更)	レ	2019	2026
大磯	1831	1840	⊟	1850	1901	⊟	1910		1927		1933	1939	1949	2006	レ	2013	レ	2017		レ	2024	⊟ (土曜・休日運休)
二宮	1836	1845	…	1856	1906	…	1915		1933		1939	1944	1955	2012	レ	2018	レ	2022		レ	2029	
国府津	1841	1850	…	1906	1915	…	1932		1938		1944	1949	1959	2017	レ	2023	レ	2027		レ	2034	
鴨宮	1845	1854	…	1911	(御殿場着 2014)	…	1936		1942		⊟	1953	2003	2021	レ	⊟	レ	2031		レ	2038	
小田原 着	1849	1858	…	1915		…	1940	レ	1946	レ	…	1957	2007	2025	レ	…	レ	2035		レ	2042	
小田原 発	⊟	1859	…	⊟ (土曜・休日運休)	137ページ ⊟	…	1940	レ	1950	レ	…	2003	⊟	2028	レ	…	レ	2038		レ	⊟	…
早川	…	1902	…			…	1944	レ	1955	レ	…	2007	…	2031	レ	…	レ	2041		レ	…	…
根府川	…	1907	…			…	1949	レ	1958	レ	…	2022	…	2036	レ	…	レ	2046		レ	…	…
真鶴	…	1913	…			…	1955	レ	2004	レ	…	2029	…	2042	レ	…	レ	2052	…	レ	…	…
湯河原	…	1917	…			…	1959	レ	2008	レ	…	2033	…	2046	レ	…	レ	2056	…	レ	…	…
熱海 着	…	1922	…			…	2006	1928	2014	1947	…	2039	…	2052	2019	…	レ	2103	…	2033	…	…
熱海 発	…	1923	…		…	…	2007	1929	⊟	1948	…	2042	…	2054	2020	…	レ	2111	…	2034	…	…
函南	…	1931	…		…	…	2015	レ	…	レ	…	2051	…	(伊豆急下田着 2222)	レ	…	レ	2120	…	レ	…	…
三島 着	491M	1936	493M		…	…	2021	レ	…	レ	…	2057	1293M		レ	…	レ	2125	…	レ	…	…
三島 発	1932	1937	2013	…	…	…	2022	レ	…	レ	…	2057	2110		レ	…	レ	2126	…	レ	…	…
沼津 着	1938	1943	2019	…	…	…	2029	1946	…	2005	…	2104	2117		2039	…	レ	2132	…	レ	…	…
沼津 発	1941	⊟	2021	…	…	…	2056	1948	…	2007	…	2120	…	130ページ	2041	…	レ	⊟	…	レ	…	…
原	1948	…	2027	…	…	…	2103	レ	…	レ	…	2127	…		レ	…	レ	…	…	レ	…	…
東田子の浦	1959	…	2032	…	…	…	2108	レ	…	レ	…	2132	…		レ	…	レ	…	…	レ	…	…
吉原	2004	…	2036	…	…	…	2112	レ	…	レ	…	2136	…	⊟	レ	…	レ	…	…	レ	…	…
富士 着	2008	…	2040	…	…	…	2116	2003	…	レ	…	2140	…	…	レ	…	レ	…	…	2105	…	…
富士 発	2009	…	2041	…	…	…	2118	2004	…	レ	…	2140	…	…	レ	…	レ	…	…	2106	…	…
富士川	2013	…	2045	…	…	…	2122	レ	…	レ	…	2144	…	…	レ	…	レ	…	…	レ	…	…
新蒲原	2016	…	2048	…	…	…	2125	レ	…	レ	…	2148	…	…	レ	…	レ	…	…	レ	…	…
蒲原	2019	…	2052	…	…	…	2128	レ	…	レ	…	2151	…	…	レ	…	レ	…	…	レ	…	…
由比	2045	…	2056	…	…	…	2132	レ	…	レ	…	2155	…	…	レ	…	レ	…	…	レ	…	…
興津	2051	…	2102	…	…	…	2138	レ	…	レ	…	2201	…	…	レ	…	レ	…	…	レ	…	…
清水	2058	…	2107	…	…	…	2144	レ	…	レ	…	2207	…	…	レ	…	レ	…	…	レ	…	…
草薙	2104	…	2113	…	…	…	2150	レ	…	レ	…	2213	…	…	レ	…	レ	…	…	レ	…	…
静岡 着	2110	…	2120	…	…	…	2157	レ	…	レ	…	2219	495M	…	レ	…	2130	…	…	2137	…	…
静岡 発	…	…	2144	…	…	…	⊟	レ	…	レ	…	⊟	2238	…	レ	…	2132	…	…	2139	…	…
用宗	…	…	2152	…	…	…	…	レ	…	レ	…	…	2245	…	レ	…	レ	…	…	レ	…	…
焼津	…	…	2158	…	…	…	…	レ	…	レ	…	…	2252	…	レ	…	レ	…	…	レ	…	…
藤枝	…	…	2204	…	…	…	…	レ	…	レ	…	…	2257	…	レ	…	レ	…	…	レ	…	…
島田	…	…	2211	…	…	…	…	レ	…	レ	…	…	2304	…	レ	…	レ	…	…	レ	…	…
金谷	…	…	2216	…	…	…	…	レ	…	レ	…	…	2309	…	レ	…	レ	…	…	レ	…	…
菊川	…	…	2225	…	…	…	…	レ	…	レ	…	…	2318	…	レ	…	レ	…	…	レ	…	…
掛川	…	…	2232	…	…	…	…	レ	…	レ	…	…	2325	…	レ	…	レ	…	…	レ	…	…
袋井	…	…	2239	…	…	…	…	レ	…	レ	…	…	2333	…	レ	…	レ	…	…	レ	…	…
磐田	…	…	2245	…	…	…	…	レ	…	レ	…	…	2339	…	レ	…	レ	…	…	レ	…	…
天竜川	…	…	2252	…	…	…	…	レ	…	レ	…	…	2346	…	レ	…	レ	…	…	レ	…	…
浜松 着	…	…	2257	…	…	…	…	2128	…	2149	…	…	2351	…	2224	…	レ	…	…	レ	…	…
浜松 発	…	…	2300	…	…	…	…	2130	…	2151	…	…	…	…	2226	…	レ	…	…	レ	…	…
高塚	…	…	2305	…	…	…	…	レ	…	レ	…	…	…	…	レ	…	レ	…	…	レ	…	…
舞阪	…	…	2310	…	…	…	…	レ	…	レ	…	…	…	…	レ	…	レ	…	…	レ	…	…
弁天島	…	…	2313	…	…	…	…	レ	…	レ	…	…	…	…	レ	…	レ	…	…	レ	…	…
新居町	…	…	2317	…	…	…	…	レ	…	レ	…	…	…	…	レ	…	レ	…	…	レ	…	…
鷲津	…	…	2321	…	…	…	…	レ	…	レ	…	…	…	…	レ	…	レ	…	…	レ	…	…
新所原	…	…	2327	…	…	…	…	レ	…	レ	…	…	…	…	レ	…	レ	…	…	レ	…	…
二川	…	…	2332	…	…	…	…	レ	…	レ	…	…	…	…	レ	…	レ	…	…	レ	…	…
豊橋 着	…	…	2339	…	…	…	…	レ	…	レ	…	…	…	…	レ	…	レ	…	…	レ	…	…
豊橋 発	…	…	…	…	…	…	…	レ	…	レ	…	…	…	…	レ	…	レ	…	…	レ	…	…
西小坂井	…	…	…	…	…	…	…	レ	…	レ	…	…	…	…	レ	…	レ	…	…	レ	…	…
愛知御津	…	…	…	…	…	…	…	レ	…	レ	…	…	…	…	レ	…	レ	…	…	レ	…	…
三河大塚	…	…	…	…	…	…	…	レ	…	レ	…	…	…	…	レ	…	レ	…	…	レ	…	…
三河三谷	…	…	…	…	…	…	…	レ	…	レ	…	…	…	…	レ	…	レ	…	…	レ	…	…
蒲郡	…	…	…	…	…	…	…	レ	…	レ	…	…	…	…	レ	…	レ	…	…	レ	…	…
三ヶ根	…	…	…	…	…	…	…	レ	…	レ	…	…	…	…	レ	…	レ	…	…	レ	…	…
幸田	…	…	…	…	…	…	…	レ	…	レ	…	…	…	…	レ	…	レ	…	…	レ	…	…
岡崎	…	…	…	…	…	…	…	レ	…	レ	…	…	…	…	レ	…	レ	…	…	レ	…	…
安城	…	…	…	…	…	…	…	レ	…	レ	…	…	…	…	レ	…	レ	…	…	レ	…	…
東刈谷	…	…	…	…	…	…	…	レ	…	レ	…	…	…	…	レ	…	レ	…	…	レ	…	…
刈谷	…	…	…	…	…	…	…	レ	…	レ	…	…	…	…	レ	…	レ	…	…	レ	…	…
大府	…	…	…	…	…	…	…	レ	…	レ	…	…	…	…	レ	…	レ	…	…	レ	…	…
共和	…	…	…	…	…	…	…	レ	…	レ	…	…	…	…	レ	…	レ	…	…	レ	…	…
大高	…	…	…	…	…	…	…	レ	…	レ	…	…	…	…	レ	…	レ	…	…	レ	…	…
笠寺	…	…	…	…	…	…	…	レ	…	レ	…	…	…	…	レ	…	レ	…	…	レ	…	…
熱田	…	…	…	…	…	…	…	レ	…	レ	…	…	…	…	レ	…	レ	…	…	レ	…	…
名古屋	…	…	…	…	…	…	…	2249	…	2311	…	…	…	…	2343	…	2351	…	…	2400	…	…
終着								宮崎 1544		浜田 958					博多 1132		下関 1032			宇野 554		
次のページ								103		103					103		103			97		

くては、犯行時間までに岡山に到着できない。しかし、〈みずほ〉が東京駅を出るのは17時0分で（時刻表①参照）、〈あさかぜ1号〉の東京発よりも一時間四十五分も早い。それだけ時間がずれていれば、見送った人間が勘違いをするわけがないだろう。

鬼貫は時刻表を閉じて、腕組みをする。難攻不落の城を攻めているようで、さすがの彼も渋面になっていた。

「今日はこのへんにしよう。お疲れさま」

「お疲れさまでした」

丹那が引き揚げた後も、鬼貫は席から動かなかった。せめて解決の糸口でもつかめぬものか、と立ち去りかねていたのだ。

「おや、鬼貫警部。まだいらしたんですか。遅いですね」

そう云いながら部屋に入ってきたのは、保津川班だった嵐山(あらしやま)刑事だ。亀岡が〈あさかぜ1号〉に乗るのを見送った人物でもある。

「ねぇ、きみ。あの時の様子をもう一度だけ話してくれないかな」

鬼貫が乞(こ)うと、嵐山は肩をすくめた。

「まだカメさんを疑っているんですか？　その線は捨てた方が賢明ですよ。警部、何度訊かれても話すことは同じです」

「彼が乗ったのが〈あさかぜ1号〉ではなく、もっと早い列車だったということはないか？」

「18時45分発の〈あさかぜ1号〉に間違いありません。絶対です。日にちも、時間も、列車も正確です。ついでに云えば、乗っていったのがカメさんそっくりの偽者だったってことはありませんよ。そして、私が嘘をついているなんてこともない」

「彼を乗せた列車が動きだすまでホームにいたんだね？」

「ええ。こうやって手を振って見送りました」

嵐山は身振りをまじえた。そのとたん、鬼貫の目が鋭く光った。

「今のは変だよ。列車が左方向に進んでいったように手を振ったけれど、逆だろ？」

「いいえ、こうですよ。警部がおっしゃる方に列車が進んだら上野の方に行ってしまいます」

鬼貫は亀岡にもらった時刻表を開いた。〈あさかぜ1号〉は10番ホームから出る。東京駅の案内図を参照すると、列車は見送る者から見て右へ進むはずなのだ。なのに、証人の嵐山は左へ列車が去ったと云い張る。

これはどうしたことなのか。鬼貫は混乱し、手にしていた時刻表を机に投げ出した。ぱたんと閉じた表紙には〈全国ダイヤ改正号〉〈60・3・14ダイヤ改正〉と書かれている。

鬼貫は、しばらくその文字を見つめていた。


事件は急転直下の解決をみた。亀岡刑事から調書をとって送検した日の夜。鬼貫と丹那は、隅田川のほとりにある肉料理屋で猪鍋をつついた。

「〈あさかぜ1号〉が10番ホームから出なかったことが大きな意味を持っていたわけですね」

　二杯目の盃を傾けながら、丹那が云う。鬼貫は、すでにすっかり顔を赤くしていた。

「まさか東北へ向かう列車と九州行きの〈あさかぜ1号〉を間違うわけはないから、彼のジェスチャーがあっているのだとしたら、列車は奇数番線ホームから出たことになるね。その日だけ時刻表に表記されているのと違うホームから〈あさかぜ1号〉が出たのだろうか、と疑問に思ったので、東京駅に電話で問い合わせてみたんだ。すると、三月十四日のダイヤ改正前は10番線から出ていたけれど、改正後は9番線から出るように変わった、と云うじゃないか。それで、目の前を覆っていた霧がきれいに晴れたんだ」

　鬼貫は丹那の盃に酒をつぎ、女中に追加を命じた。

「そこで初めて亀岡刑事にもらった時刻表を調べてみた。彼にはまんまとだまされたよ。表紙は三月号だったのに、中身はダイヤ改正前の二月号になっていたんだからね。ぼくは、あわてて本物の三月号を取り寄せて、新旧の〈あさかぜ1号〉のダイヤを比較してみた。もう説明ずみだけれど、これで確認してもらおうか。発車番線も載っているし」

　警部は鞄から数枚のコピーを取り出す。

「ほらね。東京駅を出発する時刻は、どちらも18時45分なんだけれど、問題の岡山駅に到着する時刻が異なっている。旧ダイヤでは4時36分、新ダイヤでは4時16分になっているだろう（時刻表④参照）。亀岡刑事が乗った〈あさかぜ1号〉が新ダイヤで運行されてい

寝台特急

東京方面 ⟷ 山陽・九州方面

東京からの営業キロ	東京からの運賃計算キロ	列車番号 / 列車名		1 さくら	4001 さくら	3 はやぶさ		5 みずほ	4005 みずほ	7 富士	9 あさかぜ1号	13 あさかぜ3号	15 瀬戸
		発車番線		⑨		⑩	(✕は熊本まで連結)	⑨		⑩	⑨	⑩	⑩
0.0	0.0	東京 発	…	1635	…	1650	(ロビー・カー1両熊本まで連結)	1705	(✕は大分まで連結)	1805	1845	1855	2015
28.8	28.8	横浜 〃	…	1659	…	1714		1729		1829	1912	1922	2039
104.6	104.6	熱海 〃	…	レ	…	レ		レ		1933	2019	レ	2141
126.2	126.2	沼津 〃	…	1818	…	レ		レ		1952	2037	レ	レ
146.2	146.2	富士 〃	…	1833	…	レ		1903		2007	レ	レ	2212
180.2	180.2	静岡 〃	…	1904	…	1918		1933		2038	2121	2127	2243
257.1	257.1	浜松 〃	…	レ	…	レ		レ		2135	2222	レ	レ
293.6	293.6	豊橋 〃	…	2029	…	レ		レ		レ	レ	レ	レ
366.0	366.0	名古屋 着	…	2123	…	2135		2150	…	2251	2336	2344	055
		名古屋 発	…	2125	…	2137		2152	…	2253	2339	2347	059
396.3	396.3	岐阜 〃	…	レ	…	2159	…	2214	…	レ	レ	レ	レ
513.6	513.6	京都 〃	…	2313	…	2329	…	2346	…	レ	レ	レ	レ
556.4	556.4	大阪 着	…	2347	…	002	…	018	…	レ	レ	レ	レ
		大阪 発	…	2349	…	005	…	020	…	レ	レ	レ	レ
587.0	587.0	三ノ宮 〃	…	レ	…	029	…	レ	(柳井から寝台券なしで乗車できます)▲	レ	レ	レ	レ
644.3	644.3	姫路 着	…	レ	…	レ	…	レ		レ	レ	レ	456
732.9	732.9	岡山 〃	…	レ	…	レ	…	レ		レ	416	422	603
748.8	748.8	倉敷 〃	…	レ	…	レ	…	レ		レ	レ	436	宇野着 642
791.2	791.2	福山 〃	…	レ	…	レ	…	レ		414	レ	509	
811.3	811.3	尾道 〃	…	レ	…	レ	…	レ		レ	514	526	
820.4	820.4	糸崎 〃	…	レ	…	レ	…	レ		レ	レ	536	…
822.8	822.8	三原 〃	…	レ	(厚狭から寝台券なしで乗車できます)▲	レ	…	レ		レ	レ	540	…
894.8	894.8	広島 着	…	レ		レ	…	442		545	628	645	…
		広島 発	…	レ		レ	…	446		547	632	650	…
916.6	916.6	宮島口 〃	…	レ		レ	…	レ		レ	652	レ	…
936.2	936.2	岩国 〃	…	レ		507	…	521		レ	710	725	…
969.3	969.3	柳井 〃	…	レ		レ	…	レ		647	レ	754	…
997.0	997.0	下松 〃	…	レ		レ	…	レ	…	710	レ	レ	…
983.3	987.7	徳山 〃	…	541		レ	…	615	…	レ	805	824	…
1009.8	1014.2	防府 〃	…	レ		レ	…	レ	…	743	830	850	…
1027.6	1032.0	小郡 〃	…	619		637	…	レ	…	レ	レ	904	…
1052.9	1057.3	宇部 〃	…	641		レ	…	レ	…	820	905	927	…
1056.4	1060.8	小野田 〃	(B寝台は宇部から・A寝台は門司から寝台券なしで乗車できます)▲	レ		レ	(小野田から寝台券なしで乗車できます)▲	717	…	レ	レ	レ	…
1062.7	1067.1	厚狭 〃		レ		708		レ	…	レ	レ	レ	…
1096.5	1100.9	下関 〃		720	…	740		753	…	859	944	1006	…
1102.8	1107.2	門司 〃		733	…	753		806	…	912	957	(広島から寝台券なしで乗車できます)▲	…
1108.3	1112.7	小倉 〃		744	…	805		817	…	924	1008		…
1176.5	1180.9	博多 着		841	…	906		914	…	‖	1104		…
		博多 発		842	…	907		916	…	‖	(宮島口から寝台券なしで乗車できます)▲		…
1205.1	1209.5	鳥栖 着		907	…	932		942	⤵	‖			…
		鳥栖 発		909	…	933		948	956	‖			…
1212.2	1216.6	久留米 〃		‖	…	941		レ	‖	‖			…
1245.8	1250.2	大牟田 〃		‖	…	1009		1025	‖	‖			…
1294.9	1299.3	熊本 着		‖	…	1050		1105	‖	‖			…
		熊本 発		‖	…	1055		…	‖	‖			…
1330.6	1335.0	八代 〃		‖	…	1125		…	‖	‖			…
1380.2	1384.6	水俣 〃		‖	…	1211		…	‖	‖			…
1396.2	1400.6	出水 〃		‖	…	1230		…	‖	‖			…
1416.8	1421.2	阿久根 〃		‖	…	1258		…	‖	‖		…	…
1447.5	1451.9	川内 〃		‖	…	1328		…	‖	‖		…	…
1493.6	1498.0	西鹿児島 着		‖	…	1411		…	‖	‖	…	…	…
1230.1	1234.5	佐賀 着	…	931	…	…	…	…	1018	‖	…	…	…
1244.7	1249.1	肥前山口 着	…	945	⤵	…	…	…	レ	‖	…	…	…
		肥前山口 発	…	950	958	…	…	…	レ	‖	…	…	…
1259.7	1264.1	肥前鹿島 〃	…	1006	‖	…	…	…	レ	‖	…	…	…
1305.5	1309.9	諫早 着	…	1054	‖	…	…	…	1132	‖	…	…	…
1330.4	1334.8	長崎 〃	…	1115	‖	…	…	…	1154	‖	…	…	…
1284.6	1289.0	早岐 着	…	…	1040	…	…	…	…	‖	…	…	…
1293.5	1297.9	佐世保 〃	…	…	1059	…	…	…	…	‖	…	…	…
1160.1	1164.5	中津 発	…	…	…	…	…	…	…	1008	…	…	…
1184.1	1188.5	宇佐 〃	…	…	…	…	…	…	…	1027	…	…	…
1229.1	1233.5	別府 着	…	…	…	…	…	…	…	1108	…	…	…
1241.2	1245.6	大分 〃	…	…	…	…	…	…	…	1123	…	…	…
1306.1	1310.5	佐伯 〃	…	…	…	…	…	…	…	1232	…	…	…
1364.5	1368.9	延岡 〃	…	…	…	…	…	…	…	1336	…	…	…
1385.0	1389.4	日向市 発	…	…	…	…	…	…	…	1359	…	…	…
1421.9	1426.3	高鍋 〃	…	…	…	…	…	…	…	1434	…	…	…
1448.2	1452.6	宮崎 着	…	…	…	…	…	…	…	1459	…	…	…

営業キロ	運賃計算キロ	列車番号 / 列車名	16 瀬戸	14 あさかぜ2号	10 あさかぜ4号	8 富士	4 はやぶさ	(✕は熊本から連結)	4006 みずほ	6 みずほ	4002 さくら	2 さくら	
0.0	0.0	宮崎 発	…	…	…	1300	…	…	(博多まで寝台券なしで乗車できます)▲	…	…	…	…
26.3	26.3	高鍋 〃	…	…	…	1325	…	…		…	…	…	…
63.2	63.2	日向市 〃	…	…	…	1359	…	…		…	…	…	…
83.7	83.7	延岡 〃	…	…	…	1421	…	…		…	…	…	…
142.1	142.1	佐伯 〃	…	…	…	1523	…	…		…	…	…	…
207.0	207.0	大分 〃	…	…	…	1640	…	…		…	…	…	…
219.1	219.1	別府 〃	…	…	…	1652	…	…		…	…	…	…
264.1	264.1	宇佐 〃	…	…	…	1733	…	…		…	…	…	…
288.1	288.1	中津 〃	…	…	…	1754	…	…		…	…	…	…
0.0	0.0	佐世保 発	…	…	…	‖	(ロビー・カー1両熊本から連結)	…		…	1700	…	…
8.9	8.9	早岐 〃	…	…	…	‖		…		…	1719	…	…
0.0	0.0	長崎 発	…	…	…	(✕は大分から連結)		…	1618	…	‖	1632	(博多まで寝台券なしで乗車できます)▲
24.9	24.9	諫早 〃	…	…	…			…	1640	(博多まで寝台券なしで乗車できます)▲	‖	1655	
70.7	70.7	肥前鹿島 〃	…	…	…			…	レ		‖	1744	
85.7	85.7	肥前山口 着	…	…	…			…	レ		1800	1800	
		肥前山口 発	…	…	…			…	レ		↳ (博多まで寝台券なしで乗車できます)▲	1811	
100.3	100.3	佐賀 〃	…	…	…			…	1755			1825	
0.0	0.0	西鹿児島 発	…	…	…	(門司まで寝台券なしで乗車できます)▲	1248	(門司まで寝台券なしで乗車できます)▲	‖			‖	
46.1	46.1	川内 〃	…	…	…		1336		‖			‖	
76.8	76.8	阿久根 〃	…	…	…		1412		‖			‖	
97.4	97.4	出水 〃	…	…	…		1433		‖			‖	
113.4	113.4	水俣 〃	…	…	…		1455		‖			‖	
163.0	163.0	八代 〃	…	…	…		1547		‖			‖	
198.7	198.7	熊本 着	…	…	…		1617		‖			‖	
		熊本 発	…	…	…		1631		‖	1705		‖	…
247.8	247.8	大牟田 〃	…	…	…		1713		‖	1743		‖	…
281.4	281.4	久留米 〃	…	…	…		1742		‖	レ		‖	…
288.5	288.5	鳥栖 着	…	…	…		1750		1815	1819		1847	…
		鳥栖 発	…	…	…		1752		↳	1832	…	1849	…
317.1	317.1	博多 着	…	…	…	‖	1818		…	1858	…	1913	…
		博多 発	…	…	1710	‖	1820	…	…	1859	…	1915	…
385.3	385.3	小倉 〃	…	…	1808	1838	1917	…	…	1956	…	2012	…
390.8	390.8	門司 〃	…	…	1819	1850	1929	…	…	2007	…	2024	…
397.1	397.1	下関 〃	…	1610	1832	1903	1942	…	…	2020	…	2037	…
430.9	430.9	厚狭 〃	…	レ	レ	レ	2011	…	…	レ	…	レ	…
437.2	437.2	小野田 〃	…	レ	レ	レ	レ	…	…	2054	…	レ	…
440.7	440.7	宇部 〃	…	1647	1910	1940	レ	…	…	レ	…	2115	…
466.0	466.0	小郡 〃	…	1709	レ	レ	2042	…	…	レ	…	2138	…
483.8	483.8	防府 〃	…	1724	1944	2016	レ	…	…	レ	…	レ	…
510.3	510.3	徳山 〃	…	1750	2010	レ	レ	…	…	2155	…	2216	…
518.3	518.3	下松 〃	…	レ	レ	2047	レ	…	…	レ	…	レ	…
546.0	546.0	柳井 〃	…	1819	レ	2113	レ	…	…	レ	…	レ	…
557.4	561.8	岩国 〃	…	1847	2106	レ	2216	…	…	2251	…	レ	…
577.0	581.4	宮島口 〃	…	レ	2123	レ	レ	…	…	レ	…	レ	…
598.8	603.2	広島 着	…	1922	2143	2213	2250	…	…	2326	…	2344	…
		広島 発	…	1934	2147	2217	2254	…	…	2330	…	2348	…
670.8	675.2	三原 〃	…	2040	レ	レ	レ	…	…	レ	…	レ	…
673.2	677.6	糸崎 〃	…	2045	レ	レ	レ	…	…	レ	…	レ	…
682.3	686.7	尾道 〃	宇野発 2104	2053	2302	レ	レ	…	…	レ	…	レ	…
702.4	706.8	福山 〃		2110	レ	2348	レ	…	…	レ	…	レ	…
744.8	749.2	倉敷 〃		2143	レ	レ	レ	…	…	レ	…	レ	…
760.7	765.1	岡山 〃	2143	2157	002	032	レ	…	…	レ	…	レ	…
849.3	853.7	姫路 〃	2248	2304	レ	レ	レ	…	…	レ	…	レ	…
906.6	911.0	三ノ宮 〃	2334	レ	レ	レ	レ	…	…	レ	…	レ	…
937.2	941.6	大阪 着	2400	015	レ	レ	レ	…	…	レ	…	412	…
		大阪 発	003	018	レ	レ	レ	…	…	レ	…	414	…
980.0	984.4	京都 着	レ	レ	レ	レ	レ	…	…	427	…	448	…
1097.3	1101.7	岐阜 〃	レ	レ	レ	レ	522	…	…	554	…	レ	…
1127.6	1132.0	名古屋 着	レ	レ	レ	509	545	…	…	617	…	635	…
		名古屋 発	レ	レ	レ	511	548	…	…	619	…	638	…
1200.0	1204.4	豊橋 着	レ	レ	レ	レ	レ	…	…	レ	…	728	…
1236.5	1240.9	浜松 〃	レ	レ	558	627	レ	…	…	レ	…	レ	…
1313.4	1317.8	静岡 〃	439	447	655	726	803	…	…	831	…	854	…
1347.4	1351.8	富士 〃	508	レ	レ	756	レ	…	…	901	…	923	…
1367.4	1371.8	沼津 〃	レ	レ	739	813	レ	…	…	レ	…	940	…
1389.0	1393.4	熱海 〃	540	レ	759	832	レ	…	…	レ	…	レ	…
1464.8	1469.2	横浜 〃	646	659	904	935	1005	…	…	1036	…	1104	…
1493.6	1498.0	東京 〃	711	725	930	959	1030	…	…	1100	…	1128	…
		到着番線	⑨	⑩	⑩	⑩	⑩			⑩		⑩	

寝台料金

寝台をご利用の場合は運賃＋特急料金に、この寝台料金を、加算してください

A寝台			B寝台			
個室	上段	下段	(客車二段式)	(電車三段式)		(客車三段式)
14,000円	10,000円	11,000円	上段・下段 6,000円	上段・中段 5,000円	下段 6,000円	上段・中段・下段 5,000円

…B個室寝台券(カルテット)の発売額はピンクの441ページをご覧ください。

たのだとしたら、犯行は充分に可能だったことになる」

丹那は飲むのを休んで、煙草をふかしながら鬼貫の話に聴き入っている。

「亀岡刑事は、あらかじめ保津川警部と岡山駅で待ち合わせていたんだ。〈あさかぜ1号〉を降りた彼は警部をトイレに誘うとすぐさま刺し、相手が絶命したかどうかを確認するのももどかしく飛び出した。駅長室に電話をかけるためさ。どうして大あわてで電話する必要があったのかは解るね？　4時36分よりも早く死体を発見してもらわなくてはならなかったからだ」

「そんなアリバイ工作をしたため、瀕死の保津川警部にダイイング・メッセージを遺されてしまったことは誤算でしたな」

「そうだね。電話を終えた亀岡刑事はしばし駅を離れて時間をつぶしてから、始発の新幹線に乗るために引き返してきた。始発の〈こだま543号〉に乗ると、小倉には8時54分に着く（時刻表⑤参照）。彼がいったん乗り捨てた〈あさかぜ1号〉の小倉駅着は10時8分だから、充分すぎるほどの余裕を持って戻ることができる。だから、博多駅で〈あさかぜ1号〉から降りてくるところを出迎えの刑事に見せることができたというしだいだ」

「考えたものです」

熱燗の銚子がとどいた。鬼貫は丹那の盃を満たし、ついで自分の盃の冷えた酒も捨てて、熱い山吹色の液体を注いだ。

「それにしても、まさか表紙と中身が違っていたとは思いもよりませんでした。これが本

60・3・14改正

東海道・山陽新幹線（下り）

営業キロ	運賃計算キロ	駅名	電話予約コード	こだま	こだま	こだま	ひかり	こだま	ひかり	こだま	ひかり	
		列車番号		499	541	543	71	521	83	523	81	
0.0	0.0	東京 発	4000	…	…	…	…	…	…	…	…	…
28.8	28.8	新横浜 〃	4045	…								…
83.9	83.9	小田原 〃	4060	…								…
104.6	104.6	熱海 〃	4070	…								…
120.7	120.7	三島 〃	5005	…								…
180.2	180.2	静岡 〃	5050	…								…
257.1	257.1	浜松 〃	5060	…								…
293.6	293.6	豊橋 〃	5070	…								…
366.0	366.0	名古屋 着	5100	…	…	…	…	…	…	…	…	…
		名古屋 発		…	…	…	…	…	◆	…	…	…
396.3	396.3	岐阜羽島 〃	5155	…	…	…	…	…	(運転注意日)	…	…	…
445.9	445.9	米原 〃	5165	…	…	…	…	…		…	…	…
513.6	513.6	京都 〃	6050	…	…	…	…	…		…	…	…
552.6	552.6	新大阪 着	6100	…	…	…	…	…		…	…	…
		発着番線					㉑	㉒	㉑	㉑	㉑	
552.6	552.6	新大阪 発	6100	…	…	(普通車全車自由席)	600	605	617	635	700	…
589.5	589.5	新神戸 〃	6155	…	…		616	620	632	650	716	…
612.3	612.3	西明石 〃	6170	(1～7号車のみご乗車できます 全車自由席・[illegible]なし)	…		レ	632	レ	702	レ	…
644.3	644.3	姫路 〃	6180		…		レ	646	レ	716	レ	…
665.0	665.0	相生 〃	6190		…		レ	657	レ	727	レ	…
732.9	732.9	岡山 着	6200				701	718	717	748	801	…
		岡山 発			(普通車全車自由席)	625	702	719	718	749	802	…
758.1	758.1	新倉敷 〃	6210			638	715	732	レ	802	レ	…
791.2	791.2	福山 〃	6220			652	レ	746	740	816	824	…
822.8	822.8	三原 〃	8080			705	738	800	レ	830	レ	…
894.8	894.8	広島 着	8100			729	802	823	813	853	857	…
		広島 発			639	730	803	825	814	901	858	…
936.2	936.2	新岩国 〃	8120		658	749	レ	843	レ	919	レ	…
983.3	987.7	徳山 〃	8140		715	806	834	901	レ	937	レ	…
1027.6	1032.0	小郡 〃	8150		733	824	レ	918	858	954	941	…
1089.3	1093.7	新下関 〃	8170		753	844	906	938	レ	1014	レ	…
1108.3	1112.7	小倉 着	9010		803	854	917	948	925	1024	1007	…
		小倉 発		730	804	855	918	949	926	1025	1008	…
1176.5	1180.9	博多 着	9050	752	826	917	940	1011	948	1047	1030	…
		到着番線		⑭	⑭	⑬	⑪	⑬	⑭	⑭	⑫	
		運転期日（期日を示してない列車は毎日運転）							5月5・6日運転			
		食堂車 ビュフェ					食堂車 都	ビュフェ 日食	ビュフェ 都	ビュフェ 都	食堂車 日食	

◆往復割引でお求めになると、東京から岡山は1,740円、広島は1,940円、小倉は2,200円、博多は2,300円お安くなります。

営業キロ	運賃計算キロ	駅名	電話予約コード	ひかり	こだま	こだま	ひかり	ひかり	ひかり	こだま	ひかり	こだま	ひかり	ひかり	ひかり	こだま	ひかり	こだま
		電話予約コード											01021	01031			01151	02401
		列車番号		181	525	491	91	187	183	493	93	527	21	31	185	495	151	401
		発着番線											⑮	⑭			⑰	⑱
0.0	0.0	東京 発	4000	…	…	…	…	…	…	…	…	…	600	606	…	…	613	621
28.8	28.8	新横浜 〃	4045	…	…	…	…	…	…	…	…	…	レ	レ	…	…	631	640
83.9	83.9	小田原 〃	4060	…	…	…	…	…	…	…	…	…	レ	◆	…	…	652	703
104.6	104.6	熱海 〃	4070	…	…	(普通車全車自由席)	…	…	…	…	…	…	レ	(運転注意日)	…	…	レ	715
120.7	120.7	三島 〃	5005	…	…		…	…	…	…	…	…	レ		…	639	レ	728
180.2	180.2	静岡 〃	5050	…	…		…	…	…	608	…	…	レ		…	704	レ	750
257.1	257.1	浜松 〃	5060	…	…		…	…	…	635	…	…	レ		…	731	レ	820
293.6	293.6	豊橋 〃	5070	…	…		…	…	…	651	…	…	レ	レ	…	750	レ	839
366.0	366.0	名古屋 着	5100	…	…		…	…	…	716	…	…	801	807	…	814	823	905
		名古屋 発		◆	…	632	653	◆	◆	717	743	…	802	809	…	816	824	906
396.3	396.3	岐阜羽島 〃	5155	(運転注意日)	…	645	706	(運転注意日)	(運転注意日)	730	756	…	レ	レ	…	829	レ	919
445.9	445.9	米原 〃	5165		…	705	レ			748	レ	…	レ	レ	…	849	レ	940
513.6	513.6	京都 〃	6050		…	730	746			815	836	…	851	857	…	917	913	1007
552.6	552.6	新大阪 着	6100		…	747	803			832	853	…	908	914	…	934	930	1026
		発着番線		㉑	⑳	㉑	㉑	⑳	㉒	㉑	㉑	㉒	㉑	㉑	㉒	㉓	㉑	㉒
552.6	552.6	新大阪 発	6100	722	735	749	805	811	822	834	855	902	910	916	922	(普通車全車自由席)	932	…
589.5	589.5	新神戸 〃	6155	737	750	804	821	826	837	849	911	917	レ	レ	937		947	…
612.3	612.3	西明石 〃	6170	レ	802	816	レ	レ	レ	901	レ	932	レ	レ	レ		レ	…
644.3	644.3	姫路 〃	6180	759	816	830	レ	848	859	915	レ	946	レ	レ	959		1009	…
665.0	665.0	相生 〃	6190	レ	827	841	レ	レ	レ	926	レ	957	レ	レ	レ		レ	…
732.9	732.9	岡山 着	6200	828	848	902	906	917	928	948	956	1018	1006	1012	1028		1038	…
		岡山 発		829	849	903	907	918	929	(普通車全車自由席)	957	1019	1007	1013	1029	…	1039	…
758.1	758.1	新倉敷 〃	6210	レ	902	919	レ	レ	レ		レ	1032	レ	レ	レ	…	レ	…
791.2	791.2	福山 〃	6220	852	916	933	レ	941	952		レ	1046	レ	レ	1052	…	1101	…
822.8	822.8	三原 〃	8080	レ	930	946	レ	レ	レ		レ	1100	レ	レ	レ	…	レ	…
894.8	894.8	広島 着	8100	929	953	1010	957	1018	1029		1047	1123	1057	1103	1129	…	1133	…
		広島 発		930	1001	…	958	1019	1030		1048	1125	1058	1104	1130	…	…	…
936.2	936.2	新岩国 〃	8120	949	1019	…	レ	1038	1049	…	レ	1143	レ	レ	1149	…	…	…
983.3	987.7	徳山 〃	8140	1007	1037	…	レ	1056	1107	…	レ	1201	レ	レ	1207	…	…	…
1027.6	1032.0	小郡 〃	8150	1025	1054	…	1042	1114	1125	…	1132	1218	1142	1148	1225	…	…	…
1089.3	1093.7	新下関 〃	8170	1045	1114	…	レ	1134	1145	…	レ	1238	レ	レ	1245	…	…	…
1108.3	1112.7	小倉 着	9010	1055	1124	…	1108	1144	1155	…	1159	1248	1208	1214	1255	…	…	…
		小倉 発		1056	1125	…	1109	1145	1156	…	1200	1249	1209	1215	1256	…	…	…
1176.5	1180.9	博多 着	9050	1118	1147	…	1131	1207	1218	…	1222	1311	1231	1237	1318	…	…	…
		到着番線		⑪	⑭		⑭	⑬	⑫		⑬	⑬	⑪	⑭	⑫			
		運転期日（期日を示してない列車は毎日運転）		3月14日↓4月7・14・20日↓5月6・9↓31日↓6月30日運転				4月27・28日・5月3↓6日運転	3月14日↓4月7・26日↓5月6日運転					4月28日・5月3↓6日運転				
		食堂車 ビュフェ		ビュフェ 日食	ビュフェ B·T	ビュフェ 日食	食堂車 日食	ビュフェ 都	ビュフェ 都		食堂車 日食	ビュフェ B·T	食堂車 日食	ビュフェ 日食	食堂車 日食		食堂車 日食	ビュフェ B·T

当の時刻表ミステリですか」

「ともあれ、事件解決を祝してあらためて乾杯をしようじゃないか」

二人は目礼をかわすと、盃を口に持っていった。鍋の猪はぶつぶつと音をたてて煮えたぎっていた。


(作中で使用した時刻表は同年同月のものです。日本交通公社発行「交通公社の時刻表」八五年二月号、三月号より転載しました)

キンダイチ先生の推理

「キンダイチ先生、ちょっとすごい体験をしましたよ。警察に尋問されたんです」

部屋に入るなり挨拶も抜きで言った。ソファに寝そべっていた作務衣姿の先生は、むっくりと体を起こして、「尋問？」と僕に訊き返す。

「どういうことなんだ？　まぁ、座って。そのへんに少しスペースがあるだろう」

先生は座卓のあたりを指した。取材旅行から帰ったところだけあって、ちらかり具合がいつもより激しい。僕は散乱した本を整理してから、旅行鞄と並んで座った。

「えーと、事情聴取と言った方が正確なのかな。とにかく、生まれて初めて本物の刑事に会って、色々と話を訊かれたんです。殺人事件の捜査に関係しちゃった」

「殺人事件とは穏やかじゃないな。――もしかして、笹川町のマンションであったアレかい？」

「そうです、そうです」と頷いて「佐久良恭平が殺された事件。僕、生きている佐久良を見た最後の人間らしいんです」

先生は、ぼさぼさの頭髪を掻いて雲脂を飛ばしながら、あははと笑った。

「生きている被害者を最後に見たんなら、君が犯人ということになる。自首しなくちゃな」

「揚げ足を取らないでください。言い直しますよ。犯人を除いて、最後に佐久良恭平を見たのが僕なんです」

「ふぅん」

それはすごい、と先生が身を乗り出すかと思ったのに、反応はどうも鈍かった。僕の期待が過大だったのかもしれない。

あ、もしかして——

「先生は、佐久良恭平を知ってます？」

「歌手だってね」

やっぱりニュースを見るまでは、佐久良のことなんて知らなかったんだ。だから、のほほんとしてるんだな。

「有名ですよ。森村秀紀(もりむらひでき)って知りませんか？　佐久良と二人で〈バンジー〉ってデュオを組んでたんですけど」

「知らないね。君たちの世代の人気者には、とんと疎くなってるから。齢(とし)が二倍も違うんだから、仕方ないだろ」

たしかに。推理小説の話をする時のように、ツーと言えばカーとはいかないよな。

遅ればせながら自己紹介を。

僕は金田耕一(かねだこういち)。

にきび面の十五歳で、中学三年で、推理小説の大ファン。

推理小説といっても、色々なタイプのものがあるけど、僕が好きなのは本格推理小説で、一番のお気にいりは横溝正史だ。尊敬しているといってもいい。作者のみならず、架空の人物である金田一耕助にも心酔している。金田耕一と金田一耕助。この名前の類似には、運命的なものすら感じる。名前が似ているから金田一耕助ファンになったんじゃないよ。これは、あくまでもうれしい偶然にすぎない。

面白い偶然というものは、実はごろごろ転がっているみたいだ。三度の飯より推理小説が好きな僕の近所に、推理作家が住んでいる。あまり売れていないから、名前を言ってもたいていの人は「知らないなぁ」とそっけなく言う。錦田先生って、知ってる？『牛首村の悲劇』を書いた錦田一。

……やっぱり、知らないよね。でも、気がついたかな。錦田一って、キンダイチと読めるじゃないか。こんな名前の、しかも推理作家が身近にいるなんて、冗談みたいだよ。僕は、キンダイチ先生と呼んでいる。先生は怒らないんだけれど、もしかしたら、他の作家が創った名探偵の名で呼ぶなんて、ちょっと失礼なことかもしれない。

先生は三十代半ばだから、僕とは齢が二十も離れている。だけれど、僕たちは仲がいいんだ。半年ほど前、ご町内に推理作家がいると知って、おずおずと会いに行ったのがきっかけだった。先生は、僕の推理小説好きを認めてくれたのか、「いつでも遊びにきなさい」と言ってくれた。それで、週末に本当に遊びに行くことにしたのさ。先生が淹れてくれるコーヒーを飲みながら、推理小説談議なんてものを交わすのは、最高に楽しい。週に一度という訪問のペースは、あまり頻繁に押しかけて仕事の邪魔――先生はいつも暇そうだけれどね――をしてはいけない、というのもあるけど、その週に読んだ本の感想を抱えて遊びに行く、ということをしているうちに自然にそうなったんだな。

キンダイチ先生は、僕んちから歩いて十分ほどのアパートに住んでいる。お世辞にもきれいとは言えないモルタル二階建てのアパートで、先生の豊かではない経済状態が窺えるんだけれど、そんなことは作家の値打ちと関係がない。僕は、先生の作品をとても評価している――って生意気だな。やや地味だけど、プロットは丁寧に練ってあるし、トリックは小技が利いている。売れなかったり知名度が低かったりするのは、世間の見る目がないからだ。十五にもなると大人たちの至らなさが目につき始めるもんだけど、キンダイチ先生の不遇を見ていると「世間の奴って、たいていは馬鹿だな」とさえ思えてくる。

でも、中にはいいものを見分ける目を持った人――具眼の士って言うんだっけ？――もいるだろうから、いつか先生の素晴らしさが判ってもらえると信じているんだ。そうならなければ、世間を軽蔑するよ。個人じゃなくて〈世間を軽蔑する〉ってのは難しそうな気もするけれど。

まぁ、先生が売れないのは、先生自身にも責任がある。怠け者ではないんだけれど、筆が遅いんだ。いや、本格ものが次から次へと書き飛ばせないことは重々承知しているけれど、もう少し踏んばってもらいたい。年に一冊ペースじゃ、昨今のせっかちな読者の目に留まらないし……そもそも、生活が苦しくて仕方がないんじゃなかろうか。独身で慎ましい暮らしぶりとはいえ、アルバイトもせずによくやっていけてるよ、先生。

おっと、今はそんなこと、どうでもいい。

「刑事って、小説やドラマみたいに二人連れでくるんですね。ベテランと若手のコンビじゃなくて、どっちも中年のおじさんだったけれど」

「その話をしたくて、うずうずしてるんだな。いいよ、聞いてあげよう」

先生は作務衣の袖をさばき、コーヒーカップを並べながら言う。聞いてあげよう、は心外だった。こっちとしては、小説を書く参考に聞かせてあげよう、と思っていたのに。

「佐久良恭平とかいうミュージシャンが殺されたんだね。旅先のテレビで観て知っているよ。笹川町の高級マンションに住んでいたんだって？」

「はい。超高級ではないけれど、かなりいいマンション。あ、先生が誤解しないように言っておきますけど、佐久良恭平って、超人気ミュージシャンっていうほどではありませんからね。このところあんまりヒットも出ていないし」

コーヒーがはいった。先生は紙パックのミルクも出してくれるが、賞味期限がとっくに過ぎている可能性が高いのでそっちは遠慮しておく。

「事件があったのは、一昨日の夜中だってね」

「木曜日の夜、十時から零時の間ぐらいに殺されたんだそうです。頭を花瓶で殴られて脳挫傷で」

先生は不謹慎なことに、ここで笑った。

「花瓶でゴーンで脳挫傷か。テレビの推理ドラマみたいだね。ほら、たいていそうだろ？　あれはね、一番無難なんだ。車で轢き殺したら自動車メーカーのスポンサーが文句をつけるし、感電死の場面は家電メーカーの機嫌を損ねるから」

話の腰を折らないで欲しいな。

「とにかく、その花瓶でゴーンだったんですよ」

「前から？　後ろから？」

「あ、探偵みたいな質問ですね。後ろです。犯人に背中を向けていたわけですから、犯人と被害者は顔見知りってことですよね」

「まぁね」と先生はコーヒーを啜る。「で、耕一君はいつどこで佐久良を見かけたんだい？　笹川町っていったら、ここから二駅隣だろ。あのへんの塾にでも通ってるのかい？」

「半分だけ当たり。笹川駅前の塾に通ってます。だけど、佐久良恭平のマンションは、そこから一キロほど離れています。別の用事があって、うろうろしてたんです」

塾は九時半に終わる。僕は、それから友だちと別れて新しくオープンした古本屋に向かったのだ。先生はそれを聞いて、口をへの字に曲げる。

「本は新刊本屋で買わないと駄目だよ。古本屋で売れても、作家には印税が入らないんだから」

「そういう先生だって、古本屋をよく利用しているじゃないですか」

「絶版本の探求のためならいいんだ。これは古本屋で買うしかない」

「僕だってそうですよ。『シナリオ版　悪霊島』を探すのが目的で古本チェーンを回ってるんです」

「まだあれを探してるのかい？　よく見かけるけれど――。ま、そんなことはいいや。で、佐久良を目撃した時の状況は？」

新しい店は期待はずれだった。掘り出し物などなくて、手ぶらで店を出たのが九時五十分ぐらい。ぶらぶらと駅に向かう途中、僕はソレに遭遇した。

――あれ。もしかして、佐久良恭平？

あちらから歩いてくる若い男を見て、どきりとした。佐久良がこの近くに住んでいる、というのは知っていた。駅で会った、飲み屋から出てくるところを見た、といった話を友だちからよく聞いていたからだ。中には、サインを求めて断わられた女の子もいる。だけど、僕がナマ佐久良を見るのは、その時が初めてだった。

よく似た別人ではない。茶髪を後ろで束ねた個性的な髪形は、テレビのビデオ・クリップで観たままだ。タイトなジーンズに白いTシャツというラフな恰好だったが、まるで芸能人だと察してくれ、とばかりにサングラスをかけていた。思っていた以上に長身だ。すれ違いざまに声をかけようか。いや、特にファンでもないのに、それはみっともない。女の子のサインを断わるぐらいだから、無愛想な奴なのかもしれないし。

そんなことを思っていると、佐久良の歩調が落ちた。そして、顎をひと撫でしてから、傍らの電話ボックスに飛び込む。それは、まさに飛び込んだ、と表現するのにふさわしい勢いで、大きく振られたショルダーバッグが扉を派手に叩いた。

――何か急用を思い出したのかな？

僕は電話ボックスを通り過ぎる。数歩行ってから振り返ってみると、佐久良は背中を丸めて受話器を握っていた。ひどく真剣な横顔をしている。

次の角を曲がりかけたところで、僕は足を止めた。せっかく有名人と遭遇したので、もう一度見てみよう、というぐらいの気分で。電話ボックスまでの距離は十メートルほどあったが、あちらには煌々と明かりが点いているので、佐久良の姿はよく見えていた。横顔ではなく、斜め後ろから頭が見えるだけだったけれども。

しかし、佐久良はもう電話を終えていた。なんだ、簡単な用件だったんだな、と思ったのも束の間。すぐにまたどこかにダイヤルする。僕は電柱の陰に身を隠して、もう少しだけ観察することにした。

すぐに通じたのか、ほとんど一方的にしゃべっている。ゆっくりと頭が上下する様子から、何か込み入ったことを説明するか、あるいは誰かを説得しているように感じられた。

その電話も、一分と続かなかっただろう。佐久良は受話器をフックに掛けるなり、またどこかに電話をする。

――お、緊急事態発生かな。

僕は、少し興味をそそられた。電話ボックスに忍び寄って聞き耳を立てたら、芸能レポーターに売れるような情報が入手できるのかもしれない、などと。しかし、そこまで行儀の悪いことをするつもりはないし、おそらくは単なる業務連絡だろう。

結局、佐久良は三回どこかに電話をかけてボックスを出た。その横顔に、うっすらと笑みが浮かんでいる。ミュージシャンの背中が去っていくのを見送りながら、何かいいことがあったのだろう、と僕は想像した。

「その後、佐久良はまっすぐ家に帰ったようです。誰も付近に目撃者がいませんから。それで、翌日の午前中に他殺体になって発見されたわけですから、僕が犯人以外では最後の目撃者なんですよ」

「ふぅん」

先生は相変わらず気のない返事をしながら、自分だけにおかわりを注いだ。本当にコーヒーが好きな先生だ。

「それが九時五十分から十時ぐらいにかけての出来事なんだね。佐久良の死亡推定時刻は十時から零時だから、それから自分の部屋に戻ってすぐに殺されたのかもしれないわけだ」

「そうなりますね。電話ボックスのあったところからマンションまでは、歩いて一、二分だそうですから」

「ふむ、近いんだ」

「刑事がぽろっと洩らしたところによると、佐久良が帰宅してすぐ殺された、と警察は見ているようです。というのも、彼はすごいヘヴィー・スモーカーだったそうなんですけど、煙草を切らしていたわけでもないのに、部屋の灰皿に吸い殻が一本もないんだそうです。だから、帰ったところに誰かの訪問を受けて――彼の帰りを待っていたのかも――、部屋に招き入れて数分もしないうちにゴーンとやられたんだろう、と」

先生は「なるほど」と頷く。

「耕一君の証言が重要なのは判った。でも、どうして刑事は君のところまで訪ねてこられたんだい？」

不思議でも何でもない。僕から警察に連絡をしたのだ。より正確に言うと、まず両親に打ち明けて、親父が電話をしてくれたんだけどね。

「ふぅん。死体を見つけたのは誰？」

「所属プロダクションのマネージャー。足利って女の人だそうです。朝から電話をかけても出ないので、心配になって寄ったんだとか。その人は門前町に住んでるんです」

笹川町の隣の町だ。

「心配って、病気で倒れているとか？」

「そうじゃないですか。午後から横浜でコンサートのリハーサルがあったので、それを気にしていたそうですよ」

「詳しいね」

刑事から、それとなく色んな情報を訊き出したのだ。老獪な感じの中年刑事たちも、見た目だけは優等生タイプで、捜査に協力的な態度の僕に警戒を解いていたから。

「刑事は、君の話に興味を示してくれたのかな？」

「そりゃあ、最後の目撃者ですから」

「でも、佐久良恭平がどこの誰にどんな電話をかけていたのか、ということまでは判らないんだろ？」

立ち聞きしてたわけじゃないから、それは知らない。言ったじゃないか。

「十メートル離れたところから電話をするのを見ていただけでは、聞こえるわけないか。で、実物の刑事っていうのは、どんな感じだった？　中学生の通報者が相手だから、愛想も悪くなかっただろうね」

気味が悪いほど愛想がよかった。立ち会った両親とは、「まったく近ごろは物騒で」なんて世間話をして笑っていたものな。

「大した価値のある情報じゃない、と先生は言いましたけれど、僕の話を聞いた警察は、佐久良が誰にどんな電話をかけていたのか調べているはずですよ。つまり僕は、殺人事件の捜査本部を動かしたんです」

「ああ、そうだね。それは間違いないよ。――ところで、こっちの近況は訊いてくれないのかな」

先生は取材旅行の話がしたかったらしい。僕は「どうでしたか？」と訊いてあげた。

「興味深かったよ。耕一君も横溝正史の大ファンなんだから、今度の夏休みにでも行ってごらん。ここで横溝先生が『本陣殺人事件』や『獄門島』の構想を得たのか、とか、この道を先生は散歩しながら小説を考えたのか、とか思うと感激するよ」

錦田先生は、横溝正史が戦中から戦後にかけて疎開していた岡山県の真備町に行ってきたのだ。そこには、正史ゆかりの品々を展示した真備ふるさと歴史館や、正史が住んでいた家が今も遺っている。

「行きたいけれど、遠いからなぁ」

「君んちのお父さんは、お寺の写真を撮るのが趣味だって言っていたろ。ならば、利用すればいい。僕も知らなかったんだけれど、岡山県にはいい塔がたくさん遺っているんだ。吉備路に撮影旅行に行こう、とお父さんを焚きつけて、それに便乗すればいいんだ。有名な備中国分寺も近いし」

先生は、色んな知恵をつけてくれる。そんな親父の操縦法があるとは、思いもつかなかったよ。

「町のふるさと歴史館に横溝正史コーナーを設けるぐらいだから、われらの巨匠はあの地でも愛されているんだね。ほら、こんな地図も作られているんだ」

先生は、鞄から一枚ものの絵地図を取り出して広げた。歴史館や正史の家だけでなく、巨匠が散策したコースも示されている。すごく、そそられた。

「散歩コースまで伝わっている探偵作家なんて、他にいないよ。さすが横溝先生だ。畦道を飛ぶような早足で歩き回る正史を見て、子供たちが『きょうてェよォ』とこわがった話は有名だろう。三文推理作家の僕も、同じ道をたどってみたよ」

「いいなぁ」

羨ましがりながら地図を見る。と、面白そうなものを発見した。畦道の辻付近に、〈濃茶のばあさんの祠〉や〈耕助石〉なんてものがある。

「ああ、これかい」先生はうれしそうに「そんなのが道端にあるんだ。面白いよね。江戸時代にさる家老の奥方が病気になった時、お茶屋のおばあさんが勧めるとおりにお宮参りをしたら、それが治ったんだそうだ。奥方はそれを喜んでこの祠を建て、村の人たちはおばあさんを〈濃茶のばあさん〉と呼んで慕ったんだって。『八つ墓村』に出てくる〈濃茶の尼〉は、その名前を借用したんだね。実在したおばあさんとは、正反対のキャラクターだけれど」

「へェ」

「正史の疎開宅近くには、千光寺というお寺もある。判るよね？　この名前は、『獄門島』に使われている」

「〈耕助石〉っていうのは何ですか？」

「これぐらいの石で」と先生は手振りで示して「ちょうど腰掛けるのにいい大きさなんだ。

横溝正史が散歩の途中でここに座って休憩したから、ついた名前が〈耕助石〉。ここを訪ねた正史ファンは、必ず座ってみるんだろうね。僕もそうしたよ」

「へぇ」と感心しかけて、疑問が浮かんだ。「……その話、本当ですか？」

先生は、唇を突き出して「ん？」という顔をした。

「嘘なんてついていないよ。地図にも由来が書いてあるだろ」

「いいえ。先生が嘘をついてるって言うんじゃなくて、言い伝えそのものの信憑性を疑ってるんです。そういうのって、ファンサービス用の伝説でしょ？」

先生はうつむいて、頭をぼりぼり掻く。金田一耕助を意識しているわけではなく、昔からの癖らしい。

「先生、雲脂。ちゃんとシャンプーしてますか？」

「ああ、ごめん」とティッシュで拭く。「それにしても、ファンサービス用の伝説だなんて、素直じゃないね」

たしかに僕は素直な方ではない。しかし、理由もなくひねくれているのではなく、それは推理小説ファンとしての指摘だった。

「だって、変ですよ。こんなところで横溝先生が、よっこらしょ、と一服したなんて信じられません」

「何故、そう断言できるんだい？」

その時の僕は、得意げな顔になっていただろうな。「いいですか」なんて言いながら、地図を指差す。

「これが〈耕助石〉。で、これが横溝正史が疎開していた家なんでしょ。距離はどれぐらいですか？」

「祠と石があるところから見えているよ。百メートルほどかな」

「でしょ？　でしょ？」

僕は、鬼首村じゃない、鬼の首でも獲った気分で勢いづく。

「散歩に出かけて、それっぽっち歩いたあたりで休憩する人なんていませんよ。帰りだって同じです。百メートル先に自分の家が見えてきたところに手ごろな大きさの石があるからって、座りっこない。どうせファンサービスをするなら、もっとそれらしい場所に設定すればいいのに」

「うーん」

どうだ、とばかりに肩をそびやかして先生を見た。

「推理小説で鍛えた名探偵の目はごまかせないでしょ？」

「うーんって、僕の論理に穴がありますか？」

先生は何か言いたそうだった。しかし、真っ向から否定はしない。

「とにかく、現地に行ってごらんよ、耕一君。僕は、そのうち今回の取材をもとにした小説を書くから、それも面白く読んでもらえるしね」

「現地に立てば〈耕助石〉の秘密が判るんですか？」

「いいや。立たなくても判るかもしれない。僕は、君のようには考えなかったよ」

少し考えてみろ、ということらしい。宿題ができてしまった。

その後は、いつものように最近読んだ本の話をして、夕方に失礼した。「また来週の週末」と言ったんだけれど――

それがそうでなくなったんだよ。珍しいことに火曜日の夜、先生から電話が入って。


水曜日。僕は、学校の帰りに先生のアパートに寄った。いったい何の話があるんだろう、と思いつつ、鉄の階段をカンカンと駈け上がる。今日も作務衣を着た先生は、コーヒーを準備して待っていた。

「やぁ。忙しい中学生を暇な大人が呼びつけて、申し訳ない」

「僕に聞かせたいお話がある、としか昨日の電話で言ってくれなかったので、今日は授業中に、何だろうと考えてしまって。勉強になりませんでしたよ」

「何が勉強になりませんでしたよ、だ。――座って。いつもよりは片づいてるだろう」

多少は。それでも本や雑誌の山がいくつもできていた。その谷間で、先生と僕はコーヒーを飲む。

「さっそく本題に入ろう。土曜日に君の話を聞いた後で、僕は大学の後輩に連絡をとった。新聞社の社会部で警察回りの記者をしている男なんだけれどね」

「僕の話というと……佐久良恭平が殺された事件ですね」

事件発生から五日が経過していたけれど、まだ犯人は捕まっていない。あれ以来、刑事がやってくることもなかったので、捜査がどこまで進展しているんだろう、と気になっていた。

「もちろん、そうだよ。好奇心に駆られて電話を入れてみたら、『ご無沙汰(ぶさた)ですね。一度、晩飯でも食いましょうか』となって、日曜日の夜に会ったんだ。それで、事件について最新の情報を仕入れることができた」

そんなコネクションがあったのか、と先生をあらためて見直す。

「へぇ。それで、警察は犯人の目星をつけているんですか?」

「日曜日の時点では、コンビを組んでいた森村秀紀とマネージャーの足利揚子(ようこ)の二人が疑われていた。佐久良と森村って、このところ不仲で、コンビを解消する話も出ていたらしいね。一方の足利揚子も、佐久良にいじめ同然にこき使われて恨んでいた、と証言する者がいた。被害者のことを悪く言うのは気が引けるけれど、あまりいい男ではなかったみたいだね」

嫌な奴だったのか。僕にとってはどうでもいいけど、佐久良ファンが聞いたら二重に悲しむだろうな。

「森村秀紀も足利揚子も、かっとなって佐久良の頭に花瓶を振り下ろす動機があり、事件当夜のアリバイがない。警察は、この二人を最有力容疑者と見ていた」

どっちが犯人だったとしても、相当にセンセーショナルだ。

「後輩から聞いたのは、それだけじゃない」先生は咳払いをして「君が目撃した佐久良が、どこに電話をかけたのかが判明したよ。知りたいだろう？」

「はい、もちろん。——でも、そういう時、やっぱり警察は僕には連絡してくれないんですね」

当たり前だろう、と笑われた。

「事件の夜、午後十時前に佐久良恭平が電話ボックスからコールした先は……彼自身の部屋だってさ」

「えっ？」と訊き返した。

「彼は、自分の家にかけたんだよ。電話の通話記録を調べて確認ずみだ」

「自分の家に電話をしたということは、誰か部屋にいたんですか？」

「佐久良は、僕と同じく独身の一人暮らしだ」

「一緒に女の人と暮らしていた、ということもないんですよね。ということは、誰かお客さんがきていたのかな。それで『もうすぐ帰るよ』と電話を」

先生は首を振った。

「彼のマンションは、そこから歩いて一、二分しかかからないところなんだから、『もうすぐ帰る』なんて電話する間に、さっさか帰ればいい。それに、君が見たところによると、彼は三回も電話をかけていたんだろ。辻褄が合わない」

そうだ。佐久良は三本の電話をかけたんだった。一本が自宅へのものなら、残りの二本はどこにかけたのだろう?

「すべて自分の家にかけたんだ」先生は言う。「驚いているね? でも、確かなんだよ。佐久良は当夜、立て続けに三回も自宅に電話を入れている。部屋に上がり込んでいたお客に何か伝えようとしたんだとしても、これは変だよね。一分足らずの短い電話を三回だなんて。何かの拍子でプツンと切れてしまうことはあるにせよ、三回は不自然すぎる。——どう思う、名探偵君?」

僕は「たしかに不自然ですね」としか答えられなかった。

「なぁに。難しい問題じゃない。判らないかい? 彼は、留守番電話に自分の声を録音したんだよ」

僕は、あの時に見た佐久良の様子を思い出してみた。なるほど。留守電に一度に録音できるのは、せいぜい三十秒分ぐらいだろうから、三回に分けてメッセージを吹き込んだとしたら、あんな感じになるだろう。一方的にしゃべっていたのも、留守電だったのなら納得がいく。

「でも、どうして自分の家の電話にメッセージを入れたんですか? 意味がないような……」

「どうしてなんだろうねぇ」

答えを握っているくせに、焦(じ)らしているのだ。悔しかったな。その顔を絵に描いて額縁に入れ、〈推理作家の歓(よろこ)び〉という表題をつけたくなる。

「あ、そうだ。佐久良が自宅の留守電にメッセージを入れたのなら、警察が現場検証をした際にチェックしてますよね」

「うん。しかし、何も判らなかった。消去してあったんだ。帰った佐久良が消したんだ、と警察は考えた」

「えー。自宅の近くから自分にメッセージを送って、帰ったらすぐに消しただなんて、ますます意味不明です」

「消したのは佐久良ではなく、犯人だと僕は思うんだけれど……まだ判らない？」

早く答えが知りたくなった。

「判りません。——ところで、先生は何を知っているんですか？　その電話の意味が判ったから、僕に自慢したいのかな」

「電話の意味は、すぐにピンときたよ。記者の後輩に話してやったら、彼が刑事にしゃべってた。そうしたら、捜査がとんとん進んで、どうやら今夜にも犯人が逮捕される見込みなんだ。明日になれば、新聞に載るかもね。だから、その前に君に先取りで教えてあげよう、と思ったんだよ」

本当だったら、先生を尊敬する。

「その電話に、犯人逮捕に直結するような秘密が隠されていたんですね。すごい！」

胸を張るのかと思ったら、先生は照れたように頭を掻いた。

「いやいや。犯人に結びつくとは僕も予想していなかった。そこで勘を働かせたのは刑事だよ。僕が炙(あぶ)り出したある事実を犯人に突きつけたら、ものすごく動揺しだしたんだって。そいつも弾みで人を殺してしまったんで、精神がボロボロになっていたのかもね」

「犯人は、誰だったんですか？」

森村秀紀か？　足利揚子か？　それとも、他の誰かなのか？

「森村だよ。コンビの解消は、彼にとって非常に不都合な事態だったんだな。それで何とか佐久良を翻意させるべく自宅に押しかけ、話し合おうとしたんだけれど、ろくに相手にもされず、けんもほろろにあしらわれた。それで逆上して、つい花瓶でゴーンだ」

森村の犯行だったのか。マネージャーが犯人だった、というよりも一段とセンセーショナルだ。

「〈バンジー〉のファンにとっては、最も悲劇的でつらい結末だね。同情するよ」

そんなこと、僕にはどうでもよかった。

「肝心のところを教えてくださいよ。森村秀紀は、刑事にどんな事実を突きつけられて動揺したんですか？」

「うーん。こんなふうに言ったのかなぁ。『佐久良の遺作を自分のものにするため、留守電に入ってた彼のメッセージを消去しただろう』」

「だからぁ、それだけでどうして動揺するんで……え、遺作？」

先生は、こっくりと頷(うなず)く。

「佐久良が吹き込んだメッセージの中身は、道を歩いていて浮かんだ新曲なんだよ。とっさにメモをしようにも道具がなかったんだろうね。あるいは、彼は採譜ができなかったのかもしれない。ギターでコードを探りながら作曲するポップス系のミュージシャンなら、そんなことも珍しくもないだろ。だから、そばにあった電話ボックスに飛び込んで、忘れないうちに自宅の留守電に録音したのさ。僕は作曲家じゃないけれど、アイディアが浮かんだ瞬間の『これだ！　きたぞきたぞ。逃がすもんか』という感覚はありありと想像できる」

慌てて電話ボックスに飛び込む佐久良の姿に、先生の推理を重ね合わせる。ぴたりと合った。

「通話中、電話の向こうの相手を説得するかのように、佐久良がゆっくりと頭を上下させていたのは、もちろん歌っていたからだね。ははは、そりゃ一方的に歌ったろうさ。三回も電話をしたのは、留守電の一回の録音時間では収めきれなかったためだろうね。ボックスから出てきた時、彼は薄笑いを浮かべていたんだろ？　忘れないうちに録音できて、ほっとしたのさ」

それも、ぴたり、だ。

「僕の推理は、それでおしまい。後輩にはこう言った。『ヘヴィー・スモーカーが煙草を一服する間もなく殺されているんだから、犯行は彼が帰宅した直後と推測できる。大切な留守電のメッセージを聴き直す余裕があったかどうかも怪しいから、佐久良がそれを消去したとも考えにくい。とすると、メッセージを消したのは、犯人だ。そいつは、何か不都合なものが録音されていないか気になって、留守電を再生させてみたのかもしれないな。ところで、その時に佐久良が吹き込んだ新曲が録音されていたら、マネージャーの足利はどうしただろう？　衝撃的な死に方をした人気ミュージシャンの遺作だよ。商売の材料になるじゃないか。消すなんて、もったいないことはしないよ。でも、森村が犯人だったらどうか？　行きがけの駄賃としていただこう、と考えたかもしれないよ』とね」

「はぁ……」

「頼りない仮説だけれど、一抹の理はあるだろ？　後輩もそう思って、馴染みの刑事に耳打ちしたら、相手がこれまた僕の推理を無視するにしのびないと思ってくれた。で、ここぞというタイミングで森村に突きつけたわけだ。――さて、どうなったかなぁ」

もしも、先生の推理が豪快にハズれていたとしても、僕は「なーんだ、違ったじゃないですか」と嗤わないだろう。推理ごっことして、充分に楽しめたから。

「パチパチパチパチ」と言いながら拍手した。「さすがキンダイチ先生。本物の金田一耕助みたいですよ」

「金田一耕助は、いいかげんな安楽椅子探偵はしないだろ。でも、はは、おだてられると気分がいいね」

先生は照れたのか、それとも演技なのか、頭をぼりぼりと掻いて盛大に雲脂を撒き散らした。やめてくださいよ、と言いかけたのだけれど――

「ねぇ、耕一君」

真顔で見つめられた。

「は……はい」

「やっぱり〈耕助石〉は、ファンサービスのでっちあげだと思うかい？」

話題が突如として転換した。

「真相がどうなのか、僕は知らない。でもね、君の指摘が正鵠を射ている、と首肯するのもためらうよ。横溝正史は、畦道を飛ぶように歩き回りながら小説の構想を練ったんだろ？　それを見た子供たちが『きょうてェよぉ』とこわがるほどの鬼気迫る散歩から、幾多の名作が生まれたわけだ」

「……はい」

「その散歩の途中、色んなアイディアが巨匠の頭に浮かんだことだろう。『ああ、これで密室が作れる』とか『こういう犯人の設定は意外性があるぞ』とかね。ところで、横溝フリークの君に初歩的な質問をするけれど、正史が得意としたのはどんなパターンだったかな？」

密室、アリバイや見立て殺人の作例も多いけれど、横溝正史らしいと言えば、やはり〈顔のない死体〉パターンじゃないかな。ぱっと思いつくだけで『犬神家の一族』『夜歩く』『悪魔の手毬唄』『白と黒』『黒猫亭事件』『車井戸はなぜ軋る』がある。

「うん、同感だね。ところで、この〈顔のない死体〉という奴は、読者がAだと思っていた人物が実はBだっただの、そう思わせてやっぱりAだっただの、実は実はもっとややこしいことになっていただの、読む方も書く方も頭をフルに活動させる必要がある。僕がそんなトリックを散歩中に思いついたら、慌てるだろうね」

「……はぁ」

「慎重に扱わなくてはならない、こわれものだよ。あるいは、臆病な小鳥かな。逃げられないよう、後ろからそっと忍び足で近づいて、素早く捕まえなくっちゃならない。まことにもってデリケートな作業だ。——さぁ、君が横溝正史だとしよう。散歩の途中で素晴らしいトリックの着想を得た。たとえば、『黒猫亭事件』のアイディアだとしなさいよ。込み入ってるよね、アレは。はは、まさにこわれものだよ。トリックがちゃんと成立するか否か、じっくりと考える必要があるけれど、そういう時に散歩中だと不便だよ。机に向かって紙にメモをとりながら検討する、というわけにいかないもの。早く自宅に戻って書き留めたい。でも、頭の中にあるのは、豆腐より脆弱なこわれものだから、急いで歩いているうちに崩れてしまうかもしれない。佐久良恭平は留守電を利用したけれど、横溝先生が疎開していた頃にそんなものは存在しなかった。ならば、どうすればいい？」

　先生は、幻を追うように天井の隅を見上げた。

「僕なら、まず立ち止まる。足を止めて、その場で思いついたアイディアを練るよ。練って、こわれものを少しずつ固める。そして、安心して持ち運べるようにしてから家路についたね。その時、道端に適当な大きさの石があれば、もちろん腰掛けたろうさ。——どう思う、耕一君？」

それは想像を通り越して、空想じゃないかな。いや、むしろ——

「夢ですね」

思ったまま口にした。

「ああ、夢か。そうかもしれない。でも、悪くない夢だろ?」

今日の僕は、素直だった。

「はい」


森村秀紀が逮捕されたのは金曜日のことだった。森村は、先生の予想よりもがんばって抵抗したんだね。盗んだ歌は、「亡き佐久良恭平に捧げる」と言って歌うつもりだったというから、とんでもない話だ。

キンダイチ先生のお手柄は公にならなかったけれど、先生に探偵の才能があると知って、僕はうれしかった。

でも、そんなものがあっても、相変わらず錦田一先生の本は売れないままなんだよね。

彼方にて

外つ国の首都にある独裁者の宮殿めがけ、ミサイルが飛んだ。狙い違わず、幾発もが命中する。

青年は清々しい朝の光の中でそのニュースに接したのだが、テレビに映った外つ国は暗かった。砂漠が広がるその国とは、ちょうど夜を挟んだだけの時差があるのだ。

焔が夜空を毒々しく染め、巨大な火球が海月のようにゆらりと舞い上がる。はたして広壮な宮殿がどれだけの損傷を受けたのか、画面から窺い知ることはできないが、あれだけの爆発だ。近くにいた人間たちは、ひとたまりもなく散華しただろう。軍服の胸に色とりどりの勲章を佩用した独裁者も、命運尽きたやもしれない。

天の一角から飛来した人工の雷がまた一つ闇を払い、そして海月が。息を詰めてその光景を観ているうちに、青年はわれ知らず、顫える指先をテレビに向けていた。

——あの下に、人が。人が。

よせ。あの下に人がいるんだぞ。

発射ボタンを押す者に自制を求めたかったが、そんなことは誰もが先刻承知している。戦争なのだ。血肉を持った異教の敵を殲滅せしめんと、ミサイルは浮城より放たれているのだ。

現地から何万キロもの距離を隔てた島国にいて、電波が運ぶ映像を観ただけでも恐怖と戦慄で身体が硬直する。青年は金縛りになったまま、テレビが同じ情景を繰り返し垂れ流すのを見つめていた。

気分が悪い。

不快感に耐えかねて、テレビを消した。目を覚ましてすぐに、ろくでもないものを見せられた。

朝日が射し込むのとは反対の窓に寄り、さっとカーテンを開く。この方向に、独裁者の国がある。まだ夜が半ばに達していない国。大勢の人間が生命を、腕を、脚を、愛する者を奪われつつある国が。

どうしてこんなことになってしまったのか？　青年に判っているのは、二年前の九月にある大国を襲った大規模なテロルに端を発している、ということだけだ。

その国をただ大国と呼ぶのは正確ではない。政治、経済、軍事のすべてで他を圧倒し、その文化を世界の基準にせんとする、この星で唯一の帝国じみた超大国なのだ。

たしかに、かの超大国が受けたテロルは酸鼻を極めた。テロリストらは旅客機を乗っ取った上、乗客もろともその国の力を象徴する一対の摩天楼に突っ込み、瓦礫と化した鉄とコンクリートと夥しい死者の山を築いたのだから。

悪を斃す、とかの国の為政者は宣言し――また戦乱がこの星に生まれた。それは、新しい戦争なのだとか。国家と国家が国力を懸けて激突し、雌雄を決するという従来の戦争とは異なり、これからは国家が住所不定のテロリストと屠り合うのだとか。

かつて戦は英雄を生む行事で、栄光の光暈をまとっていたと聞く。だが、現代においてそのような面影は微塵もなく、陰惨に、より陰惨にと変貌し続けている。

黯然たる思いに捉われ、阻喪した青年は朝食をとる気をなくしてしまった。ただでさえ失職中でクサクサしているというのに、食欲にまで見離されるとは。

新しい戦争。

その言葉から、青年はある書物を思い出した。十代の前半で出合って魅了され、何度も読み返してきた枕頭の一冊だ。

さる旧家で連続する密室の怪事件を描いたその小説は、〈新形式の殺人〉がモチーフとなっていた。たとえば群衆の重さに耐えきれずに橋が崩落したことによる死。核兵器の実験に巻き込まれて被曝したことによる死。嵐で沈没した船に乗り合わせたことによる死。作者はそれらを、個人にぶつけられる憎悪が不在のまま遂行される空疎な大量殺人と解釈した。底知れぬ虚無を見たのだ。

子供だった頃、青年は母親に尋ねた。

――戦争って何？

答えは短い。

――国と国との喧嘩よ。

国家とは、拡張された個人に過ぎない。国と国が喧嘩をして何の不思議があろうはずもなかったが、いまやそれは古典的なスタイルになりつつある。

もはや国家は殴り合わない。強きが弱きを蹂躙し、弱きが呪詛とともに復讐を誓う。「夜中にお前の家に火を点けてやる」と凄んで。かくして強きは、弱きを抹殺せざるを得なくなる。

新形式の戦争。

それは、虚無の虚無なる犯罪ではないのか。なるほど、そこには極限まで肥大した人間らしい憎悪が満ちているが、それは直接ぶつかろうとせず、常に非対称的に標的を選ぶ。干戈を交えぬため戦士は不在となり、叙事詩は書かれぬまま、無意味に殺す者と殺される者だけが地に広がっていく。

——あの小説の作者が存命だったら、どう思うだろう。

そのような想いに駆られることが多くなった。大地震が一瞬にして何千人もの命を奪った時も、通勤の地下鉄に毒ガスが撒かれ、無辜の人々が非業の死を遂げた時も、あの作者が生きていたら、と反射的に想像したものだ。

青年は、書架から件の愛読書を抜き出して、あちこちを拾い読みしてみる。示唆と予見に富んだ文章を随所に発見し、半世紀も前に書かれた小説とは思えなかった。

引き込まれてページを繰るうちに時間は流れ、時計の針がてっぺんで重なりかける。外の風に吹かれて気分を変えるのがよかろうと、本をショルダーバッグに入れて家を脱する。踏切を越え、駅前の大衆食堂で美味くもない蕎麦を掻き込んだ。ちょうど正午のニュースが流れており、映りのよくないテレビは、砂嵐の国がこうむったダメージの推測と超大国の一方的な声明を伝えていた。

店を出た青年は、あてもないまま家とは反対への道を選んだ。そよ吹く三月末の風はたっぷりと陽光を孕んで美しかったが、心はいささかも晴れない。自ら風を生むべく、歩調を速めて出鱈目な方向に進み、ふだんはとんと通らぬ坂道を上った。

やがて高台に出ると、小さな動物園が出現した。このようなものがあると聞いてはいたが、このような場所にあるとは知らなかった。平日の昼下がりのこと、客などほとんどいまい。どれほど侘しいか確かめようと、青年は入場券を買ってみる。

象や麒麟はいないが動物園と称してもあながち嘘にはならない、といった体の施設であった。思ったとおり、園内に人影はない。あまり元気がなく、かといって不幸そうでもない猿やカンガルーを眺めながら、奥へ向かう。突き当たりには、ボート遊びが憚られる程度の小さな池があった。水鳥が飼われているためか、檻で囲われている。

青年は、気まぐれに立ち止まった。錆びた檻の向こうに暗鬱な水面があり、一羽の水禽が孤独の意味も知らない風情で漂っていた。それは青年の姿を認めると、餌を期待でもしたのか、不意に方向を転じて近づいてくる。つの字形の澪が描かれた。

青年は、檻に指をからませて顔を突き出した。そして翼と水掻きのある生き物に、何もやるものはないことを目顔で告げると、相手は長い頸をわずかに傾げる。餌を与えられないまま観察されるのを無礼に感じたらしく、やがてそれは、小さく、だが鋭く啼いた。

あの作家の心を奪った鳥だ。

作家は、永らくこの水禽に複雑な想いを投じて、夢のような掌編に書き、おのれの栖にその名を冠し、鳥の故郷である南の島国まで赤道を越えて旅している。

青年は、嘴と黄色い玻璃のような目を持つ生き物を熟視した。すると、その眼差しの粘っこさを厭ったか、双翼を羽撃かせて、それはまた啼いた。作家の書いたとおりだ。ちらりと覗いた風切り翅の色は、翼と陰陽が逆転していた。

――ああ、やはり。

青年は、見るべきものを見た心地がして、檻の前から後退った。鳥は翼を丁寧にたたみ、右手の灌木の陰へと去っていく。とり残された水面で、漣が揺れた。

踵を返した青年は、近くにあったベンチで一服する。きらきらと午後の光が降り注いで、池は燦爛と輝いていた。

青年はショルダーバッグから本を取り出して、揃えた膝に置く。そして、黒地に一輪の薔薇が浮かんだ表紙をそっと撫でてみた。

「みんなが働いている時間だというのに、戦争が始まったというのに、大の男が動物園で鳥のお相手ですか。のんびりしたものですね」

頭の上で、皮肉っぽい中年男の声がした。驚いて顔を上げる。

「いや、失礼。そんなことは人の勝手だし、あなたの内面までは見えない。のんびりどころか、えらく真剣な気配を発散していましたね」

太陽を背にした男の顔は、よく見えなかった。顔だけでなく、全身が薄墨色にぼやけていて、影が佇立しているようだ。

「あの鳥がお好きで？」

肩越しに池を指差す。

「いえ」

かぶりを振り、それっきり口を噤んでいると、男は断わりもなく青年の傍らに座った。陽の当たり方が変わっても男の姿は何故か煤けて、漠としている。それでも、相手の視線が膝の本に落ちたことは判った。何か話しかけられるぞ、と覚悟した途端に、男の質問が横っ面に飛ぶ。

「ここで繙くために、この本を携えてきたのですか？　洒落たことをなさる。あの鳥とこの作者の取り合わせは、偶然ではありますまい。判りますとも」

ずけずけと遠慮のない口吻だった。独りの時間をもぎ取られ、理不尽に感じる。

「あいにくですが、偶然に過ぎません。ここに動物園があることも知らずに散歩していただけですから」

「おや、そうなんですか。では、精妙にして神秘なる力が働いて、あなたをここに導いたのかもしれません」

大仰な物言いが滑稽だった。かまわずにいると、男は独白するように続ける。

「戦争だ戦争だ。正義の名の下に、やれまた戦争が始まった。遠い遠い国のことながら、大地は海底を経てつながっているから、這いつくばって地面に耳を当てれば、殷々たる地響きが聞こえるはず。拱手している場合ではないけれど、私には何もできやしない」

短い間は、相槌を求めているのか。無言でいる青年に、男は嘆息まじりに言う。

「鵝毛のように軽いわれらが総理大臣閣下は、今夜にでもこの野蛮な武力行使への支持を表明することでしょう。例の帝国の庇護下にあるわが国としては、そうするしかありませんから。ね？　そして、また私たちは新しい恥を纏わなくてはならない。これは憎むべきテロルとの戦いなのだ、とおのれを偽りながら」

そこで男は、池の方に向き直る。

「しかし、この衝突は戦争と呼ぶに値しない。ごく短期間で、赫奕の極みにある帝国が勝利を収めるでしょう。戦禍にあった国の復興が始まると、わが国の出番です。人道的支援として莫大な税が賑恤金として投入され、必要とあらば秩序の維持回復のために、軍隊を派遣するかもしれない。好むと好まざるとに拘らず、帝国の占領政策にがっちり組み込まれるわけです。私たちは、静かにうな垂れて恥辱の道を往く。そして、自分たちの手は血で汚れていない、と自己欺瞞を貫きながら、胸の奥で歔欷するしかない」

面白くもない話だった。

「私たちの軍隊は誰も殺さない。他国にミサイルを射ち込むこともない。常に、われわれは無垢なのです。どす黒い恥の記憶は、白く塗り潰される。ワタシタチノテハ、ケッシテチデヨゴレテナドイナイ」

憂悶を吐き出してから、男は青年に問いかけた。

「退屈ですか？」

「いえ。愉快な話ではありませんが、退屈というのでは……」

「この作者なら」青年の膝を顎で示し「そんな去勢の悲しみを何に託したでしょう？　わが国が先の大戦であの国に敗れた時と同じく、一見無垢の塊のごとき水鳥に、羞恥の化身を見たかもしれません」

青年は、初めて共感を表わした。

「そうかもしれません。——あなたも、この作者を？」

男は頷く。

「何というか……まさに、はぐれた羊のために存在した魂ですね。ここは流刑地か、われは流刑囚か、と自問せずにおられぬ者たちに、自分が独りではないことを教えてくれる。その作品と人は、徹底して日向臭さと無縁だった」

さらに言葉が続く予感があったのだが、男はぷっつりと黙った。同志を相手に贅言を費やすまでもない、とでも思ったか。だが、すぐまた口を開く。

「その本にある言葉を引くなら、新しい戦争とやらによって、私たちは〈想像を絶した奇怪な非現実世界がひろがっている〉情景を目撃しています。〈さながら反宇宙の出来事〉のようです。そして、私たちはこの何とも名状しがたい現実に呑み込まれて、逃れようもなく〈新形式の殺人〉の犯人になる」

― ――と歯嚙みしたこともある。

男の口調が熱を帯びていく。

「その犯罪の顚末を小説に書くだけの天稟が自分にあれば、と歯嚙みしたこともある。――ねえ、あなた。できるなら、墓場で安眠しているこの作者にひととき生き返ってもらって、新たな小説を書いてもらいたいものですね。〈新々形式の殺人〉とその犯人を描いて欲しいとは思いませんか？〈反地球での反人間のための物語〉を！」

「死者を揺り起こすなんて、そんな迷惑な話はありません」青年は異を唱える。「もう充分ではありませんか。何度でも読み返せばいい。もうこの本があるんです。虚無に供され、〈その人々〉に捧げられ、作者がどこだかの星雲――〈反宇宙が存在するというあたりへ旅立って、おずおずと〉差し出すことを夢想した本が」

すると男は笑った。輪郭のぼやけた両肩が上下する。青年は、誘導尋問にひっかかったように感じた。

「〈反宇宙〉あるいは〈反地球〉。彼が好きな言葉でしたね」

ごく自然に、男は小説家を「彼」と呼んだ。青年は、疑問のままにしていたことを尋ねてみる。

「僕は科学に蒙いのです。そういうものは本当にあるんですか？」

「物理学や天文学は、私も苦手です。偉そうに講釈するのは不遜ですが、お望みとあらば知ったかぶりの道化を演じてみましょうか」咳払いをして「原子を構成する陽子と電子には、それぞれ反対の電荷を持った素粒子が実在することが観測されています。反粒子です。

ちなみに、これは発見される前から必然的に存在していることが予想されていました。プラスの陽子とマイナスの電子の質量にあまりにも甚大な差があり、自然界の対称性にひどく背いていたからです。しからば、そのような反粒子によってできた反原子もあっていい道理で、反原子でできた反物質や、反物質からなる反世界がある、と考えたくなるではありませんか。反世界など成立しない、と現代科学は否定していますが、古来、彼らのモットーは誠実さですから、いつ劇的に前言を翻さないとも限らない。われわれは、反世界を信じることができるのですよ」

「なんとか星雲とやらは、反世界ではないんですね？」

「まるで違います。その大型楕円銀河の中心で、ジェットと呼ばれる物質の噴出が確認されているため、あたかも反世界から猛烈な隙間風が吹き込んでいるかのように、かつて錯覚されただけです。今日では、ジェットのエネルギー源は、銀河の中心部で星が重力崩壊したためにできた穴であり、反世界とは無関係であることが明らかになっています。そもそも、正反対の電荷を持つ反粒子でできた二つの世界が接触すれば、すべてが打ち消し合ってしまうわけで、対消滅が起きます。一瞬にして全質量がエネルギーに変わり、超絶の爆発とともに何もかもが……」

男は、飛翔するように両腕を広げた。

われわれは反世界を垣間見ることができないし、その住人と交流することもできないのだな、と青年は理解した。作家が差し出した本は、永遠にあちらに届くことはないのだ、と。

「稚拙な説明で、ご満足いただけなかったかと思いますが」

男が謙遜するのに首を振る。

「とんでもない」

「ならば、よかった。――しかし、森羅万象が反転した反世界とは、どのようなところなのでしょうね。何々星雲というと宇宙船に乗って飛んでいけるみたいですが、鏡の中に入る方が手っ取り早いようにも思います」

青年は、忘れていた質問を思い出した。

「あなたは、どういう方なんですか？」

「〈その人々〉ですよ。この本を読んでしまった者。健康でも正常でもない流刑囚。たまたますれ違った、あなたの同類です」

「いえ、そういうことではなく……」

――こんな現実味のないすれ違いがあるもんか。

まるで納得がいかない青年を置き去りにして、男は立ち上がった。その全身を照らす逆光があまりに眩しくて、青年は目を細め、手庇を作った。

「つまらないおしゃべりで、あなたの読書と思索の時間を台なしにしてしまったようですね。失礼をお宥しください。お話しできて楽しかった」

上体がゆらりと揺れ、男は出口のある方角へと歩きだした。呼び止める理由も思いつかない青年は、その背中を見送る。

その刹那。

光の中に、何か舞った。ふわりと漂っていたかと思うと、それはジグザグに虚空を滑って地表に墜ちる。純白の羽根だ。はっとして、青年が池に視線を転じると、水面に鳥の姿はなかった。立ち木の陰にいるのでは、と檻に駈け寄って死角を覗いても。

――いない。風切り翅の下に羞恥を隠し、全身をべったりと無垢の色に染めた悲哀の鳥は、どこへ消えてしまったんだ？　最前まで肩を並べていた男こそ、檻を抜け出した白鳥だったのか？

頭を振って探し求めても、男はどこにも見えない。闃として、風の声も絶えた。

青年はベンチに戻ってぺたりと座り込み、男との会話を反芻した。そうするうちに、もの狂おしいような高揚感が突き上げてくる。「われわれは、反世界を信じることができるのですよ」というひと言が、頭蓋の中で鐘のように谺する。

――反世界！　あべこべの世界。そこでは、何がどう逆転しているのか。深海魚が雲居を越えて飛び、鳥たちが海原を回遊する世界。焔にかざした手が凍え、料理人が氷で肉を焼く世界なのか。それとも、裏返った腸を身体の外に剝き出しにした人間が闊歩し、木々が枝を幹の奥に向けて伸ばす世界なのか。ハチニンコ、ガカインゲキゴと挨拶を交わす世界なのか。赤ん坊が高笑いとともに生まれ、鏡の前に立つと後ろ姿が見られる世界なのか。あるいは……白鳥が黒く、黒鳥が白い世界なのか。

青年は、傍らの本を手にして、彼方に想いを馳せる。

——ああ！　そこにも〈反世界〉、すなわちわれわれが住むこの世界に向けて、おずおずと差し出す本を書く人間がいるのだろうか。その彼方にも、われわれが噛み締めているのと変わらぬ喜びや怒り、悲しみが充ちているのだろうか。

中井英夫の文字を、指の腹でなぞってみる。

表紙に描かれた薔薇の花は、目に沁みるほど青く、青かった。

ミタテサツジン

I

なんで、こんなことになったんだ。

俺は立ち尽くして、松の太い枝からぶら下がったものを見ている。無惨だ。が、とても美しい。

「ひどい……」

俺の前で呻くように言ったのは、槌田巡査だ。空き巣もいない長閑な島の駐在は、ここにいる誰よりも動転しているようだった。無理もない。都会の警察官でも、こんな異常な場面に立ち会うことは稀だろう。

逆さになった磯富花香を調べていた布川は、向き直ってかぶりを振った。

「どうね、先生。助からんのですか、花ちゃんは？」

ジャージ姿で飛んできた網野が哀れげな声をあげた。花香が息をしなくなってかなりの時間がたつことは素人にも明らかなのに、この若造は現実が受け容れられないのだ。

「残念ながら、助かる助からんという状態やない。死んでから七、八時間ほどたっとるやろう。酷(むご)いこっちゃ」

布川は、鶴のように白くて細長い遺体の頸(くび)を指す。

「手拭(てぬぐ)いで絞められたような痕(あと)がある。殺されて、吊(つ)るされたんじゃな。何のためにそんなことをしたのか、見当もつかんが」

海から吹きつける風が、彼の残り少ない頭髪をなぶっている。

「木の枝に吊るされてるのもおかしいが、花香のその恰好(かっこう)はどうしたことですか、先生?」槌田が尋ねる。「正月でもないし、祝い事があるわけでもないのに、なんで晴れ着姿なんでしょう」

花香は、艶(あで)やかな振袖(ふりそで)をまとっていた。ラメが入った深緋(ふかひ)地にのし柄と桜模様を流した友禅だ。裾(すそ)は淡い白桃色にぼかしてある。島一番の旧家のお嬢様のものだけあって、さすがに上物だ。こんな華やかな死に装束はまたとあるまい。

遺体は、足首を紐(ひも)でくくって枝から吊るされていた。襟元は開いていたが、膝(ひざ)のあたりが帯で縛られているので裾の乱れはない。地面近くまで垂れた黒髪が強い風になびき、袖(そで)がぱたぱたと音をたててはためいている。凄絶(せいぜつ)な光景だ。

「なんで振袖を着とるかって？　そんなこと、診療所の藪(やぶ)医者に訊(き)かれても判りゃせんで。こっちが教えてもらいたいわ」

ひと回り年下の駐在は、「はあ」と口籠(くちご)もる。と、網野が一歩前に進み出た。

「それ、花ちゃんの着物と違う。月ちゃんが正月に着とったもんじゃ」

「おお、そういうたら」

　槌田にも覚えがあったらしい。

「花香が月菜の着物を着とるということは……月菜はどうしとるんじゃろ。あの娘も捜さんと」

「月ちゃんだけやない。雪ちゃんも心配じゃ」

　これまで愚鈍な印象しかない網野が、この場では一番しっかりしていた。茫然自失していた村人たちは、「そうじゃな」「他の二人はどこじゃ」とざわつき始める。

　頭一つ突き出ているのは、長身の一条真之介だ。切れ長の目を細め、食い入るように花香の亡骸を見つめている。放心して言葉も出ないという様子だが、その面立ちのきれいなこと。写真に収めたいぐらいだ。

　四十路が近いというのに、テレビの人気ドラマで鳴らしていた頃より今の方が男っぷりがいい。同性の俺が見惚れるのだから、島の年増連中ばかりか、花香たちがぽおっとなってしまったのも無理はない。

　――どうするんだい、真さん？

　端整な横顔に問いかける。

　――眠ったように平和だった島で血の雨が降っちまった。くるんじゃなかったね。骨休めをするなら、どこでもよかったんだから。『船に乗りたい。島へでも渡ってみるか』と真さんが気紛れを起こしたりするからだ。立ち寄ったのはいいとして、ひと晩泊まってさっさと出ていけば、こんなことにはならなかったはず。だよね？

口紅を引いたように赤い真之介の唇が、小さく動いた。ダレガコンナコトヲとでも呟いたのか。腑抜けになった余所者には、誰も用がない。村人たちは真之介を押しのけ、花香の遺体を松の枝から下ろしだした。

殺人事件なのだから、現場をそのままに保存しておかなくっちゃならないはずだが、駐在は止めようとしない。本土から警察がやってくるまで、二十歳前の娘の遺体が二時間ばかり風鈴のように揺れるのを見ていられないのだろう。それも人情か。槌田はこの島に赴任してきてもう十年だと聞いた。まだランドセルを背負っていた頃から花香を知っているのであれば、なおさら。

「えらいことじゃ！」

母屋から、まろびながら男が出てきた。俺たちが逗留している宿屋の主人、浪川だ。立ち上がろうとして膝が折れ、また転ぶ。

「座敷で雪ちゃんがえらいことに！」

尻餅をついたまま叫んだ。

「どういうことじゃ⁉」と一団が動き、俺と真之介、網野、そして宿の主人だけが庭に取り残された。

「浪川さん、雪海さんがどうしたって言うんです？」

尋ねると、酸欠の金魚みたいに口をぱくぱくさせる。

「ああ、大竹（おおたけ）さん。びっくりした。雪ちゃんが死んどる。それもどうやら殺されたみたいじゃ」

さらに何か言いかけたところで松の枝から下がったものを見て、顔をそむけた。

「花香さんは絞殺されてから吊るされたようです。雪海さんも殺されたんだとしたら、連続殺人ということになる」

「そんなこと……。酔っ払いの喧嘩（けんか）もめったにない島で連続殺人やなんて、わしには信じられん」

浪川はゆっくり立ち上がると、地面に横たわった花香の死に顔を覗（のぞ）いている男に「おい」と言った。

「網野のせがれ。まさか、お前がやったんやなかろうな？　この娘らに袖にされた腹いせに――」

「何をぬかすか」

網野は、首だけ振り向いた。握った拳（こぶし）が顫（ふる）えている。

「袖にされた腹いせに殺したじゃと？　そこまでのこと、よう簡単に言うてくれるやないか」

迂闊（うかつ）だったか、と浪川は黙る。

「おっさんよ。今のわしの気持ちが判るか？　こんなことをした奴をぶち殺してやりたいわ。わしは絶対に赦（ゆる）さんぞ」

怒りの矛先は、そこで真之介に向かった。網野は食ってかかる。

「よお、元人気スター。この親爺が言うたとおり、ここは喧嘩の一つもめったにない島じゃ。それがこんなことになったんは、お前がきたからやないのか？　用事もないのにきよって、理由もないのに長居しくさるから、わけの判らんことになったんじゃ。花ちゃんらを殺したんはお前か？」

肩を摑もうとして、真之介に体をかわされた。なおも踏み込もうとするので、俺がその右手を捉える。

「おっと。手を出しちゃいけない。あんたが絡みたくなるのも判るけど、言いたいことがあるなら、口だけにしな」

「やめんか、こら。——あちっ」

少しねじってから、放してやった。網野は手首をぶらぶらさせながら俺をにらむ。目玉の中で、炎が燃えていた。前歯が迫り出して鼠を連想させるが、正面からよく見るとなかなか可愛い顔をしていて、怒っても愛嬌がある。

「痛いわ。図体がでかいからいうて、乱暴するな」

「『そこまでのこと、よう簡単に言うてくれるやないか』。あなた、そう言ったじゃないですか。軽挙は慎みなさい」

棒立ちの真之介に、穏やかに訊く。

「答えとくれ。花香さんを吊るしたのは、真さんかい？」

「いいや」とだけ返事があった。結構だ。

母屋から人の声が洩れてくる。嘆き声だ。だが、まだ騒ぎは続くだろう。悲劇はもうひと幕ある。月菜が見つかっていない。

群雲が裂けて、朝日が射してきた。気の滅入る一日が始まる。

「大竹さん」

親爺は落ち着きを取り戻していた。ロープが垂れた松の枝を見つめながら言う。

「花ちゃんは、そこに吊るされとったんですな。振袖を着せられて。雪ちゃんもそうじゃった」

「ほお」としか言えない。

「桔梗色の着物……あれは花ちゃんのもんじゃったと思うが、それはどうでもええ。その上に、白い花びらが散らしてあるんです。裏の妙心寺にようけ生えとる萩の花です。あんた、これが何を意味しとるか判りますわな？」

もちろん承知している。

「まるで横溝正史の——」

「そう、『獄門島』ですよ。あの小説に出てきた死体と同じじゃ。つい二日ほど前に冗談で話してたことが現実になったみたいやないですか。まるで悪夢じゃ。花ちゃん、雪ちゃんがこんなことになっとるんやったら、月ちゃんも無事でおるとは思えん」

「『獄門島』をなぞった事件だとしたら、月菜さんがどうなっているか見当がつきますね」

浪川が、はっと顔を上げる。まさにその時、妙心寺の方で女の悲鳴がした。最後の幕が上がったのだ。

「行ってみよう」

俺が号令をかけ、網野が走りだす。真之介はと見ると、怯（おび）えた表情で固まっている。

「真さん、どうした？　月ちゃんが見つかったのかもしれないよ」

女も羨（うらや）むほど白い顔が、今は紙のように真っ白だ。赤い唇がわずかに開いて、邪険に言い放った。

「僕たちには関係ない」

2

二日前の昼下がり。

宿の縁側に腰を下ろして、まるで手入れされていない庭をぼんやり眺めていた。苔生（こけむ）した石灯籠（どうろう）のほかには、見るべきものもない庭だ。抹茶色に濁った池には何の趣もなく、夏場は蚊の発進基地になるのだろう。埋めちまえばいいのに、と小さく呟いたら、奥から浪川が茶を運んできた。

「お暇そうですね。一条さんはお出掛けですか？」

「独りで出ていきました。私なんか、ほったらかしですよ。いつものことですがね。どこに行ったことやら。——いただきます」

熱からず温からず、絶妙の加減だった。

「今日も単独行動ですか。若様はテレビドラマの外でも気まぐれですね」

若様侍は、真之介の当たり役の一つだ。もう十五年も前のことで、彼の人気はあの頃がピークだった。あまりにも短い絶頂期。一条真之介は、残る人生を売れなくなったかつての人気者として過ごし、「あの人は今」なんて週刊誌の特集のネタにされ続けることになった。若様は、そんな取材のオファーがくるたび怒り、しばしば酒を飲んで荒れた。ひどい時には俺にヘッドロックをかけて、「どんな取材でも歓迎すると思うのか？　色男を馬鹿にするのがそんなに楽しいのか？」と喚くので、どこぞの記者に代わって「すみません、すみません」と謝らなくてはならなかった。涙をこらえて。

「大竹さんも大変ですね。もっと大事にしてもらわんと、かなわんでしょう。世話が焼ける人じゃ」

「十三年来の付き合いですから、慣れっこですよ」

真之介が急坂を転げ落ちだしてからの付き合いだ。プロダクションの看板女優の逆鱗に触れる不始末をしたせいで、お荷物になりかかった真之介を押しつけられ、腐れ縁が始まった。こっちは元売れない芸人のへぼマネージャー。コンビになった三年後には揃ってお払い箱になり、以来、負け犬二匹がお互いの弱さをなめ合って生きている。昔の栄光を元手にささやかな仕事を拾えたのも初めの頃だけ。かつての若様と二人して住所不定の根なし草、日本中をふらふらと彷徨ってきた。パチンコでイカサマをやらかしたり、結婚詐欺すれすれのことをして女を騙したり、ろくなことはしていない。そのうちしくじって、錘とともに海に沈められるか、両手が後ろに回りそうだ。

「もしかして、磯富さんのところへ行ったんですか？　あんまり無体なことはせんように注意してください。あそこの娘らは、未成年なんですから」

十八を頭にした一つ違いの三姉妹だ。花香に、月菜に、雪海。みんな本土の高校を中退して島に帰り、家でとぐろを巻いているというから、両親はたまったものではないだろう。と思いきや、まるで気にもしていないという。

「神様の計らいで、三人ともいずれ菖蒲か杜若という別嬪ですもん。おまけに磯富家というたら、この島きっての分限者。婿に不自由はせんし、娘らの将来にも不安はないと思うとるんですよ。あそこは親の方が変わっとるんかもしれません。年頃の可愛い娘を置いたまま、三ヵ月もかかる豪華客船の旅とやらに出てしまうやなんて、大胆すぎるでしょう。よそ様のことながら気になる。毎日、船から電話を入れてるようですけれどね。たまに娘らが留守にしとると、『浪川さん、ちょっと見てきてくれ』と電話がかかる。お隣でもないのに、頼られて迷惑しとります」

「住み込みの夫婦がいるみたいじゃないですか。任せきっているんでしょう」

「シゲさん夫婦がいつもおればええけど、あの人らも留守をする。明日から、親戚の結婚式と法事で何日か島を離れます。そんなことがあるから、ちょいちょい娘だけになる。わしなら心配です」

この島には、若い娘を楽しませるための施設がなく、夜遊びにも出掛けられない。案ずるとしたら、よからぬ虫がつくことだ。

「おせっかいですが、一条さんが夜中に忍んで出たりせんよう注意しといてください。過ちが起きんように」

親爺さんの取り越し苦労だ。世の中には未成年の娘に欲情し、警察沙汰になる男が尽きないが、真之介に関してはその心配は無用だ。甘ったれた声で自分のことをしゃべりまくるだけの小娘ほど彼が嫌っている存在はなかった。旅から旅への電車の中で、下校途中の女子高生のグループと出会うたびに不機嫌になり、「ああ、鬱陶しい。おつむが空っぽで中身がないくせに、若さだけが得意気な馬鹿ども。嫌だね。女というのは、いっそ三十歳で生まれてきてくれないもんか」とこぼしたので、噴き出したことがある。

「真さんの場合、年増が要注意なんです。三十歳未満は眼中にありません」

「そうですか。なら、うちの嬶を押入に隠さんと」

こちらは笑いごとではない。浪川の女房殿は豊満すぎてさすがの真之介もパスしているだろうが、島内には彼を潤んだ瞳で見つめる亭主持ちのご婦人を見掛ける。四方は海。ややこしいことになったら逃げ場がないのだから、若様にはせいぜい自重を望む。

「それにしても」茶を啜って、話を変える。「花香、月菜、雪海とは、奇遇です。そんなふうに雪月花を織り込んだ名前の三姉妹が出てくる話があるんですよ。横溝正史の『獄門島』という推理小説なんですが」

「ああ、それやったら聞いたことがあります。映画にもなってましたか。いつぞやテレビで観たような。大竹さん、推理小説がお好きですか？」

「好きですねぇ。いつでもどこでも、気楽に読めるのがいい。昔から待ち時間や移動が多い仕事をしているので、たくさん読みましたよ」

横溝正史の代表作『獄門島』は、終戦直後の物語だ。舞台は、瀬戸内海に浮かぶ獄門島。復員してきた名探偵の金田一耕助は、妹たちの身を案じた戦友の頼みで島に渡るが、惨劇を未然に防ぐことはできなかった。月代（つきよ）、雪枝（ゆきえ）、花子（はなこ）の三姉妹は、魔手にかかって次々に殺されていく。不可解なことに、いずれの遺体にも猟奇的な装飾が施されていた。

「三姉妹とも、ふだんから着物姿なんですが、ひどい有り様でしてね。花子は、殺されてから梅の木から逆さに吊るされます。雪枝の遺体の上からは、釣り鐘がかぶせられる。月代は白拍子みたいな恰好（かっこう）になっていて、遺体の上に萩の花が撒（ま）かれていた」

「はいはい、そう。芝居がかった演出じゃことと」

「推理小説にはよくあることでしょう。これには意味があって、それぞれ名句に見立ててあるんです。たしか花子は……」

「〈鶯（うぐいす）の身をさかさまに初音かな〉。犯人は、死体を其角（きかく）の句に見立てたんです」

親爺さんが即座に答えを横取りしたので、驚いてしまった。人は見掛けによらぬもの、聞けば俳句をひねるのが趣味だという。

「俳句が出てくるのが面白くて、覚えとるんです。あとのも判りますよ。死体が釣り鐘の下にあったのは、芭蕉の〈むざんやな冑の下のきりぎりす〉の見立て。もう一句も芭蕉で、〈一つ家に遊女も寝たり萩と月〉」

「ええ、ええ。そんな句でした。風流な俳句に見立てて人を殺す、という対比がグロテスクで魅力的なんだな。ありゃ名作です」

「俳句に見立てて人を殺すやなんて、おかしな話ですけどな。見立ていうたら、私は枯山水やら歌舞伎の趣向やらを思い出しますが」

「見立てというのは、芸術表現にも遊びにもよく使われます。日本文化に根づいたテクニックだから、推理作家も取り入れたくなるんでしょう。日本だけじゃなく、海外の推理小説にもそういうタイプのものがありますけれどね」

興味がなさそうな親爺さんを相手に、推理小説談議をしても仕方がない。宿で燻っていては時間がたつのが遅くてかなわないし、真之介の様子も気になったので、外へ出てみることにした。

目的もなくこの島にやってきて三日目。散歩コースができていた。日本海の風雪に耐えてきた家々の間を抜け、妙心寺を目標に坂を上ると、振り返るたびに青黒い海が大きくなっていく。観光客とは無縁の島だが、なかなかどうして風情がある土地だった。江戸時代の中期から北前船の寄港地として栄えた面影を濃く留めているからだ。千石船が頻繁に入港し、北国の米や海の幸を九州や畿内に運び、各地の珍しい物産を積んで戻るごとに、島の富が殖えていったのだ。鏝絵を施した塀や望楼の小間を持つ家を見るにつけ、往時のにぎわいが偲ばれる。今は、老人の姿ばかり目立つ過疎の島になり、本土と行き来する船の便もすこぶる悪いが。

はぐれ者が身を寄せ、疲れを落とすのにはうってつけの場所だった。浮き世の騒音から遠く離れ、静かで、魚がうまい。用事もなさそうなのに滞在する余所者は島民から好奇の目を向けられもするが、草を枕に生きているのだから、そんなものはへっちゃらだ。真之介は、しばらくここにいたい、と言った。しばらくとはどれほどなのか、さっぱり判らないが、この頃になく懐が温かいので、骨休めがしたいのだろう。半月前までいた街で、スナックの雇われママに借りた金だ。もちろん、真之介には返済するつもりなどさらさらなく、俺たちは二度とその街を訪れない。こんな悪さばっかりしていたら、いずれ行き場所がなくなってしまいそうだ。悪運が尽きたら、潔く野垂れ死にするまでか。

そぞろ歩いていると、駐在と出喰わした。きた当初は、狭い共同体への胡乱な闖入者としてマークされたが、真之介がかつての若様侍だと知るや、名士が来駕したように接してくれるようになった。あのドラマのファンだったのだ。

「こんな島に何日もいたら退屈でしょう。そろそろ街のネオンが恋しいんやないですかな」

「命の洗濯ですよ」

そんな言葉を交わしてすれ違い、妙心寺へと足を向ける。杉木立に囲まれた境内の静けさが気に入っていた。物想いにふけるにはうってつけの場所なのだが、行く末をあれこれ考え始めると、ついつい不安になるものだから、何やら考える真似だけにしている。

境内へ続く道の脇に、ささやかな掘割を持つ屋敷があった。噂の三姉妹がいる磯富家だ。船頭から身を起こし、何艘もの北前船の船主になったご先祖の威光が伝わってくる。さすがに補修が追いつかないのか、いささか傷んだ箇所も見受けられるが。旅行中の当主は、本土に優良な不動産を所有していて、その収益で悠々自適の生活を送っているという。ひがみたくなるような話だが、俺が何代目かの子孫なら、よからぬ遊びと下手な商売でたちまち身代を潰しただろう。

行き過ぎようとした時、若い娘の嬌声がした。「真さん」「真之介」と囃しているので、つんのめって立ち止まる。三姉妹を引き連れた真之介が出てきた。連れているというより、絡みつかれているのだ。どこまで買い出しに行くのか知らないが、揃って小ぎれいなミニのワンピースを着ている。

古風な令嬢を思わせる顔立ちで、黙っていれば清楚な雰囲気の花香。黒目がちのぱっちりとした目がチャームポイントの月菜。抜けるような白い肌の雪海。タレント事務所がスカウトしたくなるほどの美少女たちだ。不公平がなくてよかった。

「もっといて欲しかったのに」

「話、聞きたいのにな」

「またきて、真さん。三時のおやつを用意しておくから。朝でも夜中でもオッケー」

真之介は、生返事をしている。

「驚きのこのお値段。しかも、男性用とペアでのご提供です。今すぐ電話を」

きゃははは、とけたたましい笑い声。テレビショッピングの司会をしていた時の口調を、雪海が真似たのだ。真之介は怒るでもなく苦笑している。娘たちにとって、この二枚目のおじさんはからかい甲斐があるらしい。

声をかけようとしたら、目が合った。若様は、照れることもなく「よお」と言う。三姉妹らは俺には興味がないようで、「さよなら」と真之介に手を振り、玄関に消えた。

「もてもてだな。両手に花でも一輪余る。こっちに分けてくれ」

「いい大人が馬鹿なことを言うな。相手は子供だよ」

「子供に誘われて家まで上がり込んだのか。おかしな噂が広まるぜ。まだこの島にいるんなら、せいぜい慎んでもらわないと」

「プリンがあるっていうから、断われなかった。弱点を衝かれちゃかなわない」

「いい大人はプリンが弱点か。聞いてて恥ずかしいや。いいかげん、ここにも飽きてきてるんじゃないのか？　何もすることがないだろ」

真之介は、ふっと淋しげに笑う。

「ここを出て、どこへ行く？　それを思案するのが面倒なんだ。東にも西にも、北にも南にも、動きたくない。お前と一緒にいるのも疲れてきたよ」

冗談に聞こえなかった。

3

月菜を発見したのは、住職の妻だった。磯富家の方が騒がしいのを訝りながら、境内の清掃をしかけたところで、釣り鐘の下におかしなものを見つけた。近寄ってみると、晴れ着姿の死体だ。雪輪どり文菊柄の振袖は、磯富家三女のもの。てっきり雪海が死んでいると思ったそうだ。

「殺して、わざわざ釣り鐘の真下に運んできとる。間違いない。犯人は、『獄門島』に見立てて姉妹を殺しよったんじゃ。ね」

浪川は、俺の右肩を摑んで揺する。

「そのようですね。ここまでくると偶然とは思えない」

「推理小説の場面を再現するやなんて、こんな事件、聞いたこともない。どうなっとるんじゃ！」

肩が痛いので、そっと手を振り払った。

「駐在さんと布川先生を呼んできます」

短い石段を下りて磯富家に戻る。玄関を入ってすぐの壁に、三姉妹の写真が飾られていた。写真館で撮ったものらしく、晴れ着姿だ。三人のうち二人は、見覚えのない振袖を着ていた。さすがにお嬢様は衣裳持ちだ。

駐在と医者は、まだ奥の間で雪海の遺体を見ていた。村長や自治会の面々も集まってきて、廊下から現場を覗き込んでいる。

ここは客間だろうか。床の間があり、天井は漆塗り、壁際には帆掛け船が描かれた二双屏風。雪海は二十畳間のほぼ中央に転がっていた。菊の文様に、萩の花びらが重なっている。

「月ちゃんが釣り鐘の下に?」

俺の報告に駐在は顔をしかめる。

「三人ともやられたか。とんでもないことになった」

槌田一人の手に余る状況だ。全員を退去させて、本土から応援がくるまで誰も磯富家の敷地内に入れないようにしたい、と村長に協力を仰いだ。そして、自分は布川とともに妙心寺へ急行する。

村長とも何度か言葉を交わしたことがある。散歩中に「どこからいらした?」「お連れは一条真之介さんでしょう」と向こうから話しかけてきたのだ。つるつるに剃った頭に顎鬚の偉丈夫だ。そして、いつも人をにらみつけるような目をしている。

「金田一耕助にお出ましいただくような事件じゃやな」

鬚を撫でながら呟いたので、反射的に言ってしまう。

「へえ、よくご存じで。『獄門島』そっくりですね」

強い視線をまともに浴びた。

「本屋も映画館もない島でも、テレビは映りますわ。馬鹿にせんでもらいたい」

「いえ、馬鹿にしたわけでは……」

「まともな奴の仕業じゃない。その何とか島をなぞって人を殺すとは」

そばにいた自治会の男が、おずおずと口を挟む。

「網野のせがれが、磯富の娘らに順々に言い寄っては振られてます。あいつがこんな大それたことをするとは思えませんが、もしかしたらということがあります」

村長は、鼻を鳴らした。

「腹いせにやったと？　なかろう。頭に血が上って殺めたとしても、小説になぞらえたりはせん。あいつなら一人殺した途端に正気に返って、おいおい泣きだすわ」

「そうでしょうね」と同感の意を表した。「ここまで苦労して『獄門島』に見立てる理由がない」

鋭い目で、ねめ上げられる。

「こんなもの、見立てとは呼ばんでしょう。ただ小説の猿真似をしただけじゃ。見立てというのは、もとあったもののイメージを借りて新しいイメージを創りだすことやのに、この娘らの死に様はそうなっとらん。子供の飯事みたいに、ただ形だけをコピーしとる。やけくそみたいにな」

おお、そう言われてみれば。心から感服してしまった。失礼失礼。確かに俺は、寒村の長を見縊っていた。

「しかも、その小説をよう知っとる者の話によると、正確な再現でもないらしい。小説どおりなら、雪の字がつく娘が釣り鐘の下で見つかるはずじゃとか」

「見立てではなく、創造性を欠いた猿真似ですか。形だけのコピーで、やけくそみたいで不正確ですか。それにしては手が込んでいる。木の枝から吊るしたり、寺の釣り鐘の下まで運んでいったり、重労働です。『獄門島』の三姉妹はふだんから着物姿でしたが、花香さんたちは洋服を着ていた。振袖に着替えさせるだけでも大変ですよ」

「あの娘らは、自分たちで着付けができた。まさか、犯人が殺してから着替えさせたわけはない。ほれ、雪海にしても上手に帯を結んどる。死人相手に、こんなにうまい着付けができるもんですか」

「被害者たちが、自分で着替えたわけですか。なるほど」

「それぐらいは一目瞭然です。判らんのは、どうして娘らが振袖なんぞ着る気になったのかじゃ。晴れ着なんぞ、よほどの祝い事がある時か正月にしか着んかったのに。――いや、こんなことをしとる場合やない。ここは封鎖じゃ。みんな出ろ。庭の連中も外へ出して、玄関に見張りを立てるんじゃ。磯富さんには連絡ずみだな？　太平洋におるんかインド洋におるんか知らんが、一日や二日では帰ってこられんじゃろう」

両親が電話をしたところ、娘たちが出ない。時差を考えれば、早朝なのに。そこで、浪川に「様子を見てきてくれ」とコールが入り、大将はまず庭で花香の遺体と対面したのだ。その両親には、槌田が悲報を伝えたらしい。

「東京に行っとるシゲにも報せんと。どこのホテルに泊まっとるのか知っとる者、おろうが。浪川さんが知っとる？　なら早う訊いてきて、お前が電話せい。さあ、みんなここから出るぞ」

大騒ぎだ。玄関先に追いやられたところで、庭から歩いてきた真之介と会った。俺を見るなり眩しげに目を細め、どこかに去ろうとする。慌てて止めた。

「どこへ行くんだい？　逃げるみたいじゃないか」

「宿へ引き揚げるんだよ。こんなところにいても仕方がないだろう。朝っぱらから嫌なものを見ちまった」

「気分のいいものでないには違いがないが、そんな言い方をしたらあの娘たちがかわいそうだ。哀れだよ」

「しょせんは行きずり、赤の他人さ」

「相変わらず冷たいね。情が薄い男だ」

また歩きだそうとしたところを、網野に「おい」と呼ばれた。若造は、わざとらしく腕まくりをする。

「こんな恐ろしいことをする人間、島にはおらん。お前らがやったんやないのか？　白状せい」

「悪いことはみんな余所者のせいか。くだらねぇ」

真之介は、蔑むような目で相手を見返す。赤い唇に、よせばいいのに、挑発的な嘲笑を浮かべて。

「昨日の夜は花ちゃんらしかおらんと知って、忍んでいったんじゃろ。ちやほやされると思うてみたら、『何しにきたん、スケベ』と罵られて、あんなことをしよった」

「小娘とはいえ、三人も絞め殺すのは容易じゃないぞ。だいたい、一人を襲っている間に他の二人が助けを求めて逃げちまう。妄想はやめな。僕に夜這いの趣味はない」

冷静な応答に、網野も落ち着いた物腰になる。

「やっていたって、『はい、やりました』と言うわけないもんな。おとといの昼間、あんたがこの家に上がり込んだのを見た者がおる。ここへ出入りしたこともない、とは言わせん」

「そんなこと言ってないだろ。招かれてプリンを馳走になっただけさ」

「その時、家の様子が判ったんで、夜中に忍んで——」

「行くもんか。ずっと宿で寝てたよ。十時には布団に入ってた」

ここで俺が割り込んだ。

「本当だよ。真さんは早くから休んでた。浪川さんの晩酌にも付き合わずにね。おかげで俺が親爺さんと差しつ差されつだ。なぁ……と言っても、寝てたんだから真さんは知らないか」

「お前さんが馬鹿笑いする声が聞こえてたよ。もっときれいに酔いな」

網野は納得していない。疑るのなら、浪川の親爺さんに訊いてみるがいい。夜中過ぎまで真之介が二階の部屋にいたことを証言してくれるだろう。布川が見たところでは、三人とも死亡推定時刻は昨夜の十一時から零時あたりらしいので、一応はアリバイが成立する。

若造は何か言いかけたが、遠くから村長が呼んだので舌打ちする。不愉快な質問を予想したのか、ふくれっ面で踵を返した。

4

酒肴が切れても、親爺さんは「まだいいでしょう」と放してくれなかった。雑談の種も尽きかけていたが、することもないし、世話になっているので辛抱して付き合う。ただで酒が飲めるのはよかったが、これではどっちが客だか判らない。浪川にとって、真之介はまだ華やかな芸能人であり、彼にまつわる話が面白いのだ。テレビショッピングの司会やら地方のホテルでのトークショーをしていた頃の他愛もないエピソードを並べると、喜んで聞き入る。

「本当に日本中を回られたんですな。わしみたいに狭い島からろくに出たことがない人間とは、全然違う人生じゃ。この次はわしも二枚目に生まれて、刺激と変化に富んだ生活がしてみたいもんです。さっき伺った広島のディナーショーのお話、傑作でした。その時の一条さんは、どんな気持ちだったんでしょう。ご本人から聞いてみたかった」

「すみませんね」と詫びた。「布団に潜り込んでしまって、出ようとしない。愛想のないことで」

浪川は「かまいませんよ」と鷹揚に言って、冷酒をぐいっと呷った。

「それはそうと、一条さん、何かどなっていましたな。具合のよくないことでもありましたか？」

「聞こえましたか？　どうってことありません。部屋が散らかっていたので片づけるように言ったら、『よけいなお世話だ。散らかったって死ぬもんか』と大声をあげられて。寝入り端にそんなことを言ったら、怒るのが目に見えていたんですけれどね。つい口が滑っちまった」

「『僕の部屋だろ。気になるんなら、留守中にお前が片づけておけ』とか言われていましたね。大竹さんも大変だな、と思いました。けど、スターですから、多少のわがままは仕方がないでしょう。お行儀が悪くても宥されます」

現役のスターなら特権的に宥されるかもしれないが、今の真之介は尾羽打ち枯らした元スターだ。わがままぶりが痛々しいこともある。

「わしの方こそ、すみませんでした。一条さんと酒が飲みたいからというて、無理にお誘いして。大竹さんが叱られてしもうて、申し訳ない。もっと飲んでください」

「充分にいただいています。それにしても大将、お強いですね」

「大竹さんこそ、蟒蛇じゃ」

柱時計を見ると、零時を過ぎていた。膳を挟んで、だらだらと三時間もこうしている。

話が途切れると、時計の音がやけに大きく響いた。

「静かですね。車が通る音もしない」

「今晩は波も穏やかなようです。都会からきた人に『静かすぎて眠れん』と言われることもあります。かというて、ちょっと海が荒れたら『潮の音が気になって眠れん』と言うんですから困ったもんです」

「都会からの客というと、釣りが目当てですか？」

「釣り人もきますが、世の中には離島巡りが趣味という人もおりまして、そういう方が時々お泊まりになります。日本中の島を一つずつ訪ねて回るんやそうで」

「楽しいかもしれませんね。俺たちも、これからは島を巡ろうかな」

どうでもいい会話なので、心にもないことを平気で言う。たまにくれば気分転換ができるだろうが、島なんてどこも似たりよったりだ。それこそネオンの海が恋しくなるに決まっている。

「それもいいですが……。またテレビでお見掛けしたいですな。さすがにもう若様というわけにはいかんでしょうから、将軍様の役でなと。応援しとります」

親爺さんは、顔を隠すようにしてぐい呑みを口に運んだ。畜生とばかりに、俺も飲む。酔えない酒だった。

5

「どこまで行くつもりだ。おい、待て」

仏頂面の真之介を従えて、俺は山道を上っていった。警察がやってくる前に、どうしても話し合っておく必要がある。

やがて木立が切れて、見晴らしのいいところに出た。懸崖の上だ。日本海が広がって、真之介は「ほお」と言う。

「こんな場所があったとは知らなかった。なかなかの景色だな」

北前船が行き来した海を、今はフェリーが悠然と航行している。遠くに霞んでいるのはタンカーか。眼下の松林は江戸時代のままなのだろう。木立のさらに手前には、鐘撞き堂の屋根が見えていた。

「独りでうろついていて見つけたんだ。いいところだろ。あんまり前に出ると危ないぜ。柵が腐っているみたいだ」

「もっと早くに案内してくれりゃよかったものを。なんでこんな時に？」

軽い調子で訊いてくるが、緊張しているのが見て取れる。俺だって足が顫えそうだ。

「人の耳がないところで話したいことがあったのさ。真さん。あんた、あの娘たちに腹を立てたのかい？　天下の一条真之介がテレビショッピングのおじさん扱いされて、自尊心が傷ついたんだろう」

「へん、気にしちゃいないよ。自尊心なんて厄介なもんは、とっくに捨てた。どんな味や匂いをしてたのかも忘却の彼方よ」

「でも、殺ったんだろ？」

目を逸らしやがった。はい、と答えたも同然だ。

「死体がぶら下がった松の木を前にして、あんたは『誰がこんなことを』と呟いてた。そして、俺が『花香さんを吊るしたのは、真さんかい？』って訊いたら、あんたは『いいや』と返事した」

「ああ、やってないからな」

馬鹿が。俺の苦心がまるで判っちゃいない。浪川や網野の前で、真之介が「いいや」と答えられるような訊き方をしてやったのに。

「吊るしてはいないけれど、殺したんだ。そうだろ？　俺には本当のことを教えてくれたっていいじゃないか。誰にも告げ口したりしない」

真之介は、海の方を向いたままだ。どう答えるべきか迷っているのだろう。

「水臭いことはなしだ。殺ったなら殺ったでいい。俺は、何があっても真さんの味方だよ。信じてくれ。とか言っても、ことがことだけに話すのが怖いみたいだね。だったら、俺から先に吐くよ。三人の遺体を『獄門島』に見立てたのは、俺だ」

振り向いた。愕然としている。

「お前が？　でも、どうしてそんなことを……」

焦れったい。

「言わなくても判るだろ。真さんのためさ。あんたは夜中過ぎまで自分の部屋にいたことになっている。娘たちを殺した上、あんな細工をしている時間はなかったと警察に思ってもらいたくて、汗みずくになってやったんだ」

「いつ？」

「真さんが宿に戻ってきた後だ。午前二時ぐらいに帰ってきたよね。知っているんだ。隣の部屋で耳を欹ててたから。こんな時間までどこで何をしていたのか訊く手もあったけど、憚られた。行きも帰りも窓からなんて、普通じゃない。訊くのが恐ろしかった。磯富の娘たちのところへしけ込むような真さんじゃないけれど、他に思い当たるところもない。胸騒ぎが鎮まらないので、様子を見にいくことにした。家の前まで行ったって何が判るわけでもないとは承知しながら。そうしたら……」

玄関がわずかに開いていた。現場から急いで立ち去る際に、真之介が閉めなかったのだろう。犯行直後でなくとも、ふだんから彼はドアをきちんと閉めない癖がある。田舎とはいえ、十代の娘だけの家。夜も戸締まりをしないなんて不用心なことはしまい。不穏な気配を感じて、戸の隙間から覗いてみた。

「廊下に人が倒れていた。明かりが点いていたから、着物姿の女だと判ったよ。急病かと思って駈け寄ったら、それが雪海だった。縊り殺されていたので、わっと声が出たね。他の娘たちはどうしたんだ、と家の中を捜して回ったら、あそこに一人、こちらに一人、三人とも死んでいたんだから腰が抜けそうになったよ。実際、花香の遺体の前でへたりこんじまった。知らぬ間に泣いてた。ああ、真さん、なんてことをやらかしたんだ。これじゃ破滅だ、と」

「だから、決めつけるなって」

「拾っておいたからね。サウナの名前が入ったの。あんたが持ち歩いてたタオルだ。どう始末していいか判らなかったから、持ち帰って洗っておいた。俺の部屋で乾かしてる。

——おや、むっとしたね。燃やすなり何なり、さっさと処分しろってか？」

「馬鹿。そんなことは言ってねえ」

また泣きたくなった。いや、もう涙が目からあふれている。掌で拭った。

真之介が三姉妹を殺害したことを確信した俺は、とても理性的とは思えない行動に移った。どの遺体も振袖を着ていたためか、二日前に浪川と『獄門島』の話をしたことを思い出し、犯行現場をあの小説そっくりにしてしまおう、と考えたのだ。手の込んだことをすればするほど、犯行に要した時間は長く見積もられる。実際は真之介単独の犯行なのだから、捜査は混乱するはずで、あわよくば真之介にアリバイを作ってやれるかもしれない、と期待して。村長に指摘されたとおり、小説の再現に正確さを欠く点もあったが、それは仕方がない。手許に本がなかったのだから。

「零時前だった。親爺さんが真さんと話したがったんで、一度部屋に呼びにいったんだよ。

そうしたら蛻の殻だ。これはやばそうだと思ったから、とっさに小芝居をしておいたよ。これでも元芸人。真さんの声色を使って、ちょっと言い合う真似をね。階下の親爺さんに聞かせて、後々に揉め事が発覚した時、『真之介さんはずっと部屋で寝ていました』と証言してもらうためさ。まさか……人殺しをしているとは想像もしなかったけれど、あんた、一応はアリバイがあるんだよ」

「そんなもんがアリバイになるか！」

唾を飛ばして、彼は叫んだ。ならないかもしれない。しかし、何もないよりはましだろう。よしんば警察が信じなかったとしても、俺が偽証していると断定することもできないはずだ。

「子供にからかわれたぐらいで、絞め殺すかよ。お前、僕を誤解しているね。そんな野郎と一緒にいるのは、もうごめんだ」

俺は動揺した。

「真さん、それは何を言うんだい。あんたのためを思えばこそ、必死でがんばったんだよ。遺体を松の枝にぶら下げたり、釣り鐘んとこまで運ぶのが、どれだけ大変だったか察してくれ。どうしてそんなつれないこと言うんだ。真さんのこと、この世でいちばーんよく理解してるのは俺だろ？」

「思い上がるな」

言葉を失ってしまう。目の前にいるのは、俺の知っている真之介ではなかった。二人の関係について、自分が勘違いをしていたのだとは思いたくない。

真之介は、ひどく苛立っていた。獣のように目をぎらぎらさせ、海をにらみつけている。これまで見たことがない表情だった。喜怒哀楽、どんな感情を表に出しても、彼は涼やかで美しかった。しかし、今は違う。内面の歪みが毛穴からあふれ出し、顔を覆いつくそうとしている。

「まともじゃない。あんた、これまで耐えていたんだね。ものすごい不満を抱えながら、やっとこさ人間でいたんだ。そばにいて、気がついてあげられなかったよ。すまない、真さん」

彼は応えない。

せめてもの罪滅ぼしに、俺は彼の思考をたどろうとした。すると、朝靄が引いていくように謎が解け、答えが見えてくる。なんで、こんなことになったのか。壁に掛かっていた娘たちの写真。――あれがヒントになる。

「何があんたを狂わせたのかは知らない。あの娘らに赦せないようなことを言われたのかな。それとも、現実への不満が溜まりすぎて、ダムが決壊するように精神が崩れたのか……」

彼は、ゆっくりとこちらを見る。

「娘らは、自分で振袖に着替えた。正月でもなく、祝い事があるわけでもないのに。しかも、自分のものでない着物に。どうしたらそんな状況が生まれるのか、やっと判ったよ。

あんたがそう仕向けたんだ。真さんならできた。あの娘たちは、面白がってそれに乗ったんだろうね」

テレビショッピングの仕事が打ち切られた後、真之介はデパートが主催する即売会のゲストとして重宝がられた時期がある。三姉妹がそれを知っていても不思議はないし、彼の方から話したのかもしれない。

「見立ててやったんだね？」

小鼻に皺が寄った。〈そうじゃねえだろ〉と言いたい時にできる皺だ。塩ラーメンが欲しいのに店屋物の味噌ラーメンを取ったりすると、こんな顔になる。

「違うのか。だったら、見立てさせられたんだ。『真さんって、呉服市のお見立てゲストもやってたのよね。どんなふうにお客さんにおべんちゃらを言うのか、やってみて』『私たちにも見立てて』か？　あんた、それが癇に障ったんだな。それで、一人ずつ別の部屋に呼んで『君は、姉さんのが似合うよ』とか言って着替えさせて、順に絞め殺していったわけだ。花香と月菜は、離れた部屋で死んでいた。雪海だけは、廊下まで逃げたらしいね。長女から殺っていったのか」

右の耳たぶをいじる。本人に自覚はないのだろうが、〈ま、そんなとこだな〉のサインだ。

「やっぱりそうかい。悲鳴もあげさせずに、手際よくやったんだな。その時のあんたは、殺す機械みたいになってたんだろう。心神耗弱だか喪失だかっていう状態だ。裁判にかけられてもセーフかもな。いいや、法廷に追いやったりするもんか。そんな料簡なら、わざわざ自分の手を汚して遺体に細工したりしないよ。俺は黙ってる。いつまでも真さんと二人で秘密を守る――」

不意に胸ぐらを摑まれたかと思うと、海に向かって体が飛んだ。柔道の心得がある彼に、投げ技をかけられたのだ。口封じとはひどいな、それはないよ。情けなかったが、俺の本能は運命を受け容れようとはせず、とっさに真之介の二の腕を捉えていた。彼はバランスを崩して倒れる。そして、ちょうど三回転がってから柵を突き破り、ふっと視野から消えた。

「真さん！」

地面で背中をしたたか打ったのに、痛みなどまるで感じなかった。わあ、という声がどこかで湧く。俺は崖っぷちまで這いずっていき、下を見た。

斜面で何度か跳ねた真之介が、境内の片隅に落ちたところだった。踊るような姿勢で倒れ、小さく四肢を動かしている。鐘撞き堂からわらわらと人が出てきて、そちらに駆け寄った。

俺がとるべき責任は何か。

俺がするべき償いは何か。

そんなことを考えながら、立つことができなかった。

嘲笑うように、海が輝いている。

境内に目をやると、布川と目が合った。憂鬱(ゆううつ)そうな顔をしているのが見て取れる。医者は、二度三度と首を振った。

――どうして？　まだ生きているじゃないですか。落ちたところなんだから、何とかしてやってくださいよ。

そう叫ぼうとしたが、言葉にならない。

――そうか。駄目なんだ。

「助からないんだとさ。医者の見立てだ。天罰だから仕方ないね、真さん」

呟(つぶや)いた後も、まだ立てなかった。

天国と地獄

旧い友人と、愚痴ったり嘆いたりしながらまずい酒を飲んだ。気分が沈んだので馴染みのバーで飲み直そうとしたのだが、鬱々として楽しめない。しけた顔をしていたのか、話好きのマスターが事情も知らないのに慰めてくれる。

「人生、気の持ちようです。考え方しだいで、この世は天国にも地獄にもなる。最近、よくテレビに出ている大学の先生がいるじゃないですか。髭を生やして……名前が出てこないけれど、まぁいいや。その人がね、昨日、こんな話をしていましたよ」

その大学教授は嫌いだ、と思いながら、私はグラスを傾ける。

「地獄には大きな食堂がありましてね、亡者たちはそこで食事をするんです。テーブルにはご馳走がいっぱい盛られているんだけれど、亡者にはこれが食べられない。三尺箸といって、長さが九十センチ以上もある箸しかないからです。箸が長すぎて、せっかくの料理を自分の口まで運ぶことができないわけです。ご馳走を前にして、飢えながら泣き叫ぶしかないんだから、哀れですよね」

ハイボールを呷るが、酔えない。

「天国はどんなところか？　こちらにも地獄とまったく同じ食堂があるのですが、様子はまるで違う。みんな和気靄々として、たらふくご馳走を食べているんです。どうしてだか判ります？　三尺箸を使って、自分の向かいの人と食べさせ合っているからです。おのれのことより、まず他の人に『どうぞ召し上がれ』と勧める思いやり。それのあるなしで、同じ世界が天国にも地獄にもなる、というのがこの話の教訓です。なるほどなぁ、と思いました」

――よく聞くネタだ。つまらん。

気の持ちようで解決することばかりなら、誰も苦労はしない。そんな戯言をテレビでしゃべるだけで金になるのか。ますます虫が好かない野郎だ、と思いかけたが――

「その話、興味深いね」

「でしょ？」と顔をほころばせたマスターは、なおも話を続けようとしたが、私は腰を上げて勘定をすませる。たった今、閃いたことを、早く友人に伝えたかった。

その喫茶店は込みあっていた。談笑の声が満ちているため、刑事らとのやりとりを周囲に聞かれる心配はなさそうだ。

若い方の刑事が、「あなたのアリバイを確認しました」と言う。妻が殺された時、出張で遠く離れた台湾にいたのだから、当然だ。「愛人を同伴したのは感心しませんがね」と年嵩の刑事に言われたので、神妙な顔をしてみせた。こちらの刑事は、どうも人が悪そうだ。

「愛人の存在が奥さんにバレて、かなり揉めていたんでしょう。あなたには奥さんを殺す動機があったわけですが、どうやら嫌疑は晴れそうです」

若い方の言葉には無念さがにじんでいたが、年嵩の方は黙ったままで、退屈そうにしている。

「捜査は一から出直しだ。あなたの協力を仰がなくてはならない。奥さんを恨んでいた人物に心当たりはありませんか？」

ない、で押し通した。若い刑事は諦めて手帳を閉じ、あとは雑談のようになる。

「話は変わりますが、永沢功さんをご存じですね？　中学時代の同級生だった」

どきっとした。鎌を掛けられているのかと思ったが、そうではないらしい。相手はのんびりとした口調だ。

「三日前、その方の伯父さんが路上で何者かに襲われて、亡くなりました。永沢さんは、被害者から多額の借金をしており、厳しく返済を迫られていたために、容疑者になってしまったんですよ。いや、確乎たるアリバイが成立したので、ご安心ください。その捜査の過程で、永沢さんとあなたが同窓生であることが判ったわけです。こんなふうに、不幸というのは身近で続くことがありますねぇ。私にも経験があって――」

捜査一課の刑事だというのに、鈍感な男だ。私は、込み上げる笑いをぐっと堪える。度胸のいる大博打だったが、どうやら勝てたようだ。

年嵩の刑事は生欠伸をしながら、隣のテーブルでおしゃべりをしているマダム風の美人をちらちらと横目で見ていた。好みのタイプなのか。

「そう。私、あの先生のファンなの。この前もテレビで面白いお話をしていたわよ。地獄には、こんな長いお箸しかないので、どんなにおいしいものが出されても食べられないのね。ところが天国では——」

美人の声は甲高かった。

やがて、眠そうだった刑事が大きく目を見開く。

——まさか。

その瞳（ひとみ）にこれまでにない輝きが宿るのを見て、私は慄然（りつぜん）とした。

ざっくらばん

社員食堂でランチをとった後、カフェテリアで同僚たちとコーヒーを飲んでいたら、迷惑メールが話題にのぼった。それまで黙って聞いていた山形は、ここぞとばかりに切り出す。

「電子メールだけじゃなくて、いまだに郵便でおかしなものを送ってくる奴がいるよね。嫌だな、あれは」

何人もが「そうそう」と頷くのではないか、と思ったのだが、反応は鈍かった。動揺を抑えて平静を装っているような顔もない。山形は失望した。

——ということは、あれを受け取ったのは俺だけなのか？　所員みんなにバラまかれたのかと思ったのに。

あれとは、彼の元に三日前に届いた手紙だ。差出人は不明。ワープロで書かれた文面はこうである。

〈ハイパーDに関して、貴方とざっくらばんに話し合いたい。八日（火）の午後九時に松園町交差点にある喫茶店ドルチェの二階窓際の席で待て。他言無用と断るまでもなく、貴方も秘密を強く望んでいるはずだ。決して悪いようにはしない〉

一読するなり、彼は緊張した。

ハイパーDとは、山形が勤務するワールド電子研究所が開発中の新製品で、周波数の異なるいくつもの電波を半導体や液晶ガラスに当てることで、従来の何倍も効率的な洗浄が可能になる。会社は多大の期待を寄せていたのだが——先週になって、競合するメーカーが類似の新製品を開発中である、というニュースが経済紙で大きく報道された。どうやら同じダイナショック方式の洗浄ユニットで、敵は商品化の一歩手前まできているらしい。ワールド電子に衝撃が走った。単なる偶然とは思えない。

機密が洩れているのではないか？　会社は浦川研究所長を呼んで事情を聴いた。浦川は、情報をリークするような所員には心当たりがない、と答えたそうだが、それは彼の希望的観測にすぎない。研究所にスパイが紛れ込んでいる可能性は否定できなかった。

所内は疑心暗鬼に包まれ、誰もが気まずい思いで仕事を続けた。管理責任を問われる立場の浦川は、たった一週間で頰の肉が削げてしまったほどだ。ここ数日、職場の空気は鉛のように重い。

そんなさなかに、山形はあの不審な手紙を受け取った。正体不明の差出人の意図は明確である。

——つまり、俺がスパイ行為をしていると言いたいんだな。それで、口止め料を要求するつもりか。馬鹿らしい。

手紙で指定された日時には、松園町付近に近寄ることすら避けた。妙なことに巻き込まれないために。

何故、自分が疑われたのかが判らず、それが無気味だった。気持ちが悪いが、恐れたりはしない。山形は、機密漏洩について完全に潔白なのだ。差出人は、大きな思い違いをしている。

——そうでなければ、研究所の全員に同じ手紙を送りつけているんだろう。そして、誰がのこのこ指定した喫茶店にやってくるか見ようというわけだ。

そうに違いない、と思ったものの、「こんなのが届いた」と上司や同僚たちに打ち明けるのは憚られた。もしも自分にしか届いていなかったら、スパイ自身による下手な偽装工作だと取られかねない。どうしたものか、と迷っていた。だから、同僚たちとの雑談の最中に機会をとらえ、郵便で送られる「おかしなもの」の話を投げかけてみたのだ。結果は見事な空振りである。

——やっぱり、あれは俺だけに送られたのか？

確かに彼は研究の中枢にいる一人だが、それだけで濡れ衣を着せられてはたまったものではない。

——いや、そうとは限らない。脅迫者は何人かに目星をつけて、同じような手紙を出したのだけれど、その該当者がこの場に俺しかいないのかもしれない。

話題はプロ野球に移り、同僚たちは他愛もなく笑っている。

——しかし、本当にここにいる連中は手紙を受け取っていないのか？　俳優なみの演技力を発揮している奴がいるのかもしれないぞ。誰も信用できない。

さらに脅迫状めいたものが届いたら所長に相談することもありうるが、しばらくは様子を見よう。山形はそんなふうに問題の解決を先送りにした。姿なき脅迫者が誰なのか、と思い悩むことも棚上げして。

「まったく、近頃の若い者の日本語はムチャクチャだな。一流大学を出たのでも、『チームリーダーなんて、私には役不足です』と平気でぬかしやがる。『この俺にそんな軽い仕事をさせるのか』と威張ってるのかと思ったら、本人は『私には荷が重い』と謙遜してるつもりなんだな。聞いててこっちが恥ずかしくなる」

紙コップのコーヒーを啜りながら、当年とって五十歳の浦川が毒づいている。時計の針は九時を回り、彼以外に所内に残っているのは、山形と敷島だけだった。二人は帰り支度をしながら、所長のぼやきを聞く。

「そういう奴は、たいてい『流れに棹さす』も反対の意味に使う。棹さすと聞いて、時勢に逆らうことだと勘違いするらしい。この程度の誤用はテレビでもしょっちゅう耳にするよ。言葉を粗末に使う風潮が蔓延しているんだな。嘆かわしいことだ。――君たち、そう思わないか？」

やいのやいのと上から突かれて、ストレスが溜まっているのだろう。このところ、浦川は仕事以外で口を開くたび愚痴をこぼす。山形はうんざりして、適当に相槌を打った。

「テレビの責任は大きいと思いますね」

「だろ？　アナウンサーだけが馬鹿なんじゃない。この前もね、自民党の幹事長が、自分はその件に嘴を挟まない、という意味で『容喙いたしません』と言ってるのに、字幕では溶けてしまうという意味の『溶解』と出ていた。高給をもらってるディレクターは変だと思わんのかね。なぁ、敷島君」

白衣を脱いでジャケットをはおりかけていた敷島は、眼鏡の奥の目を細め、にこりともせず応える。

「僕に人のことを言う資格はありません。役不足の本当の意味だって、今、所長がおっしゃって初めて知りました」

「おやおや、君でもそうなのか。言葉というのは難しいもんだね」

「今日はお先に失礼します」

一礼して帰りかける敷島に、「お疲れ」と山形は声をかける。所長は椅子の背にもたれたまま、軽く手を振った。

「ご苦労さま。ごたごたが片づいたら、久しぶりに飲みに行きたいな。酒飲んで、ざっくらばんに話そうや」

あっ、と出かかった声を、山形は何とか押し殺した。ざっくらばん？

「近頃の若い者の日本語はムチャクチャだな」と腐す本人が、「ざっくばらん」という簡単な言葉を覚え間違っている。

指摘して訂正するのが親切なのだろうが、場合が場合だ。上司に恥をかかせるのは、ためらわれる。敷島も同じ思いなのか、目が合ったとたんに、人差し指を立てて「しっ」と唇に当てた。

やはり、気がつかなかったふりをするのが無難だろう。そのせいで、いつか浦川が大勢の前で恥をかく場面があるかもしれないが、それは山形らの知ったことではない。

敷島の靴音が廊下の向こうに消えていくと、所長は嘆息した。

「切れ者の敷島君でも『役不足』を知らなかったとは。意外だねぇ」

おのれの失態には無自覚で、露骨に皮肉っぽい口調だった。

その夜。

もしや、という疑念に駆られて、山形は例の手紙を取り出してみた。ひっかかる箇所があったからだ。彼の視線は、一点に釘づけになる。

〈ざっくらばんに話し合いたい〉

やはり「ざっくらばん」だ。キーを打ち誤っただけだろうと思っていたのだが、そうではなく、書き手が「ざっくばらん」という言葉を間違えて覚えているのかもしれない。

――この手紙を書いたのは所長なのか？

断定するほどの根拠はない。しかし、浦川ははっきり「ざっくらばん」と口にした。「役不足」や「流れに棹さす」を誤用している日本人はごまんといるにせよ、「ざっくばらん」をそのように言い違える人間は稀だろう。手紙の差出人が彼である疑いは濃厚だ。

機密に接触できるポジションから逆算して、所長は山形に嫌疑を絞ったのかもしれない。そして、あのような手紙を送りつけて反応を見た。ありそうなことだ。

――それでスパイを突き止めたら、どうするつもりだったんだろう？

問題はそこだ。手紙には、秘密を守り、「決して悪いようにはしない」とあった。曖昧な表現ながら、恐喝の匂いがぷんぷん漂っている。口止め料さえ払ってくれれば悪いようにしない、という不穏な匂いが。

所長がスパイをゆするという行動に出ることも、あながちないとは言えない。浦川は優秀なエンジニアだったが、会社に対して忠誠を誓うタイプではないし、大のギャンブル好きとして知られている。重要な機密を他社に売り渡すほどモラルが低いとは思えないが、小遣い稼ぎのためスパイをゆするぐらいの大胆さは持っていそうだ。

半ば確信した。脅迫状の主は、浦川だったのだ。彼に疑いの目を向けられていたのか、と思うと愉快ではない。手紙を本人に突きつけて抗議してやりたい気もした。が、そんなことをしても、「何だね、これは？」ととぼけられるのは目に見えている。

――何もしないことだな。それが一番いい。俺は悪いことをしていないんだから。厄介事はごめんだ。

山形は手紙を細かくちぎって、ごみ箱に捨てた。

浦川の遺体が運河に浮かんだのは、その二日後だった。

頭に鈍器で殴られた痕があり、所持金がすべて奪われていた。マスコミの報道によると、深夜に帰宅する途中、流しの強盗に襲われたものと捜査本部は見ているらしい。昨今、市内の治安は悪化する一方で、今年に入って同じ地区で五件の路上強盗事件が発生しているという。

「まったく物騒になったもんだよ」

「所長も気の毒に」

研究所内では、そんな会話が交わされた。スパイ疑惑に続く悲劇に、誰もが沈痛な面持ちをしていた。

もちろん、警察は強盗のしわざと決めつけていたわけではない。被害者の身辺に問題がなかったかを調べるため、研究所の全員から事情聴取を行った。

「浦川さんの周辺で人間関係のトラブルなどはありませんでしたか？」

刑事に尋ねられた時、山形は迷うことなく「なかったと思います」と答えていた。他の所員もそのように語ったはずだ。実際、スパイ騒動が起きるまで、浦川を中心とした所内の雰囲気はいたってよかったのだ。

「今日は仕事にはならないな」

そんな声が飛びかう中、山形は机に頬杖を突いたまま、想像を巡らせていた。

恐喝者は、やはり容疑を向けた何人かに同じような文面の手紙を発送したのではないか。そして、指定したとおりに喫茶店にやってきた人物に狙いを定めて、証拠固めをした上、口止め料をどこどこに振り込むよう要求した。すべては想像だが、現実味はある。

——所長は、スパイの逆襲にあって殺されたのかもしれない。だとしたら、犯人はどうして所長が恐喝者だと判ったんだろう？　それも最近になって。

「もしかして……」

彼は、部屋の対角線上にある机を見た。その席の男は、腕組みをしてパソコンの画面を見つめている。山形のまなざしを感じたのか、ふと顔を上げたが、小さく首を傾げてから、また視線をもとに戻した。

彼が人差し指を立て、「しっ」と制する姿が浮かんだ。

屈辱のかたち

後頭部に激しい痛みを感じながら、芥子野弘人はうっすらと目を開けた。

――ここは、どこだ？

意識が朦朧としている。

――さっきまで赤坂の料亭にいた。杉下かをりと対談をして……それから、どうしたんだかな？

もう一軒行きますか、と『文藝アゴラ』の奥田に誘われたが、大儀だったので辞退した。それでは、と呼んでくれたタクシーに乗り、まっすぐ帰宅したはずだ。大して酔っていなかったし、寄り道をして飲み直してもいない。なのに、どこでどうして意識をなくしたのか？

右の頬は、フローリングの床に接していた。わが家の床だ。ということは、家にたどり着いているのか。

――ああ、頭が痛い。帰るなり滑って転んだのか？

頭の後ろに手をやろうとして、体の自由が奪われていることに気づく。両手首は後ろ手に縛られており、両足を見ると半透明のビニールテープでぐるぐる巻きにされていた。それだけではなく、口を開くこともかなわなかった。テープでふさがれているのだ。

「お目覚めですか、先生」

頭上で声がした。

視野の右から、黒い靴下を穿(は)いた足が現われる。聞き覚えのある声だった。

——誰だ？

うがうがと呻(うめ)きながら、芥子野は首を持ち上げ、相手の正体を確かめようとする。

眼鏡をかけた細面の男が、つまらなそうな表情でこちらを見下ろしていた。すらりと長身だ。何故か頭にシャワーキャップをかぶっている。

「こんばんは。僕です」

誰なのか、にわかに思い出せなかった。


…………。


対談を終え、会席料理の汁物が出てきたあたりで、不意に粟口(あわぐち)の話題になった。彼の死から、ちょうど一年がたとうとしているためか、杉下かをりが切り出したのだ。

「十一月の半ばでしたね。どんよりと曇っていて、急に寒くなった日。私、よく覚えています。嫌な感じねぇ、と思っていたら、奥田さんからお電話をいただいて……」

三十過ぎの編集者は、沈痛な顔をこしらえる。

「粟口先生と杉下先生は麻雀(マージャン)仲間でいらしたので、慌ててご連絡をさしあげたんです。夜中の零時近くでしたね」

「夜中の電話って不吉なものだけれど、あんな恐ろしい電話を受けたことはないわ。もう心臓がどきどきして、『嘘でしょう？　本当なの？』って、奥田さんにしつこく訊き返したわね」

親しかった人間の突然の訃報。それも、路上で何者かに刺殺されたというのだから、驚倒したことだろう。あまり付き合いのなかった芥子野にしても、そのニュースはショッキングだった。

「犯人逮捕の目処は、まるでついていないようですね。このままだと迷宮入りになってしまう」

芥子野が言うと、化粧の濃い閨秀作家は拗ねたように体を揺する。

「それじゃ粟口さんも浮かばれません。もっと警察にしっかりしてもらいたいわ」

「でもね、通り魔事件というのは難しいんですよ。遺留品もまったくなかったそうだから、捜査が難航するんじゃないか、と心配していた」

「逃げていく犯人を見た人がいたって聞きましたけれど」

「犯人らしき人影の目撃者がいた、というだけです。それだけでは雲を摑むような話です。似顔絵さえも描けなかった」

「酷いことですね」かをりは、箸を置いてティッシュで口許を拭った。「でも……本当に通り魔殺人なのかしら？　警察が読み違えをしているのかもしれません」

「どうかな」芥子野は言う。「あのおとなしい粟口さんに恨みを抱くような人はおらんでしょう。ポラリス出版を定年退職してからはカルチャースクールで創作講座を持って、そこの生徒たちにも慕われていたと聞きましたがね」

「生徒の自信作を手厳しく評して、逆恨みを買ったということはありませんか？　色んな人がいますから。特に、小説家を志望する人の中には」

「はは、小説家の杉下さんがそんなふうにおっしゃいますか」

笑う芥子野。奥田は真顔で言う。

「粟口さんの教えていたスクールは、ばりばりの小説家志望者が集まるようなところではありませんでした。受講生は主婦や定年でリタイアした人がほとんどで、自分史や身辺雑記的なエッセイの書き方を指導する程度のものだったそうですから、そんなことは考えにくいのでは……」

かをりは「そうですか」と言ってから、

「じゃあ、編集者時代の恨みかもしれない。粟口さんは文芸畑ひと筋で、ずっとポラリス新人賞を担当なさっていたじゃありませんか。そこでトラブルに巻き込まれた可能性もありそう。投稿者の中にも、常軌を逸した人がいたりしません？」

奥田は一瞬だけ苦笑いをした。

「『どうして私の作品が最終予選にも残らないんですか？』とか、『何を基準に篩い分けているんですか？』と電話で訊いてくる人がいないでもありません。意味不明の問い合わせも、時にはあります。でも、ポラリス新人賞がらみでおかしなことがあった、とは聞きませんね。もしあれば、警察がチェックしていると思いますし」

「そうかしらねぇ」と言ってから、かをりは「ところで」と口調を改めた。

「芥子野先生もお気をつけになってください。栗口さんがあんなことになったのは、行きずりの人間の仕業かもしれませんけれど、怨恨の線も捨てきれません。先生の批評はいつも辛辣でいらっしゃるから、大勢の小説家を泣かせていますよ。辛口評論はほどほどにして、どうか御身大切に。そのうち誰かが逆上して、よからぬことに及ばないともかぎりません」

　半ば本気の忠告らしい。

「案じていただいて恐縮です。でもねぇ、批評で叩いた作家に『満月の夜ばかりじゃないぞ』と凄まれたのは、遠い昔のことですよ。このところはめっきり優しくなって、仏の芥子野と呼ばれている。先日はある老大家に『五十を過ぎてからの芥子野は牙が抜けてしまったのか？　べたべた褒めてばかりじゃないか』とお叱りを頂戴したぐらいです。――なぁ、奥田君」

「はい。以前の芥子野先生の批評は、さながら撓る鞭でしたから、それに比べれば最近はマイルドになったと思います。もちろん、ただ甘くなったわけではなく、鋭さは以前のままですけれど。表現が穏やかになったのは、先生が文学の危機をひしひしと感じているためではないか、と言う人がいます。書き手を萎縮させては元も子もありませんから」

「それもあるが……」

今宵の対談のテーマは、〈文学の消失点〉だった。その中でも、何度か危機という言葉を口にしている。

「やはり齢を重ねるとともに丸くなってきたのかな。評価を甘くしているわけではないのだけれど、瑕瑾に拘ることがなくなった。このまま枯れた読み手になっていくのかもしれない」

「あら。それを伺って、ほっとしたような、少し淋しいような」

かをりは、胸を撫で下ろすしぐさをして見せた。

…………。

――凪典彦か。

思い出した。

「僕が誰か、判りますね？　凪典彦です。芥子野弘人先生には、いつも大変お世話になっています」

こちらを覗き込む男の全身からは、ただならぬ不穏な気配が立ち上っていた。淡々とした物言いだが、こいつは腹の底から怒っている。自分のことを憎んでいる。芥子野は、そう確信した。

徐々に記憶が甦ってくる。

料亭の前で奥田に見送られてタクシーに乗り、独り暮らしの自宅に着いたのは十時前。水が飲みたくなってダイニングで冷蔵庫の扉を開いたところで、後ろから頭を殴打され、気絶したのだ。

――君が殴ったのか？　殴りつけて、俺をこんなふうに縛ったのか？

問い詰めたかったが、口を封じられているのでままならない。しかし、芥子野が何を言おうとしているのか、相手は容易に察していた。

「『お前がやったのか？』と訊きたいんでしょう。ええ。そうです。この僕があなたを殴りました。凶器はこちらのお宅にあった脚立。命に別状がないように、手加減はしたつもりです。ちょうどいい塩梅だったようですね」

視野の片隅に、その脚立が転がっている。

――ふざけてやがる。何がちょうどいい塩梅だ。

芥子野は、怒る前に呆れていた。

「下調べをして、今日はお隣が留守だと知っていました。なので、そちらの庭に失礼してから、枝振りのいい松を伝ってこちらの二階に飛び移り、寝室の窓を破らせてもらいました。先生のうちは不用心すぎる。もっと戸締まりに注意しなくては」

とぼけたことを言う。凪典彦がどうしてこんな真似をするのか、芥子野にはまるで判らなかった。

「次のご質問は、『何故こんなことをする？』ですね。空き巣に入っていたわけではありませんよ。僕は質素だし、新刊がそこそこ売れているので、お金には困っていませんから。――新刊の評判がいいのは、先生の書評で好意的に取り上げていただいたおかげだ」

全国紙の書評欄で褒めた。『文学潮流』の月評でも星四つをつけた。この二年で、最も高いポイントだ。

凪がポケットから何かを取り出す。紙切れだ。それを朗々と読み上げる。

「『凪典彦がさらなる飛躍を遂げた。恋人に裏切られた男が世界の破滅を願い、不条理な爆弾テロに走る最新作「太陽の神殿」は、現代の閉塞感（へいそくかん）と不安を乾いた筆致で描ききっており、その小説的な厚みに感嘆した。孤独な主人公Zは、不透明な時代を生きる私たちすべての似姿であり、生け贄（いけにえ）である。それゆえ、Zの苦悩の軌跡は異様でありながら、倒錯した奇妙な共感を誘う。非常に屈折した救済の物語とも読めるのだ。苦みや悲しみが舌に残るが、希望の種が蒔（ま）かれているため、じわじわと感動が胸に広がっていく』……さらに続きます」

新聞に書いた文章だ。

「そして、こう結ばれています。『――前作で長足の進化を遂げた凪典彦の文学的冒険は、まだ始まったばかりなのではないか。目が離せない』」

シャワーキャップをかぶった小説家は咳払い（せきばらい）をしてから、別の紙切れを出した。

「こちらは『文学潮流』の先月号。私の作品への賛辞に一千字近くを費やしておいでだ。

──『凪典彦の「太陽の神殿」に、今年初めての星四つを進呈する。テーマへの真摯なアプローチ、緊密なプロット、緻密で知的な構成。いずれも申し分のない達成を示している。現代文学の収穫と評するのに、私は何のためらいもない。広範な読者にアピールできる娯楽性も具えており、まだ三十六歳の作者にこう言うのは失礼かもしれないが、これは凪典彦の代表作の一つになるだろう』……云々。芥子野弘人がここまで称賛するなんて、どんな大傑作かと思いますね」

　文学の危機にあたって、彼のように愚直な小説家は後押ししてやらなくてはならない。そう考えて、なるだけ好意的に読み、批評したのだ。感謝されこそすれ、恨まれる筋合いは微塵もない。

「六年前に痛烈なご批判をいただいたのが、まるで嘘のようです。こたえましたよ。『凪典彦は、職業作家になるべきではなかったのかもしれない。彼が真に書きたかったことは、最初の二作で語り尽くされていたのだ。それ以降、積み上げてきた凡作の山を前にして、私は哀しい気分になる。それがやっつけ仕事ではなく、血と汗の結晶であることが判るだけに、痛々しい』ですから。一字一句違わず、すべて頭に入っていますよ。忘れることはありません」

　率直で忌憚のない評価だ。言われる方はつらかっただろうが、評論とはそういうものだ。ただただ褒められたいのなら、他人に向けて作品を差し出すべきではない。小説家ならば、耳の痛い批評もちゃんと受け止めるなり、納得がいかないなら反発するなり、無視するなりすればよいだけのことだ。

――まさか、その六年前の憤りを今になってぶつけてきたんじゃないだろうな。

そんな間の抜けた話はない。それに、一年前に出た作品も、先日の最新刊も絶賛してやったではないか。かつての酷評は帳消しにして余りあるだろう。

「数年前の私の体たらくをご存じだから、よけいに『太陽の神殿』の出来に感嘆してくださったのでしょうね。いや、去年、五年の沈黙を破って発表した『地球儀のある部屋』で認めていただいたんでしたっけ。『凪典彦は書けなくなったのではなかった、大いなる跳躍のために深く屈んでいたのだ。文学の未来のために祝福する』とまで大仰に書いてありました」

――目を見張るほどの進歩があった。寝惚けたような、だらだらと長いだけの凡作を書いていた作家が脱皮したんだ。やるじゃないか、と見直したよ。その変身ぶりをいち早く指摘してやった。誰よりも早く認めてんだぞ、この俺は。

「『どうだ、よく書いてやっただろ。ありがたく思え』とおっしゃりたいですか？」

顎を上げ、凪を見た。小説家は眼鏡をはずして、ハンカチで拭っている。余裕を誇示するような態度だ。

――この野郎。

忌々しいが両手足の自由は完全に奪われており、為す術がなかった。

「あなたは、僕を侮辱した」

目を伏せた途端、棘々しい声が降ってきた。憤激が爆発するのをおさえた、内圧に充ちた声だ。はっとして、芥子野はまた顔を上げた。

凪典彦の口許は大きく歪み、鼻の穴が大きく広がっていた。そこから荒い息が洩れている。

「これ以上はないというほど、ひどいことを書き連ねてくれましたね。我慢にも限度がある。六年前は悔し涙を流しながら耐えた。去年の仕打ちも茫然としつつやりすごしたけれど、今度は駄目だ。ああ、もう駄目だよ、芥子野先生。あなたは、かけがえのないものをもってその代償を払わなくてはならない。覚悟してもらいます」

――侮辱？　ひどいこと？

判らない。近年の彼の活躍について、誰よりも早く、誰よりも高く評価しているのは自分なのだ。それは凪自身も充分に承知しているはず。それなのに、この言い草はどういうことか？　芥子野の頭は、ますます混乱してきた。

「六年前、書けなくなってしまったんですよ。高名な文芸評論家、芥子野弘人先生の容赦ないペンは、塵みたいな僕のなけなしの才能を吹き飛ばしてしまった。口惜しかった。情けなかった。先生を憎くも思いましたよ。芥子野弘人の言うことがてんで的はずれなものだったら、夜中に金属バットを持ってどなり込んだでしょうね。でも、そうはしなかった。自制したからではありません。あなたの指摘が、僕の作品と僕という小説家の弱点をずばずばと的確に突いていたからです。畏れ入りました。おっしゃるとおり。僕は小説家なんて看板を背負ってはならないどころか、他人様に作品を読んでもらう資格のない戯け者でした。たっぷりと満天下に恥をさらしたので、潔く筆を折り、社会の片隅でひっそりと余生を送ります、とまで思いましたよ」

——そこまで思いつめる奴があるか。

芥子野は不快に思った。なんと脆弱な精神であることか。

「一年ぐらいは最悪でした。酒に溺れて、体を壊しそうになったところで、だんだんと正気に戻りましたね。たかが評論家の一人にこき下ろされたぐらいで騒ぐな、と自分に活を入れました。気を取り直して好きな小説を書け、これでどうだ、というものを見せつけてやれ、と。しかし、できなかった。ささやかな小説を僕にもたらしてくれる創作の小人はどこかに出奔してしまい……何も書けなくなってしまったんです」

自分に活を入れた、と言いながら、まだ泣き言を並べるらしい。凪は、ダイニングを行ったり来たりしながら話を続けた。

「一昨年の夏、青洋社の三沢さんから電話があって、『スランプを気取っている場合じゃないでしょう。さぁ、書いた書いた』と励まされました。このままだと、そんなふうに声をかけてくれる編集者もいなくなるぞ、と焦りを感じた僕は、机に向かいました。着想を得られるまで椅子を立つまい、とまで思って」

——そして、苦心惨憺の末に『地球儀のある部屋』を書き上げたわけか。

凪の足が止まる。

「一日中、机の前に座っていました。朝日を浴びながら椅子に腰掛けて、素晴らしい小説を捻り出そうと、深夜まで悶々とする。そんな日が十日、二十日、ひと月と過ぎ……ふた月が過ぎ……、七十五日目の夜、ついに僕は諦めたんです」

真面目に聞いていられなかった。

――悲愴ぶりやがって、滑稽だ。机の前に座っていれば小説が書ける、というものでもないだろ。散歩に出るなり、女の子を誘って遊ぶなり、さすらいの旅に出て北をめざすなりしろよ。

声が出せたら、芥子野はそう言ってやりたかった。

――諦めたとはどういうことだ？　だったら去年のあれは……。

「絶望しているところに三沢さんから電話です。『どうです、そろそろ行けそうですか？』と、才能の枯渇した僕に優しく囁いてくれるものだから、たまりません。『書けなくなりました』とはどうしても言えなくて、快調に執筆中だと答えてしまった。『じゃあ、どんなものをお書きなのか、一度お目にかかって詳しく聞かせてください』ときた。会える状態ではないのに、人恋しくなっていたせいでしょう、『では明後日にでも』。電話を切ってから、おのれの腑甲斐なさ、行き当たりばったりの性格に頭を抱えましたよ。どうしよう？　いたたまれなくなって、家中を歩き回っているうちに、思いついた。とりあえず何か書いているふりだけでもしよう。デビュー直後に書いて没を喰らったものがあるじゃないか。あれでお茶を濁そう。その場しのぎもいいとこです。しかし、判らないものですね。会って話すと三沢さんはその偽りの新作に興味を持って『ぜひ読みたい』と言うんです。それで、つたなすぎる文章をいじりながらワープロで打ち直したものを、渋々と提出しました。題名を『沈黙のエコー』から『地球儀のある部屋』に変えて」

——あれは若書きの没原稿を書き直したものだったのか。意外だ。

芥子野の驚きを表情から見て取ったらしく、凪は小さく頷いた。

「そういうことです。褒めたことが馬鹿らしくなりましたか？　あの作品は、五年のブランクの後、〈長足の進歩を遂げた〉凪典彦が放った乾坤一擲の力作なんかではない。ただ未熟なばかりの習作ですよ。それにころりと騙されるんだから、いい加減なもんですよ、三沢さんも、天下の芥子野先生も。こっちが赤面してしまう」

承服しかねた。出自がどうであろうと、あの小説は立派なのだ。没にした編集者と、作者自身の鑑賞眼にこそ問題があるのだ。かぶりを振り、目顔でそう言おうとしたが、凪は察してくれない。

「判らない。まったく判りませんよ、世間の皆様や評論家のお歴々がどんなふうに小説を読んでいるのか。あれが凪典彦にとって〈これまでの最高作〉になってしまうんだから。啞然としてしまいました。狐に抓まれたよう、と言うか……妙なたとえですが、見苦しい命を絶つべく切腹したら、腸のかわりに運動会の万国旗がぞろぞろっと出てきたような気分だった。理解していただけないでしょうね」

吐き捨てるような口調だ。

「三沢さんは、『これはチャンスだ。注目されているうちに二の矢を放て』ときた。こうなったら、もう破れかぶれです。段ボール箱の底から、別の没原稿を出してきて、今度は手も入れずに渡しました。題名も『太陽の神殿』のまま。書いているふりをするため、わざと半年ほど間を置いてね。それこそが――」

恐る恐る相手の顔を見る。凪は、仁王立ちでこちらをにらみながら、歯を食いしばっていた。臼歯（きゅうし）がギリギリと軋（きし）む音が聞こえてきそうな形相だ。血の気が引いた。

「凪典彦がさらなる飛躍を遂げた、あの最新作ですよ。先生は、私をとことん持ち上げてくださった。不様な駄作を平気で書き散らしていた三文作家が、ここにきて目覚ましい進歩を見せている、醜い家鴨（あひる）の子は美しい白鳥と化して、大空に舞い上がろうとしている、と」

――そんな表現はしていない。

が、そのようなことを喧伝（けんでん）した。それだけの称賛に足るものだったし、作者のためによかれと思って。六年前に酷評したことは覚えていたから、その埋め合わせになるだろう、という意識がなかったわけではない。とにかく、よかれと思ってしたことなのだ。

「僕は、どんどん腕を上げているんですか。聳（そび）え立つ文学の頂へと、着実に一歩一歩前進しているんですか。ああ、そうですか。そう見えたんですね？　実際はどうか、お判りになったでしょう、その頂よりも高い天空から小説家が登攀（とうはん）するのを睥睨（へいげい）して、『ザイルを伸ばせ』『そこでハーケンを打て』『露営（ビバーク）せずに進め』とありがたいコメントを下さる芥子野先生。僕は、とっくに千尋の谷底に滑落して、死んでしまっていたんです。いえ、転げ落ちたのですらない。登っているつもりで、元いた場所から降下していたわけだから……後ろ向きに歩いていたわけだから……」

満月の夜ばかりじゃないぞ。

そう脅されたこともある。作家に疎まれたり憎まれたりするのも評論家の定め、と思って聞き流してきた。本当に彼らが殴りかかってくることなどなかった。それなのに――

――すっかり丸くなった仏の芥子野が災難に遭うのか。なんて因果な話だ。こんな皮肉なことって、あるか。

「あなたたちは知らない」凪は言う。「先行する作品と比べて『よくなった』『足踏みしている』『退歩した』と迷いなく宣うけれど、それがいつ構想され、いつ書かれたものかさえ、作者が表明しなければ知りようがないはずなのに。だから、『お前はどんどん下手になっている』と言いながら、『褒めてやったぞ、喜べ』と勘違いできるんだ」

凪がテーブルの方に歩いていき、すぐ戻ってきた。何かを取ってきたようだ。

「こんな屈辱はない」

――そんなつもりはなかった。

抗弁しても通じまい。そんなことは凪は先刻承知している。

ビリッという音。何が裂けたのかと見ると、荷造り用の粘着テープだ。

「あなたは強盗に襲われて死ぬ。賊の手際がまずくて、口と鼻をテープでふさいでしまうんですね。さあ、深呼吸をしましょうか。娑婆の空気の吸いおさめです。先生はご存じですか？　小説が書けない苦しみって、窒息する感じなんです」

恐怖で全身が総毛立った。凪は本気だ。いつのまにか、両手に手袋を嵌めている。その右手人差し指の先に、二十センチほどに切られたテープがくっついていた。

「冥途の土産に教えてあげます。ポラリスの粟口さんをやったの、僕です。あの人、『沈黙のエコー』と『太陽の神殿』を没にしてくれたんですよ。といっても、それを今さら恨んで刺したわけではありません。新作のふりをして昔の原稿をごそごそと持ち出してやがら、と思われるのがたまらなかったから、『地球儀のある部屋』が出版される前に、消えてもらった。お気の毒に、僕のくだらないプライドと怯懦の犠牲者です」

出任せではないことが、彼の目を見れば判る。

「だから、罪を犯すのは初めてじゃない。二度目でもない。十年前、僕の創作の火に水を浴びせようとした同人仲間を歩道橋の階段から突き落として、葬りました。どんどん小説が下手になっている僕ですが、上達していることもあるんです。今回は、これまでになく冷静にことが運べています。犯行現場に毛髪を落とさないようにシャワーキャップをかぶるほど周到だし、先生に感謝しこそすれ恨んでいるはずのない僕が、警察に疑われる心配もありませんし、余裕綽々だ。動機がない、というのは強いものですね」

凪が身を屈める。

「そろそろ、いきますか」

芥子野にできることは、精一杯大きく息を吸い込むことだけだった。

猛虎館の惨劇

あの名物屋敷の名物主人が殺された。

しかも、世にも無惨で不可解な死に方だと言う。

その報せを受けた時、まことに不謹慎ながら吉田の胸は躍った。兵庫県警捜査一課、石本警部が班長として率いる第三係に配属されて二年。殺しの捜査は何度か経験していたが、いずれの事件も荒っぽいだけで、創造性が微塵もないのが不満だった。しかし、今回は様相が大いに違うようで、もしかすると推理小説まがいの難解な事件かもしれない。腕が鳴るではないか。

ただちに西宮市内の現場へと急行する。

昨夜は九時半頃から激しい雷雨があり、子供の頃から雷嫌いの吉田は布団をかぶって縮こまっていたのだが、今日は快晴だ。早春の空には、雲の切れっ端もない。気持ちよく車を走らせていると——

「お前、にやけてないか？」

助手席の藤本に言われて、口許を引き締め、ハンドルを握り直した。

「嫌ですね、デカ長。殺しの現場に乗り込む刑事がなんでにやけるんですか」

カマキリに似た痩身の先輩は、疑わしそうだった。

「鼻歌でもこぼれそうな横顔やった。小説みたいな事件を担当できる、とでも思とぉやろ。お前の趣味は知っとるわ。よう机の上に推理小説の文庫本を放り出しとるからな」

前方の信号が黄色から赤になりかかっていたが、パトカーの列はサイレンを鳴らしながら、風を切って直進する。

「図星やろ、吐け」と言われて、吉田は吐いた。

「はい。名探偵になれるかも、とエキサイトしてます」

「このダボが。まだ尻が青々としとるくせに。蒙古斑が残ってるやろ」

吉田はちらりと横目で藤本を見た。と、刑事部屋暮らし二十年の先輩の頬が弛んでいるではないか。

「わざわざ蒙古斑やなんて言い換えて。藤本さんこそ、にやけてますよ。名物屋敷の中が見られるのが楽しみなんやないですか？」

「ダボ」とまた言われた。大阪育ちの吉田は、頭の中で「アホ」に変換する。

「わしはお前と違うて真剣じゃ。なんぼ五歳からのタイガースフリークで、あの虎屋敷とそこの主人に興味津々でもな」

「虎屋敷って呼ばれてるんですか、あの家？」

「知らん。わしがそう決めただけや」

「そしたら、僕は猛虎館と呼びます。〈猛虎館事件〉。ええやないですか。タイガースファンも納得でしょう。猛虎打線やの猛虎復活やの、皆さん、猛々しい虎がお好きみたいやから」

　ふっ、と藤本が笑った。

「この前、大阪でタクシーに乗った」

「は？」と訊き返す。

「最近は、前のシートの後ろによう広告がついとぉやろ」

　東京でタクシーに乗った時、窓やら座席の前にやたらと広告がついているのを見て、商魂たくましいな、と思ったものだ。不景気のせいもあるのか、近頃は大阪のタクシーにも広告が増えてきている。

「視力回復トレーニングの小さなチラシがついとった。その宣伝コピーが〈猛視復活〉や」

「猛虎復活のもじりか。下手な洒落ですね」

「それだけやったら、ええ。おかしかったんはデザインで、黄色と黒の太いストライプが入ってたんや。これ変やろ？〈猛視復活〉。どこにも虎てな言葉は入ってへんやないか。けったいな話やで」

　言われてみれば。つまりその広告の作成者にとって、〈猛〉という一字がすでに阪神タイガースを示しているわけか。

　タクシーと聞いて、吉田も思い出した。

「昨日、社会勉強のつもりで新聞の求人欄を見てたら、阪神の系列のタクシー会社が運転手を募集してました」

「そら、するやろ」

「待遇やなんかが短く記載されてまして。変やったんは、その横にわざわざ〈がんばれ、阪神タイガース！〉と書いてあったことです。貴重な広告のスペースに、普通はそんなもん載せませんよね」

「そら暗黙のメッセージやろ。『当方は阪神電鉄の系列会社でありますし、大阪でタクシーの運転手をするということは不特定多数のお客様と阪神タイガースの話をするということでもあります。また、当社はタイガースファンが固まって日々楽しく仕事にいそしんでいるので、他チーム贔屓の方が応募するのは避けてください』と。実にリーズナブルやないか。――猛視復活は変やけどな」

緊張感のない話をしているうちに芦屋川を過ぎた。左折して山の手に向かうと、どんどん急な上り勾配になってくる。やがて六甲山系の緑の中に、ぽつりと黄色い染みのようなものが現われた。接近するにつれて、黄色と黒の縞模様に塗られた建物であることがはっきり見てとれるようになる。

「あれか、虎屋敷は」藤本がフロントガラスに顔を近づける。「雑誌やテレビで紹介されてるのを見たことがあるけど、ほんまに趣味の悪い家やな」

タイガースフリークの彼がそう思うぐらいだから、美観を損ねている、と近隣の住民らの不評を買っていることは容易に想像がつく。まさかそれが原因で主人が殺されたのではないだろうけれど。

＊

現場に到着してみると、ブロック塀で囲まれた建物の形そのものは奇態でもなかった。まるで巨大な弁当箱という風情のシンプルなデザインで、コンクリートを打ち放しにした外壁に虎柄の塗装がなされているだけである。彩色が悪趣味なだけかと思ったが、よく見ると細部にこだわりが窺えた。門扉や庭の常夜灯など、そこここに虎をあしらった浮き彫りが施され、屋上ではコンクリート製の虎が天に向かって咆哮している。

「金かかってますねぇ」

門の前で嘆息する。ぼやぼやするな、とばかりに藤本が背中を押した。庭にはブロンズ製らしき虎がすっくと立って、訪れた者を威嚇するようにねめつけている。サーベルタイガーだ。

「被害者の綿鍋大河という男は建築家が本業らしいが、株で財を成したそうや。この屋敷も自分で設計したんやろうな。ありきたりの家みたいで、空から見たら輪郭がTとHを組み合わせたタイガースのマークになってるらしい」

すると、Tの横棒の中央が正面玄関になっているわけだ。

「綿鍋大河……。タイガーですか。阪神ファンになるために生まれてきたみたいな名前ですね」

早足で玄関に進む藤本は、削げた頬を撫でながら首を振る。

「そんな運命的なもんやない。大河というのは自分でつけた通称で、本名は清い人と書いて清人。キョジンと読めるわな。別に親がジャイアンツのファンやったわけでもないらしいが」

綿鍋氏の親も、息子がタイガースに入れ込むことまで予想できたはずがない。それにしても、よりによって宿敵のキョジンとは皮肉なことだ。

虎のノッカーがついた重厚な扉の内側に足を踏み入れると、吹き抜けのホールだった。来客を圧倒するほどの広さを持ち、天井近くの窓からたっぷりと陽光を取り入れている。立派なホールであったが、リノリウムの床が黄色と黒の縞模様なのには呆れた。

「被害者は建築家だったそうですけど……僕は絶対に仕事の依頼をしたくありませんね」

「まぁな」と藤本も同意する。

綿鍋大河が遺体で見つかった中庭では、真っ先に駆けつけた機動捜査隊員による現場検証が続いていた。中庭といっても、綿鍋邸には四ヵ所もある。現場となったのは、Tの字の横棒とHの左半分で囲われた部分だ。芝生に横たわった遺体に向けて、何度もフラッシュが焚かれていた。それがすむと、藤本らの出番だ。踏み出すと、芝生は昨夜の雨を吸って、まだ湿っていた。

死者は小柄で小太りだった。厚手のニットのセーターにジーンズというなりで、タイガースのロゴをあしらった腕時計を嵌めていた。

「えげつないですね」

屈んで遺体を観ながら、吉田は顔をしかめて言う。被害者には首がなかった。左右の肩の間には、鮪の切り身のような色をした断面が覗いている。

「バラバラ死体には対面したことがあるけど、首なし死体というのは初めてや」藤本が言う。「バラしてる途中で邪魔でも入ったんやないかな」

「推理小説には首なし死体がよく登場しますよ。〈首のない死体〉は、一つのジャンルを形成しているぐらいです」

調子よく説明しようとした吉田だが、たちまち止められた。

「死体の顔を潰してから着衣を別人のものに替える、という古臭いトリックぐらい知っとぉわ。しかし、DNA鑑定が可能になってる時代に、いまだにそれが通用すると思う人間はおらんやろう。それに、首を切って身元を不明にするのが目的やったら、指紋が採取できんようにするはずや」

遺体の手首はちゃんとつながっていたし、指先にも損傷はない。無惨な死を遂げた男が綿鍋大河その人であることは、ほどなく確認された。

検視の概要も伝えられる。被害者が殺されたのは昨日三月五日の午後九時から午前零時の間。死因は失血死と見られるが、致命傷はなくなった頭部に受けたらしく、どのような凶器によって攻撃が加えられたのかは明らかにならなかった。

「もしかすると、何か特徴のあるもので頭を殴られたのかもしれんなぁ」

毛虫のような太い眉毛の石本警部は、腕組みをして呟いた。傍らにいた吉田は大きく頷く。

「警部のおっしゃるとおりだと思います。非常に珍しい凶器が用いられたのではないでしょうか。それが凶器であることが判明すると、たちまち犯人が特定されてしまうような――」

藤本に肘で突かれた。出すぎた口をきくな、ということらしいが、遠慮をしている場面ではない。

「たとえば、犯人は探検家で、外地から持ち帰った槍で被害者の首筋を突き刺して殺害したのかもしれません」

「ダボ」藤本が舌打ちする。「唐突に探検家なんか登場させるな。それに、もし被害者を殺す動機を持った探検家が実在してたとしても、なんでわざわざパプア・ニューギニアの槍てな使いにくそうな道具を持ち出すんや」

「僕はパプア・ニューギニアの槍とまでは――」

「とにかく、派手な現場を観て興奮しとぉからって、思いつきだけでしゃべるな」

まぁまぁ、と主任の若林が止める。強行係ひと筋の刑事とは思えない柔和な顔立ちの警部補だ。口調も穏やかである。

「下手な鉄砲も数撃ちゃ当たる、です。吉田のイマジネーションを馬鹿にしてやりなさんな」

デカ長は苦笑いをする。そんな彼に向かって警部の指示が飛んだ。

「第一発見者がリビングにおる。さっき経緯をざっと聴取したが、吉田と二人で詳しく聞いてきてくれ。調書は吉田にまとめさせるよう。それはイマジネーション抜きでな」

＊

リビングはTとHの交点の左上に位置していた。大きなフランス窓からは血腥(ちなまぐさ)い現場がよく見える。それが嫌なのか、第一発見者は窓に背を向けてソファに掛けていた。仕立てのよさそうなスーツを着た三十歳ぐらいの男で、とっちゃん坊や風だ。足許(あしもと)に大きなショルダーバッグが置いてある。

「足止めして申し訳ありませんが、調書を取るために、もう一度お話を伺えますか。──笠松(かさまつ)さんでしたね」

男は立ち上がり、名刺を差し出した。『ジャパン・スケープ』の笠松侑平(ゆうへい)とある。東京から取材にきた雑誌のライターだった。写真にも腕に覚えがあるそうで、カメラマンは同伴していない。

「弊誌は、政治経済から芸能情報まで幅広く扱っている月刊情報誌で、私はその専属ライターです。四月発売号の特別企画として、プロ野球の各チームのユニークなファンを紹介することになりまして、熱烈なタイガースファンの綿鍋さんを取材するため訪問いたしました」

笠松は来意から手短に説明する。吉田は忙しく鉛筆を動かしてメモを取るが、藤本の方は気を散らしているようだ。ちらちらと、視線を三方の壁に投げているのだ。

「たしかに、熱烈なファンだったようですな。ここにあるコレクションだけでも大したもんや」

ある壁の棚には、往年の名選手のサインボールほか雑多な品がずらりと並び、別の壁には村山実や江夏豊のユニフォームやら何十枚もの色紙が飾られている。また別の壁は、幾多の名勝負・名場面を捉えた写真のパネルで埋まっていた。

「サインボールの脇のガラスケースに入っているのは何だと思いますか？　ランディ・バースの折れたバットの破片だそうです。その隣にあるのは、昨シーズンの終盤、敗戦後に写真を撮られて怒った星野監督がカメラマンに水をかけた時の紙コップ。どうやって集めるのか、と訊いたら『蛇の道は蛇』と笑ってらっしゃいました。あ、その砂時計は東京で職人さんに作ってもらったものだそうですけど、中身は甲子園の砂なんですって」

「ちょっと待ってください。あなたがきた時、綿鍋さんはもう死んでいたのではないんですか？」

「はい」という返事。「今回は生きた綿鍋さんにお目にかかっていません。私は以前にも一度、別の雑誌のインタビューをさせていただいたことがあるんです」

「それはいつですか？」

「『ジャパン・スケープ』専属になる前、去年の十一月です。ある週刊誌の〈マニアな人たち〉というコーナーの取材でした。その時に楽しいお話を伺えたし、『来年のシーズン開幕前には、もっとすごいことになってるはずだよ』と豪語していらしたので、再度取材をさせていただくことにしたんです。それがきてみると……」

彼が猛虎館の門前に立ち、ドアフォンを鳴らしたのはちょうど午前十一時だった。が、いくら待っても応答がない。広いお屋敷なのでチャイムが聞こえないところにいるのかしら、と門扉を押してみるとあっさり開いた。玄関の扉も施錠されていない。不審に思いつつ、邸内に入り、廊下の窓から中庭を見て、主人の変わり果てた姿を発見したのである。

「もうびっくりして、腰が抜けそうでした。携帯電話で一一〇番しようとしても、手が顫えてなかなかダイヤルできなかったほどです」

無理もない、と吉田は同情した。藤本は相変わらず周囲のコレクションを気にしながらも、要所要所で質問する。

「窓から遺体を発見して警察に通報したわけだから、あなたは庭には出ていないんですね?」

「一歩たりと出ていません」

現場の保存状態は完璧だったわけだ。

「門にも玄関にも鍵が掛かっていなかったので不審に思いつつ家に入ったそうですが、危険を感じたりはしなかったんですか? 泥棒が侵入しているのではないか、とか」

「考えました。だからこそ、あえて入ったんです。もしも綿鍋さんが怪我でもして倒れていたら、救けを呼ばなくてはならないでしょう。しっかりと携帯を握りしめて、注意しながら中に進みました」

「なるほど。——警察がくるまで、どこでどうしていましたか?」

「ホールで待っていました。パトカーがくるまでの数分が、とても長く感じられました」

「綿鍋さんとは、取材で一度会っただけですか?」

「ええ。それ以上の関係はありません。第一発見者だからといって疑わないでくださいよ、刑事さん」

とっちゃん坊やは小心なのか、弱々しく訴えた。

「今度の取材は、電話で申し込んだんですね? その際、綿鍋さんに何か変わった様子はありませんでしたか?」

「いえ、別に」

午前十一時という時間を指定したのは綿鍋で、「あなたに昼食をご馳走したい。虎河豚でもどうかな」と話していたという。

「綿鍋さんは、週刊誌に書いた私の記事を気に入ってくださってたんです。とらやの羊羹を手土産にして、『東京の虎ノ門からきました』とご挨拶したので、第一印象からよかったみたいです」

「はぁ、とらやの羊羹ね。——この家を見たかぎりではエキセントリックな方のようですが、あなたの目にはどう映りました?」

「そりゃあ……」ちょっと言いにくそうに、「変わった人でしたよ。ひたすらタイガースを応援し、タイガースに関することで生活を埋めつくそうとしていましたから。独特の愛し方ですね。そんなに阪神が好きなら毎試合でも球場に足を運ぶのかと思いきや、完全中継のテレビ観戦で満足らしい。もしかすると阪神タイガースそのものよりも、タイガースファンでいることが趣味だったのかもしれません」

「私の印象では」吉田が言う。「綿鍋さんは相当にコレクター気質だと推察するんですが」

「ええ、病的なコレクターですね。阪神タイガースから逸脱して、黄色と黒のストライプそのものまで偏愛したりしていましたもの。精神科医や心理学者にこの屋敷を観てもらったら、面白い研究発表ができるんじゃないですか」

そんなことはどうでもいいが、被害者がどのぐらいエキセントリックだったのかが吉田は知りたかった。それが事件の背景になっているかもしれないのだ。

「タイガースに入れ込むあまり、誰かとトラブルを起こしていた、ということはなかったんでしょうか？」

「なくはなかった……いや、あったみたいですよ」そう聞いて刑事らは身を乗り出す。

「三十メートルほど離れた東隣の家が大のジャイアンツファンなんだそうで、反りが合わなくて、時々いざこざがある、とおっしゃっていました」

三十メートルも離れていれば、巨人が阪神から得点するたびに拍手が聞こえて不愉快だ、ということもあるまい。何が原因でもめるのか、と怪訝に思う。

「お隣の川上さんは、この家のけばけばしい外観を快く思っていませんでした。無理もありませんけれどね。それで、『おとなしい色に塗り替えられないのか』と申し入れしたところ、綿鍋さんはけんもほろろに撥ねつけた。それが仲違いの始まりだそうです。ここ二年ほどずっと険悪だったとか。去年の九月二十四日にジャイアンツが甲子園で優勝を決めた瞬間、川上さんがあてつけに花火を打ち上げたものだから、翌日に道で会った時、綿鍋さんが摑みかかって喧嘩になったそうです」

「犯人は川上やな」

ぼそりと藤本が呟いたので、決めつけるなよ、と吉田は胸の内で突っ込む。しかし、そんな馬鹿げたことが殺人事件に発展した可能性も否定はできなかった。笠松が語ったとおり調書に書き込む。

「ところで、いつまで私はここにいなくちゃならないんでしょうか？」

ライターはおずおずと藤本に尋ねる。

「もう少しです。帰りの新幹線の指定を取っているんですか？」

「いえ。ただ、ここにいると首のない綿鍋さんの姿がいつまでも脳裏に鮮明なもので……」

と言って、肩越しに中庭を指差す。

「ならば別の部屋に移ればよろしい。その前に、調書にサインをお願いします。——おい、書けたか？」

吉田が読み上げ、訂正すべき箇所がないことを確認してから署名をもらった。

「これでいいですね？　じゃあ、奥のダイニングに移動します。御用があれば呼んでください」

笠松はバッグを取り、そそくさと部屋を出ていった。藤本は腰の後ろで手を組み、「さて」と、壁に陳列された品々を観て回る。捜査のためではなく、タイガースフリークとしての興味からなのは明白だった。

「やっぱり村山、江夏やわなぁ。わしらの世代は」

独り言が洩れた。綿鍋は、藤本と同じく四十三歳だ。

「バース、掛布、岡田の新ダイナマイト打線も痛快やったけど」藤本はバースのバットの破片とやらを一瞥してから、「やっぱり阪神はピッチャーのチームや。栄光の投手王国。どこかのチームみたいにバカスカ打って勝つやなんて、コドモの発想やないか。知性の欠片もない」

吉田には、藤本の心理が手に取るように判る。貧打のチームを応援するのは、とんでもなくストレスが溜まるはずだ。つらく、苦しいのだろう。

藤本は、ぶつぶつと独白し続ける。

「村山や江夏の力投。あれは守りやなかったな。相手のバッターに襲いかかる攻撃と言うべきやった。思い出すなぁ。村山が狙うて長嶋から獲った通算千五百奪三振と二千奪三振。江夏が狙うて王から獲った日本新記録のシーズン三百五十四個目の三振。はたまた七十一年のオールスターでやってのけた九者連続三振。あれは今はなき西宮球場で——」

駄目だ。遠い目になっている。

「デカ長、話が古すぎますよ。僕にとっては沢村、スタルヒンと大差ありません」

「ダボ。戦前の話をしとるんやないわい。それに沢村やスタルヒンは巨人の選手や。わしが言うてるのは——」

「そのへんのお話は事件が解決してからゆっくり拝聴します。今は野球談義をしている場合ではありません」

「えらそーに」

藤本は唇を尖らせた。自分こそコドモではないか。

「それはそうと、吉田よ」口調が急にあらたまる。「被害者の服装から気がついたことはないか？」

「と言いますと？」

「ぼーっとすんなよ。春先とはいえ、まだ朝夕は肌寒い。被害者が殺されたのは、昨日の夜やろう。あんなセーター一枚で庭に出るのは不自然やと思わんか？」

言われてみれば、ごもっとも。

「それから、そのセーター。雨に濡れたのか、じっとり湿ってたわ。被害者は何の用があって庭に出たんやろうな。傘もささず」

「え、傘もささず？」

「何を観察しとったんや、ダボ。遺体のそばにも、庭のどこにも傘がなかったやろう。これ、どういうことか判るか？」

「判りません。教えてください」

「わしにも判らん。謎やな。けったいなことだらけの事件や。犯人が首を切って持ち去った理由も判らんし。長引かんかったらええんやが……」

犯行現場の異常さ、被害者のユニークなキャラクターからして、この事件は全国に向けてセンセーショナルに報じられるだろう。警察は威信に懸けて早期解決を目指さなくてはならない。

「ところで、この屋敷にはどんな部屋があるんやろう。ちょっと調査してみよか。現場の状況を完全に把握せんことには、捜査は始まらん。行くぞ」

もしかして、他にどんなコレクションがあるのか見たいだけなのでは、とも思ったが、吉田は逆らわないことにした。

＊

タイガース尽くし、虎尽くしの邸内を二人が観て回っている間に、近隣での聞き込みに出た刑事らは重要な情報を収集していた。やはり、と言うべきか、猛虎館の毒々しい外観は大いに不評で、無愛想な変人の綿鍋に好感を抱いている者は皆無である。そんな中に、「綿鍋さんと川上さんが犬猿の仲だった」という複数の証言があったものだから、さっそく隣家に刑事が向かった。

「誰ですか、私のことを犯人扱いしているのは？」

川上は五十がらみのシステム・エンジニアで、在宅で勤務をしていた。刑事の訪問を受けて忌々しげだったが、質問には丁寧に答えてくれる。

「綿鍋さんね。死んだ方のことを悪く言いたくはありませんが、非常識な人でしたよ。あの家を見れば判るでしょ？　何度か道端で口論したことがあるのは事実です。でも、殺すだなんて乱暴なことをしたりしませんよ。昨日の夜はどこで何をしていたか、ですって？　アリバイ調べですか。参ったなあ。いや、参らなくていいや。昨日は高校時代の友人たちと久しぶりに会っていました。大阪の北新地で八時から十一時まで。その後、独りになってから行きつけの店で十二時過ぎまで飲んだ。証人は大勢いますよ」

それが本当ならアリバイが成立する。裏づけ捜査のため、さっそく二人の刑事が大阪へと飛んだ。

さらに聞き込みを続けるうち、奇妙な証言にぶつかったのは星野刑事だった。

「私、見たんです。変なものを」

気味悪げに語ったのは、綿鍋邸から五十メートルほど離れた西隣の家の住人、山下氏である。神戸市内の女子大でドイツ語を教えている講師だ。

「雨が降りだす前だから、九時頃でしたかね。大学からの帰りに、あの屋敷の前を歩いて通りかかった時のことです。通りすぎ様に門の中を何気なく覗いたら、誰かいるんですよ。

黒い影みたいなものですから定かではありませんが、男でした。何だ、あれは、と思ったのは、そいつがお面をつけていたことです。ほら、阪神タイガースのマスコットの……そう、トラッキーとかいう漫画チックな虎のお面です。見たとたん、ぞくっとしました」

「黒い影だったのに、お面がトラッキーだったのは判ったんですか？」

星野はボールペンの先を向けながら尋ねる。

「ええ、見えました。確かです」

「しかし、綿鍋さんのお宅なんですから、トラッキーの面をした人間がうろついていても、別に驚くようなことでもないいんやないですか？」

星野が言うと、山下は心外げに、

「いくら綿鍋さんが熱烈なタイガースファンだったとはいえ、お面をつけて歩き回る趣味なんてありませんでした。それに、私が不気味に思ったのは、単にお面をつけていたからだけではないんです。そいつは、後ろ向きに歩いていたんですよ」

「後ろ向き？」

「ええ、こんなふうに」山下は数歩後退り（あとずさり）をして見せる。「それがねぇ、実にスムーズな動きだったんです。すたすたと、ごく自然に歩いていましたよ」

「歩いて、何をしていたんですか？」

「それは判りません。後ろ向きのまま、庭の左の奥へと去っていきました。私は思わず足を止めて見入ったんですけれど、暗い死角に消えてしまったので。ただそれだけなんですけれど、奇怪な情景だったんです。口ではうまく言えないんですが、何とも異様で……。ちょうどその時、西の空からゴロゴロと遠雷が聞こえてきたので、逃げるように家まで帰りました」

犯行時刻は夜九時から零時の間と推定されている。九時過ぎに庭の奥に消えた怪しい人影。面で顔を隠して侵入した犯人なのだろうか？　その人影のもっと詳しい特徴を思い出せないか、と尋ねたが、山下は首を真横に振るだけだった。

＊

「いやー、もうお腹いっぱいって感じですね」邸内を巡りながら吉田は感心しっぱなしである。「もう、隅から隅までタイガース、タイガース、タイガース。虎、虎、虎。応接間にあった虎の敷き皮なんてものは、『うわぁ、やっぱりな』でしたし、美術品や民芸品を集めた陳列室は『どれも虎がモチーフだ』と一目瞭然（りょうぜん）でしたが、解説されないと判らないものもたくさんありますね」

「でしょ？」

得意げに言うのは笠松だ。さっきまでは早く退散したがっていたのに、態度が一変している。何でも死体発見者になったことを編集部のデスクに報告したところ、「思いがけないチャンスじゃないか。徹底的に取材して戻ってこい」と発破を掛けられたのだそうだ。だもので、今はすっかり元気になって藤本と吉田にすり寄り、密着したまま離れようとしない。

「庭で芽吹きかけているのは虎尾桜。塀際で葉をそよがせているのは虎斑竹。奥には龍安寺の枯山水を模した一角があったでしょう。もちろん〈虎の子渡し〉ですね。応接間の黄褐色の飾り石は虎目石で、窓辺の鉢は虎吉蘭。悪人面した文楽人形の首が場違いに飾られていたのは、あれが虎王と呼ばれる頭だからです。――こちらも凝ってますよ」

笠松は両開きの扉を押し開けて、まるで自分がここの主人であるかのように「どうぞ」と二人の刑事を招く。

イギリスの貴族の館を思わせるトラディショナルな作りの書斎だった。光沢のある焦茶色の床が美しい。両側の壁は天井まである書架でふさがれ、びっしりと本が詰まっていた。なかなかの蔵書量だ。

「阪神タイガースの関連図書が見事に揃っているのは当然として、コレクションは阪神電鉄社史や甲子園球場の設計図面から、虎に関する動物学の文献、図鑑から絵本、童話、小説や詩歌など文学作品にまで及んでいます。時間とお金をかけたからって、これだけの本、簡単には集まらないですよ。題名に〈タイガース〉や〈虎〉が入ってるものばかりじゃないですからね」

「難しそうな本もたくさんありますね」

タイガース関連の本をひとわたり見てから、藤本は革表紙の洋書を手に取る。

「あ、それはお気に入りの一冊でしたよ。イギリスの古書店で買ったんだそうで。『ウィリアム・ブレイク詩集』です。有名な『虎』という詩に美麗なイラストが添えてあります。ブレイクの詩がエントランスの天井近くに刻まれているのにお気づきでしたか？」

刑事らが「いいえ」と答えると、笠松はもっともらしく吟じた。

「Tyger Tyger, burning bright,
In the forests of the night;
闇夜の森に爛々と
燃えて光れる虎よ、虎！」

「カ……カッコええ詩ですな」

さわりだけで藤本は感動していた。

「学校で習うから、英米では子供でも暗唱できる詩です。確かにカッコいい。タイガーの綴りは古い英語で Tyger。いやぁ、虎という生き物は素晴らしいですね。人を魅了する」

笠松は別の本を取り出した。

「こちらはロシア文学。ニコライ・A・バイコフの『偉大なる王』といって、旧満洲を舞台にした動物小説の傑作です。額に漢字の〈王〉、頭の後ろに〈大〉の文字を徴とした虎〈偉大なる王〉と老猟師の物語。——すべての虎は偉大なんですよ。その額に神が〈王〉と徴をつけているんですから」

藤本は気分よさそうに頷いている。

「虎は、美と力が一体となった崇高な存在です。それをチーム名にしたタイガースにも、名前負けしないように奮起してもらいたいものですね」

「そのとおり……そのとおりなんや」タイガースフリークは決然と言う。「吉田よ。わし、今年はやるぞ」

「やるぞって、デカ長がグラウンドで投げたり打ったりするわけでなし」

「やかましい。笠松さんがええことおっしゃってるのに」

やれやれ、と吉田は頭を掻く。

「そんな虎ですが、現在、厳しい状況にあります。虎の皮などを目当てにした乱獲が長年にわたって続いた上、環境破壊が進んでいるために絶滅する危険もなくはないんですよ。そのため国際的に保護の声が高まって、一時は千八百頭余りにまで減少したインドの虎は――」

取材にあたって、虎について下調べをしてきたのだろう。それを吐き出すかのように、笠松は滔々と虎談義を続ける。吉田は途中から聞き流した。

虎の蘊蓄を仕入れている場合ではない。それより、さっき調書を取った際、気になることがあった。何だったろうか？――そうだ、思い出した。

「ねぇ、笠松さん」

「――そのプロジェクト・タイガーの甲斐あって、インドに生息する虎の数は四千頭を超えるまでに回復するのですが、その後また……はい、何でしょうか？」

「去年綿鍋さんは『来年のシーズン開幕前には、もっとすごいことになってるはずだよ』

とおっしゃったんでしたね。屋敷を一周してみて、何か以前と変わった点がありましたか？」

ライターは顎を撫でながら思案する。

「いやぁ、思い当たりませんね。細かい品物が増えているような気はしますけれど」

それは〈すごいこと〉に該当しないだろう。藤本は、吉田の質問の意図が判らないようだった。

「おい、それがどうかしたんか？」

「もしかすると、その〈すごいこと〉が事件に関係あるのかもしれません。たとえば、黄金製の虎なんてお宝を綿鍋さんが入手していて、犯人はそれを狙ってここに押し入ったといったケースは考えられないでしょうか？」

藤本は腕組みをする。

「うーん、どうかな。それは想像にすぎんやろう」

「〈すごいこと〉というのが何やったのか、気になるんです。調べてみる価値はあると思いますよ」

デカ長はそれ以上は何も言わなかった。笠松が、中断された話を続けようとする。

「えー、それでですね、プロジェクト・タイガーは成功を収めたかに思えたんですが、別の問題が持ち上がりました。保護区には百ほどの村が隣接していて――」

吉田が何気なく書棚に投げた視線の先に、〈高丘法親王〉という文字があった。どこかで聞いたことがある名前だ。平安時代に出家して中国大陸に渡った皇子だったっけ。その親王と虎の関係は何だったか？

聞き流していたはずの笠松の声が、不意にはっきりと耳に入ってきた。吉田は、はっとして振り向く。そうなのか？　そういうことなのか？

「ねぇ、デカ長」

「何や？　極上の推理が閃いた名探偵みたいな顔をしやがって」

そんなものではない。そんなものではないが。

「やっぱり、なくなっているのかも……」

＊

星野が持ち帰った情報は、石本警部と若林警部補の興味を引いた。犯行のあった頃、屋敷の庭を歩いていた仮面の人物。それは、門を乗り越えて邸内に忍び込んだ強盗だったのかもしれない。

虎の敷き皮に足首を埋めながら、石本と若林は謎の人物について検討する。

「しかし、強盗にしては合点がいかん点が多いな」まず警部が言う。「家の中には金目のものが山ほどあったのに、荒らされた形跡はない。綿鍋に見咎められたんやとしても、首を切断して持ち去る必要はないやろう」

「とすると、怨恨ですか」若林が言う。「よく知った人物だったので、面をかぶって顔を隠したのかもしれません」

「顔見知りやったら面なんかかぶらず、素顔で訪問するんやないか？　顔を見られても平気やろう。どうせ相手は殺してしまうんやから」

「険悪な関係にあって、素顔で訪問できない人間だったとも考えられます」

「たとえば川上か？」

「いえ」警部補は首を振る。「彼のアリバイは確かのようですから」

大阪の北新地で飲んでいた、という川上の証言は、間違いないことは早々に確認されている。まさか殺し屋を雇って綿鍋を抹殺したのでもあるまい。有力に思えた容疑者が圏外に去った。

「流しか、顔見知りか。いずれにしても謎は残るな。ほれ、あの——」

「はい。どうして後ろ向きに歩いていたのかが謎です。山下が見ていることを意識してふざけていたわけでもないのに」

「そうだな」

「これから人を殺そうって時にふざけるはずもありません。何かのまじないでは？　犯罪者は、しばしば現場で縁起を担ぎます」

「後ろ向きに歩くやなんて、聞いたこともないまじないやな」

吉田は、そんなやりとりを戸口でしばらく聞いていた。後ろ向きに歩く仮面の男。それは彼の仮説を補強する有益な情報だった。警部らの会話が途切れたところで、ドアを開く。

「おぅ、どこにおったんや？」石本が眉間（みけん）を曇らせる。「こき使（つこ）うてやるつもりやったのに。ぶらぶらと勝手に歩き回っとったやろ」

「デカ長が現場の状況を広く観察する、とおっしゃったものですから。……あの、それよりもですね、ちょっとご意見を伺いたいことがありまして」

石本は太い眉毛（まゆげ）をつまんで、「何や？」とぶっきらぼうに言う。

「屋敷の中を観て回って、被害者の特異なキャラクターがよく判りました。彼は阪神タイガースのファンであることから出発して、虎という存在を愛するまでになっていたように見受けられます」

「それが何か？」と若林。

「熱烈な阪神タイガースフリークにして、異常なまでの虎コレクターの被害者の屋敷にあってもおかしくないものが、なくなっているのではないでしょうか。ここまで虎に入れ込むのなら、あって当然とさえ思えるものです」

もったいぶった言い方に、石本は焦（じ）れたらしい。強い口調で問うた。

「せやから、それは何なんや？」

吉田は背筋を伸ばして答える。

「本物の虎です」

＊

綿鍋大河の電話の通話記録から、警察は容易に車を突き止めた。車といっても自動車ではない。車三郎という名のペット商である。このところ頻繁に綿鍋と連絡を取り合っていたこと、事件前日に〈車ペットプラザ〉の小型トラックが綿鍋邸に出入りするのを目撃した者がいたことを告げられて、初老の商人は観念した。

「犯罪行為にあたるのは承知していました。知っていながら虎を密売してしまったのは、綿鍋さんから提示された購入希望価格があまりにも魅力的だったからです。このところの不景気で、店の運転資金にも事欠く有り様だったもので……」

一年以上前から、「虎を手に入れたいのだが何とかならないか」という相談を持ちかけられていたのだと言う。

「そうは言われても、モノがモノですから簡単にはいきません。それが先月になって、『内緒で飼っていた虎の面倒を見切れなくなった人間がいる』という話を同業者から小耳に挟みまして、そいつを買い上げて綿鍋さんに転売することにしたんです。綿鍋さんは『急な話だな。中庭の一つに飼育舎を建てるつもりでいるけど、まだその準備ができていない』と難色を示されましたが、またとない機会だと勧めると、しばらくは私どもが用意した檻で飼うことに決めて、商談が成立しました。檻に入った虎を搬入したのが、三月四日のことです。念願がかなった、とお喜びだったんですが、それがあんなことに……」

車三郎は悔恨を噛み締める。

「五日の夜、綿鍋さんを訪ねてご様子を窺うことになっていました。もっと早くに行くつもりが、前の用事に時間を取られ、着いたのは十時近く。ちょうど雨と雷が一番激しかった頃です。門のドアフォンを鳴らしても応答がなかったのですが、鍵が掛かっていなかったので入りました。私のためにあらかじめ開けてあったのか、鍵を掛け忘れていたのか、どちらか知りませんけれどね。変だな、とは思いませんでした」

　ところが、玄関で呼び出しても返事がない。留守かしら、と引き返しかけたところで、恐ろしいものを耳にした。

「雷鳴にまじって、虎が吼える声が聞こえたんです。そこに虎がいると知らなければ、聞き分けられない声でしたけれど。にわかに胸騒ぎがして、檻を設置した中庭へ走りました。そこなら家の中を通らずに行けるので、虎に異状がないかを確かめるためです。駈けつけてみると、綿鍋さんが俯せに倒れていて……」

　ペット商はおののく。

「頭に虎が前脚を置いて立っていました。それを稲光が青白く照らしだしたりして……血も凍るような光景でした。虎と私の目が合いました。飛びかかってくるのでは、と思っても足がすくんで動けません。死さえ覚悟したのですが、虎は落ち着きを取り戻しており、ゆっくりと私の方に歩み寄ると、恭順に足許にすり寄ったんです。檻にも素直に入りました。子供の頃から人間に飼われていた虎で、元々は凶暴ではなかった。何故、綿鍋さんが襲われたのかは判りません。虎に微塵も野性が残っていないと錯覚して、檻から出して戯れているうちに怒らせたのかもしれない。庭に大きな牛肉の塊が落ちていたのが気になりました。餌には鶏肉を与えてきたので、一日にブロイラー一羽やるようにお伝えしていたのに、あの人は牛肉を奮発したらしい。鶏肉や馬肉で飼育してきたライオンや虎っていうのは、牛肉や豚肉を口にすると野性が戻ってしまうと言われています。私はご説明したはずなんですが……。雷で興奮した？　どうでしょう。もし興奮したのだとしたら、それは綿鍋さんの方では」

　無謀な度の過ぎた遊びをしようとしたのかもしれない。

「虎を檻に戻すと、私は別の恐怖に見舞われました。ここであったことを警察に報せると、自分の不法行為が発覚してしまう。ただでさえ経営が苦しい時に、厄介事に巻き込まれるわけにはいかない。そもそも、こんなことになったのは綿鍋さん自身に重大な落ち度があったからに違いない、と考えて……。どうかしていたんです。彼の首を切って、虎とともに持ち去ることにしました。傷は首から上にしかついていなかったので、そうすれば何があったのかは判らなくなる、と判断したわけです。虎を飼っていた諸々の痕跡は激しい雨が流してくれそうでしたし。傘？　ああ、それも私が持っていきました。虎の爪痕がついていたからです。もう一つ加えると、コートもです。虎は綿鍋さんの背後から飛びかかったらしく、コートにその痕跡が生々しく遺っていました」

　開いていたフランス窓から邸内に入り、鋸を見つけて首の切断に用いた。そして、施錠を解いて玄関から外に出た。すべてが完了し、小型トラックで立ち去ったのは真夜中を過ぎた頃だったと言う。

「とんでもないことをいたしました。申し訳ありません。すみません」

＊

調書の整理に精を出す吉田の後ろで、藤本が大きな欠伸をした。事件が解決した安堵と、のどかな早春の空気のせいだろう。吉田は手を止める。

「悲惨な事件でしたが、早期に解決できたのが被害者にとってせめてもの供養になりましたかね」

藤本は窓から街路を見下ろしながら、煙草をふかしている。

「被害者といっても、あれは自業自得と言うべきやろうな。タイガースの応援が高じて虎に噛み殺されるやなんて。おかげで永遠にタイガースの優勝が見られんようになってしまいよった」くわえ煙草のまま振り向き、「それにしても、お前、車三郎が捜査線上に浮かぶより早くに、よう真相の見当がつけられたな」

「たまたまですよ」

書斎で目に触れた〈高丘法親王〉の文字。それが真相を暗示していた。高丘法親王は玄奘三蔵に倣って天竺を目指すのだが、羅越国で虎と遭遇する。そして、「早まるな」と一喝したのも虚しく、食べられてしまった……らしいのだ。そんなことを思い出しているところへ、笠松の話が耳に流れてきた。インドでは、虎を保護しながら人食い虎への対策に追われている、と。

「後ろ向きに歩く仮面の男というのも、笠松さんの話を聞いた後だったので、謎ではありませんでした。虎は背後から人間を襲うので、インドでは頭の後ろに仮面をつけて歩くことが奨励されている、という話。綿鍋さんも、どこかでそんな知識を仕入れていたんでしょう」

トラッキーの面をかぶった男は、綿鍋だった。後ろ向きに歩いていたのではなく、面が頭の後ろについていただけなのだ。

「笠松さんに言った〈すごいこと〉とは、本物の虎を飼うことだったわけです。彼に自慢するだけで、記事にされたら困ったはずですけれどね」

「こんなことを言うのは何やが」藤本は言いにくそうに、「タイガースファンにとっては縁起のようない事件やったな。大河が虎に殺されるやなんて、自滅するみたいやないか」

「大丈夫ですよ。むしろ、ものは考えようです」吉田は先輩を慰める。「被害者の本名を思い出してください。虎がキョジンから首位(クビ)を獲(と)ったんですよ」

藤本は、ふっと笑って晴れた空を見た。

「待ち遠しいな、開幕が」

Cの妄想

この作品は新聞の一ページに掲載された（作者註）。

その朝、Aメンタルクリニック精神科の扉を最初に開いた患者は、Cという男だった。三日前から予約を入れていたが、紹介状は携えていない。通勤の途上に看板を見つけ、カウンセリングを受ける決意をしたらしい。二十八歳にしては頬がたるんで若さを感じさせないのは、心の悩みのなせる業（わざ）か。今日は会社を休んで受診に訪れたというのに、スーツに身を包んでいた。生真面目で実直、というのが第一印象だ。

「どうなさいましたか？」

医師は、相手の緊張を和らげるべく穏やかに問診に入った。Cは硬い表情を崩さず、軽く握った拳（こぶし）を両膝（りょうひざ）にきちんと揃え置き、背筋を伸ばして、第一声を発する。

「よく眠れないんです。いつも不安が頭にあって、仕事も手につきません」

Cは食品メーカーの経理課に勤めており、独身の独り暮らしだった。友人は少なく、相談できる相手が身近にいないと言う。

「それはいつ頃からですか？」

医師は心持ち体を乗り出した。親身になって聞きますよ、という一種の演技だ。

「ひと月ほど前……。いや、違う。一週間ぐらい前か。あれ、どうだったんだろう？たった今、思いついて口にしたみたいな気がする」

かなり混乱している。それが自分でも苦痛らしく、わずかに顔が歪んだ。

「何に対して不安を覚えるんでしょう？　感じるままをお話しください」

診察室には、モーツァルトの弦楽四重奏が羽根で刷くように軽く流れていた。サロンの雰囲気を醸すためだ。部屋の片隅と出窓には観葉植物が飾られ、広い窓からはたっぷりと陽光が注いでいる。

「それが、おかしな感覚なんです。ここまできておきながら、話すのがためらわれるような変な不安で……」

急かすことなく、医師は待つ。

「妙な奴だと思わずに聞いてください。その前に――先生は、いつから存在しているんですか？」

予期せぬ質問だった。

「当年とって四十六歳ですから、四十六年前からですね。一九五七年の六月七日からこの世にはばかっています」

「しかし、自分が生まれた時のことを覚えている人間はいません。そのお誕生日は、誰かに聞いた日付にすぎませんよね」

「ええ、両親の言を信じているだけですね。でも、五歳ぐらいからは鮮明な記憶がありますから、四十数歳なのは確かです」

Cは、子供のように親指の爪を噛んだ。期待していた答えが得られず、もどかしがっているかのようだ。

「先生は、その実感がゆらぐことはありませんか？」

質問ばかりする患者だ。おまけにその意図がよく判らない。

「記憶が連続していますから、自分が四十六歳のオヤジであることを疑いはしませんね。鏡を見ても歳相応です。このところめっきり白髪が増えました」

「ああ、本当ですね。先生は白髪頭だったんだ」

一目瞭然のことに、今、気がついたような口吻である。奇異な反応が続く。

「私にだって連続した記憶はあります。三歳の頃に近所の女の子とママゴトをして遊んだことも、幼稚園の昼寝の時間に騒いで叱られたことも、平々凡々に過ごした学生時代のことも、伯父の紹介で就職したことも、昨日の夜に食べた野菜炒めのことも覚えています。なのに、つい疑ってしまうんです。それは正しいのか、と。まがいものの記憶をどこかで植えつけられた気がして、何もかもが信じられなくなる。確信が持てるのは、この診察室に入ってきた後のことだけです」

「と言いますと、その前の記憶は――」

「でっち上げです。Cという男は、この部屋に一歩足を踏み入れた瞬間に誕生したのかもしれません」

特異な妄想に、医師は興味を惹かれた。

たと？」

「ははぁ。すると、これまでのあなたの人生は、記憶にあるのとはまったく別のものだっ
　患者はかぶりを振ってから、しばし虚空を見つめる。適当な言葉を探しているのだ。

「キリスト教徒の中に、ファンダメンタリストという人たちがいるそうですね」

　話が飛躍したが、医師は鷹揚に頷く。

「ええ、聞いたことがあります。聖書に書かれたことを字義どおりに解釈する根本主義者のことでしょう。キリストが処女マリアから生まれたとか、様々な奇跡を起こしたとか、復活したというのも事実だと認める。アダムとイヴの楽園追放やノアの洪水も本当にあったことで、神が六日間で天地創造をしたと信じていますから、学校で進化論を教えることに反対したりもする」

「共感できる部分があります」

　彼はファンダメンタリストなのか、と医師は意外に思ったが、そうではなかった。

「聖書の記述によると世界はたかだか六千年ほど前にできたことになるのに、地中からは何億年も前に滅んだ生物の化石が出土する。その矛盾を突かれると、ファンダメンタリストは『それは、神が天地創造の際にわざと埋めたものだ』と反論するそうです」

「なるほど、そうきますか。そう言われては科学者もお手上げですね」

　反証が不可能な説は、科学の領域からはずれる。

「それに似たことが、私たちの身に起きていないともかぎらないでしょう？　この私、C

は、つい五分ほど前に二十八年分の記憶とともにこの世に出現したのかもしれません。そして、先生も」

「四十六年分の記憶とともに、ですか？　私にはそんな実感はありませんがねぇ」

患者は不意に立ち上がった。胸ぐらを摑んで抗議されるのか、席を蹴って帰るのかと思ったが、いずれでもなく、きょろきょろと四方に視線を飛ばしながら部屋を歩き回る。医師は、黙って様子をみた。

「理由もなく不安なんです。誰かに見られている、読まれているような心地がして、気が休まる暇がありません」

被害妄想だ。医師は、その具体的な症状を訊き出しにかかる。

「見られている、というのは不特定の人間に監視されているような感覚ですか？」

患者は明るい窓を背にして足を止めた。

「はい。どこの誰だか見当がつきませんが、非常に大勢の見知らぬ人物です。私の一挙手一投足をじっと見つめて、口にすることすべてに耳をそばだてています。先生だって、一緒に読まれているんですよ」

「読まれている。……心の中も読まれている、と？」

その表現がひっかかる。

「ああ、もう、率直に話します。私は、自分が小説の登場人物か何かで、誰かに読まれているように思えてならないんです。こうしている今も、私全体を読み手がなめ回しているようで落ち着かない」

　単に誰かの視線を感じる、という妄想を通り越しているようだ。患者は動揺し、息を荒らげていた。着席するよう勧めたが、窓際から離れようとしない。

「不思議に思いませんか？　ヒトは、黙っている時も頭の中が言葉で充填されている。精緻な思考だけでなく、雑念や妄念にも言葉を用いますよね。考えてみれば、実に無駄なことです。そんなことをして何の効用があるかというと、一つだけ思い当たる。存在を言葉に縛られることによって、内面を含むヒトの存在のすべてを読まれる可能性が生じるんです。小説の形をとって」

　そりゃ逆だよ、と医師は胸の内で反論する。小説家が内語を創作に利用しているだけで、小説のためにヒトは内語を発するわけではない。

「絶え間なく私は読まれている。読まれるためだけに存在する実体のない影法師なんだ。耳を澄ませば、天上におわします作者がカタカタとキーボードを打つ音が聞こえてきそうです。ほら、微かにインクの匂いがしませんか？　私たちは、紙の上にへばりついた活字にすぎないのでしょう。目に映る何もかもに厚みがない。描写にすぎないからだ。そして作者は、恣意的にすべての始まりと終わりを決める。こうしてしゃべっているうちにも、終わりが迫っている気配がします。作者の手が止まったところで、私も、先生も、この世界もたちまち消滅するんだ。ああ、もう残された余白はいくらもない」

　自分は世界の秘密を知ってしまった、と訴えているのだ。この世界は小説である、とは珍しい妄想だ。医師は猫撫で声でなだめにかかったが、Cの興奮は鎮まらなかった。
「あなたは鈍感な人ですね、先生。失望しました。相談するに値しないので、もう結構です。もしかすると、私がこの部屋を出るなり、あなたも、世界も消えてなくなるかもしれませんよ。その時、真実に気づいてください。私たちは、無から生まれて無に消えるんです」

制止する間も医師に与えず、Cは風のように去っていった。靴音が遠ざかる。

医師は溜め息をついた。今日は朝一番からつまずいたな、と。Cの妄想は奇態であったが、人はみな無から生まれて無に消える。作者を神に置き換えれば、運命論者のレトリックとして成立しないでもない。

世界は小説である、と信じようと試みた。なるほど、しばらく努力すると遠近感が失せ、世界が紙のように薄っぺらく感じられてくる。作者という超越的な存在や、読者という絶対的な外部も想像不可能ではない。驚いたことに、インクの匂いまで感じた。

だが、この世が小説であるはずがないのは明らかだ。Cが語ったとおり、彼が入室した瞬間に小説が始まったのなら、ここまでに幾度かページをまたいだはずではないか。それだけの分量の文章であったはずなのに、世界は一つの区切りもなく滑らかに存在していた。その事実をもって、この世界が小説でないことは論理的に証明されるはずだ。

「しかし、もしかすると……」

医師は唐突に、終わりの気配を感じた。

迷宮書房

二人の紳士が、すっかりハイキングのかたちをして、ぴかぴかする水筒を肩に掛け、だいぶ山奥の、木の葉のかさかさしたとこを、こんなことを言いながら歩いていた。

「ぜんたい、この山はけしからんね。鳥も獣も一匹もいやがらん。空気だけはきれいだが、見るものがない」

「鉄砲をかついで狩りにきたわけでもなし、そうぼやくことはないだろう」

それはだいぶの山奥だった。土地の者に案内を頼んでも、いやそうな顔で断られるぐらい。

「ぼくはもう戻ろうと思う」

「さあ、ぼくもちょうど寒くなったし、退屈してきたし戻ろうと思う」

「そいじゃ、これで切り上げよう。宿へ帰って、読みかけのジェイムズ・ジョイスでも楽しむとして」

風がどうと吹いてきて、草がざわざわ、木の葉はかさかさ、木はごとんごとんと鳴った。風で木がごとんごとんと鳴るとはどういうことか、いま一つわからないが。

きた道をもどろうとしたとき、一人が足を止めた。

「待ちたまえ。あそこに、ほら」

木立のあいだに、看板が見えていた。ただひと文字、本とある。

「さすがは本の虫だ。めざとい」

「どこを歩いていても、本という文字だけは目に飛びこんでくるさ。それにしても、こんなところに本屋があるとはね」

「行ってみようか。どんな店なのか興味がある」

すすきの原をかきわけて進み、木立を抜けて、店の前に出た。レストランのような西洋造りの家だ。

こんな札が掲げてあった。古びた看板で、ところどころ文字が欠けたり、かたむいたりしている。
「これでなかなか開けているんだね。どうして、なかなか立派な書店だぞ。メイズ……迷

路とはしゃれた名前だ」

「しかし、こんなへんぴな場所で本屋なんかして、商売になるものかな」

「はっきりブックショップと書いてあるじゃないか。さあ、はいろう。ぼくは本屋を前にして、素通りするなんてできないからね。ましてこんな山の中で見つけた店だ。どういう品揃えをしているのか見てみたい」

玄関はガラスの開き戸になっており、金文字でこんなことが書いてあった。

「どなたもどうかおはいりください。決してご遠慮はありません」

戸を押して中へ入ると、すぐ廊下になっていた。ガラス戸の裏側には、こんな文字があった。

「ことに物語を愛する方や、容姿端麗で冒険心旺盛(おうせい)で語彙(ごい)豊かで博識な方は、大歓迎します」

二人は手を取り合って喜んだ。

「君、うぬぼれるわけではないが、ぼくらは大歓迎にあたっている」

「ああ、すべてを兼ねているから」

「それにしても、いきなり廊下という本屋は変わっているね」

「この奥におちついた雰囲気の店があるんだ。書斎のような店が。すてきだぞ」

二人が廊下を進んでいくと、水色のペンキをぬった扉にぶつかった。おかしな造りだが、寒冷地ならではの設計かもしれない。

扉に黄色い文字でこう書いてあった。

「当店はお客さまのご要望におこたえする書店です。どんな物語でもご用意いたします」

「これはたいした自信だ。そんなにたくさんの在庫を持っているんだろうか」

「どうせ、たかがしれているだろう。店主の心意気はかってあげたいところだが」

「ますます楽しみだねえ。はやくご自慢の本棚をおがみたいものだ」

そんな二人をからかうように、先に行くとまた別の扉があった。わきには小さなテーブルがあり、筆記用具がおいてある。壁には、こんな貼り紙がしてあった。

「どんな物語がご希望か用紙に書き、壁のスリットに入れてください」

「どんなものが読みたいか、店員に口で伝えた方がてっとり早いのに。わざわざ注文を紙に書かせるとは、うるさいことだ」

「なんでもいいから早く書きたまえよ。じらされているうちに、むしょうに本が見たくなってきた。はでな活劇ものがいい」

「よし、映画で見たことがないような場面があって、魅力的な美女が登場する冒険小説にしよう」

貼り紙の横に、郵便受けのようなスリットがあった。そこに用紙を投じて、また廊下を歩きだしたのだが、また扉に行く手をはばまれてしまった。

「お客さまがた、ここで髪をきちんとして、それからはきものの泥を落としてください」

二人は妙な気がしだした。これと同じような店を知っている気がする。なのに、それがどこだか思い出せなかった。

とにかく指示どおりにして、扉をあける。と、そこは見たこともないほど広大な空間だった。見わたすかぎり、何千、何万という本棚が整然とならび、その列はどこまで続いているかもさだかでない。

「なんだ、これは。迷路というより、迷宮だ」

「ありえない。めまいがする」

二人は立ちつくした。


山奥に本屋があるというだけでも怪しいのに、中に入ってみたら、はてしもなく広い。外観と中身がこんなにふつりあいな建物がどうして存在しているのか理解できなかったが、それは現に目の前にある。

二人は、本棚の谷間をふらふらとさまよった。ずらりとならんだ背表紙をながめながら。おどろくべき蔵書だ。これまで出版された、ありとあらゆる本がそろっているかのようだ。

「すごい。こんな本屋があろうとは。夢を見ているのかしら」

「ためしてみよう」

二人は、たがいのほっぺたを手かげんせずにつねった。痛さに悲鳴をあげる。

「夢ではなさそうだ。しかし……」

とまどっていたら、うしろから呼びとめられた。男の、太い声だ。

「あなたたち、だれの許しを得て入ってきたんだ」

黒いスーツ、黒いネクタイに黒いサングラス。黒ずくめ、影のような男だった。

「おかしなことを言いますね。ここは本屋さんでしょう」

「『どなたもどうかおはいりください』と書いてありましたよ」

相手は、鼻で笑った。

「ふん、うそをつけ。そんなことは、どこにも書いていない。あんたたちは、かってに入りこんだ招かれざる客だ」

「しっけいな。わたしたちは、本を買いにきたお客です」

「おまえたちは、見てはならないものを見た。ここにきてはいけなかったんだ」

あなたたち、あんたたち、おまえたち、と呼び方が変わっていった。黒い男は、内ポケットからなにかを取りだす。ずしりと重そうな拳銃（けんじゅう）だった。

「な、なにをする」

「やめろ」

二人は、あわてて横に飛びのいた。ちょうど本棚の四つ辻（つじ）にいたので、身をかくすことができたが、逃げなくてはすぐに追いつかれる。どこまでも続く本棚の谷間を、走りに走った。

「逃げても無駄だぞ」

男の声が、つぶてのように背中にぶつかる。声だけではなく、拳銃の弾も。ヒュン、ヒュンと、耳のすぐそばで空気がするどい音をたてる。

「いったい、どうなっているんだ」

「さっぱりわからない。うわぁ」

髪の毛を銃弾がかすめた。本物の拳銃を、本気で射っているのだ。

二人は本棚の四つ辻にくるごとに、右に、左に、でたらめに曲がった。

「あっちへ回れ。二人いるぞ」

男のどなり声にこたえて、四方からいくつもの靴音が聞こえてきた。なかまが大勢いるらしい。

アルゼンチン文学の棚の角を曲がったところで、三十メートルほどむこうにいた追っ手と目があった。さっきの男と同じように、黒ずくめのかっこうをしている。

「そこにいたか。動くな」

そう言われて、すなおに従えるはずがない。二人は、くるりと方向転換した。

「本屋で、悪漢に、追われる、なんて、映画でも、見たことが、ない」

「小説でも、読んだこと、ない」

走りながら、二人はきれぎれに話した。

「この店に、よく似た、ふしぎな店を、知っているような、気がする」

二人は、同時に思い出した。宮沢賢治の『注文の多い料理店』だ。

「あのお話の、お客たちは、料理に、されて、食べられ、そうに、なった」

「ぼくらは、どう、なるんだ」

「物語を、読むのじゃ、なくて、もしかしたら、その、反対に」

「登場人物に、なって、読まれて、しまう、のか。もう、読まれて、いるの、かも」

「あの、話の、二人は、どう、やって、生還したか、おぼえて、るか」

「たしか……」

いったんはいなくなった案内の猟師が、犬をつれてもどってくる。それで山猫たちが逃げてしまうのだが、二人は案内人をやとっていないから、助けはこない。

「山猫の、店、だったんだ、な」

「そう。メイズでは、なくて……」

おそらく、YAMANEKOという文字の前と後ろが欠け、さらにNが九〇度かたむいて、MAZEになっていたのだ。いまごろ気がついても、もうおそい。

角を曲がると、さいしょに出会った男が見えた。拳銃をマシンガンに持ちかえている。それを腰だめにかまえたので、きた方に引き返した。

バリバリバリバリバリバリバリッと乱射する音。バキバキバキバキバキバキッと木製の本棚がくだけ散る音。おそろしくて、生きた心地がしなかった。

「ぼくらが、冒険小説の、主人公なら、かならず、助かる、はずだ」

「二人とも、無事ですむ、という、保証は、ないけれど、ね」

「こわいことを、言うなよ」

「でも、いったい、どうやって、この、絶体絶命の、ピンチを……」

やられるのも時間の問題だ、と半泣きになったとき、壁ぎわの本棚の一角が、扉のようにゆっくり開いた。そこから、まず、すらりとのびた長い脚が、つぎに赤いドレスを着た美女が現われ、二人を手まねきする。

「こっちよ、はやく」

ああ、やはり。これは、外からながめれば不条理な、それでいて手に汗にぎる冒険活劇。内から見れば、さめない悪夢なのだ。

助けがこないのなら、逃げるしかない。

二人は覚悟をきめ、美女のもとへと駈けた。

怪物画趣味

どうにも落ち着かない。壁に飾られたものが視野に入り、気になるのだ。四方の壁が額縁だらけなので、どちらを向いても逃れられない。

「以前にお邪魔した時から思っていたんですが、変わった絵ばかりですね」

俺は、あえて話題にしてみた。古河貴寿は、半ば白くなった口髭を撫で、人を小馬鹿にしたような含み笑いを洩らす。

「よくこんな悪趣味な絵に囲まれて平気でいられるものだな、とお思いなのではありませんか？　蓼食う虫も好き好き、というやつですよ。私にとっては命の次に大切なコレクションです」

慇懃な話しぶりだった。紳士的と評して、差し支えはない。そして、裕福であることの余裕を感じる。ソファの肘掛けに置いた両手の中指には、凝ったデザインの指輪が嵌まっていた。値の張るものなのだろう。五十男のアクセサリーとしては気障だが、似合っているのでまったく嫌みがない。

指輪に目を引かれた後、俺はその両手のサイズに注目してみた。林檎を楽々と鷲摑みにできそうな掌をしている。これまでの捜査の過程で、これほど大きな手をした人間とは対面していなかった。

「どれも同じ作者のものですか？」

「ええ。犬伏犬人（いぬぶせけんと）という画家です。こういう字を書くのですよ」

テーブルの上のメモ用紙に、さらさらと書いてみせた。ふざけすぎだ。犬人なんてわが子につける親がいるとも思えない。もちろん本名ではないそうだが——画家も筆名というのか？——これで洒落（しゃれ）ているつもりならば、刑事には理解できないセンスだ。

「有名な絵描きさんですか？」

自慢ではないが、俺の美術に関する知識は小学生並みだ。

「かなり。海外でも評価され始めていますよ。誇らしいことに、私の数年来の友人でもあります」

こんな画風ならば当然だと思うのだが、犬伏は永らく無名の画家だったようだ。それがある時、いくつかの自作を携えて銀座の有名画廊にふらりと現われ、個展を開いてもらったことがきっかけとなって、注目を浴びる。ユニークだ、いや陳腐だ、と当初は毀誉褒貶（きよほうへん）が激しかったそうだが、結果として彼の作品は好事家に高値で売れたし、海外の展覧会に出品しても人気を博した。現在では、カルトな幻想画家という地位が固まっているそうだ。犬伏については、経歴はおろか本名までが不明なのだが、それは自身を神秘的な存在に演出しているのだろう。奇人、変人で通っているらしいが、したたかな計算があるのかもしれない。

「友人というと、犬伏さんはこのY市の出身だったんですか？」

「そうではありません。彼は経歴不詳の謎の男ですし、現在はT市在住ですからね。私が友人面をするのは、彼がデビューして間もない頃、ファン第一号になり、作品を買ってサポートしていたからです。今でも時々こちらに遊びにきますよ。私が秘蔵のロマネ・コンティなどを出すと、お返しに鉛筆で怪物を素描してくれたりする。ささっと、それはもう鮮やかな筆遣いで。そこのチェストの上に、そうやって描いてくれた小品を並べてあります。あれだけでもちょっとした怪物画コレクションですよ」

「怪物画、ですか」

そういうジャンルがあるわけではなく、古河が勝手にそう呼んでいるらしい。モンスターを描いていた絵だから、怪物画というのは判りやすいネーミングだ。

古河の右斜め後ろに見えているのは、新宿らしき繁華街をうろつく毛むくじゃらの怪物の絵だ。邪悪で醜い左右非対称の顔、地面まで届きそうな腕の先には、鋭い鉤爪のある手。耳まで裂けた口には肘からもげた人間の右腕をくわえ、胸まで血に染めて、爛々と輝く双眸をまっすぐこちらに向けている。小さな子供が見たら、怖くて泣きだしかねないほどの迫力があった。情景が無惨なだけではなく、絵全体に怪物の狂暴さが塗り込められているのだ。傍らを歩く人間たちは危険な存在に気づいていない様子で、それがさらなる犠牲者の発生を暗示していた。

俺のすぐ左の壁には、毒々しい深紅の翼を広げた怪物がいる。剝き出しの乳房あたりまで黒髪を垂らし、妖艶な白い肢体をくねらせてこちらを振り向いているのだが、その目は巨大な複眼で、口があるべき位置からは蟬の口吻のような管が突き出していた。その両足の下には、何人分とも知れぬバラバラ死体が。

さらにドアの脇に掛かっているのは……。よそう。わざわざ言葉に置き換えて確かめるほどのものは描かれていない。

「こういった化け物たちは、何かを象徴しているんですか?」

俺が訊き終わらないうちに、古河はかぶりを振っていた。

「いいえ。——象徴ですか。刑事さんは難しいことをおっしゃいますね。私は、そんなことは考えもしない。これらの作品は現代人の漠然とした不安や強迫観念の可視化を試みたものだ、といった解読を、きっと画家は拒むでしょう。シンボルだのアレゴリーだのとは無縁だ。彼には怪物が視えて、描きたいという欲望を持った。だから描いた。それだけなのですよ」

「そうですか。私はまた、物騒になっていく社会を諷刺しているのかと思いました」

「治安を預かり、市民生活の安全のために尽力している刑事さんならではの見方かもしれません。ご苦労さまです。——ところで、物騒になっていく社会という言葉が出たところで、話を戻しましょうか」

古河の方から軌道修正してくれたのは、ありがたい。用意してきた質問にはすべて答えをもらったが、少しも納得していなかったので、表現を変えて再度尋ねることにする。

「あの日、大石さんがこちらの家を出たのは、午後九時四十分。『タクシーを呼ぼうか？』と言ったら、『駅まで歩きます』と答えたので、家の前で見送って別れた。そうでしたね？　その時、彼女のあとを追う人影などはありませんでしたか？」

「ありません。そんな不審者がいたのなら、とうにお話ししていますよ。刑事さん、もっと他に質問はないんですか？」

無能を哀れむように問い返された。どこまでも冷静な口調で。


あの日——すなわち二十日前の夜、古河と親密だった大学院生の他殺死体が、この屋敷から一キロほど南西の川原で発見された。大石萌子(もえこ)、二十四歳。銀座の画廊でアルバイトをしていたために、そこに顧客として出入りしていた古河と知り合い、年齢の離れた友人として交際していたという。もちろん、その言をまるまる信用するわけにはいかない。萌子が月に二、三度のペースで町はずれのここ古河邸に出入りしていたことは、好奇心旺盛(おうせい)な近隣の人間が証言している。確たる根拠はないが、愛人関係にあったと推測することもできた。そして、愛憎のもつれが猟奇的な殺人事件に発展したとも。

大石萌子の死に様は無惨だった。犯人は、彼女の顔面を殴打し、抵抗する力を削(そ)いでから扼殺(やくさつ)しただけでは飽き足らず、喉(のど)の肉を喰(く)いちぎり、両の眼を抉(えぐ)っていた。眼球は見つかっていない。所持していた金品は手つかずだったため、行きずりの変質者による猟奇的な殺人に思えた。市民は震撼(しんかん)したが——それは恐怖の始まりにすぎなかった。

一週間後、隣町で第二の犠牲者が見つかる。夜遊び帰りの二十六歳のＯＬが、駅から自宅に向かう途中で襲われ、同じように殺された。遺体は翌朝になって公園の植え込みで発見された。犯人は、路上で被害者を昏倒させてから人気のない公園に引きずり込んだらしい。殺害の手口、死体損壊の状況は大石萌子殺しと酷似していた。

さらに翌週、犯人は二十六歳の女を生け贄に選んだ。彼女は勤めていたコンビニを出て五十メートルほど歩いたあたりで悪魔のような犯人と遭遇し、ビルとビルの間の路地で、十グラムばかりの喉の肉、眼球、そして生命を奪われた。この事件を契機に、誰が名付けたわけでもないのに犯人は〈Y市の怪物〉と呼ばれだした。三つの事件が同一犯によるものであるとの見方を、警察は公式に発表した。

記者発表に先立ち、本部長から「寸刻も早く犯人の逮捕を」と厳命が下った。「全国民が注視している。文字どおり一分でも早く解決せよ」と。尻を叩かれるまでもなく、俺たち捜査員は奮い立っていた。これほど燃える事件はない。しかし、目下のところ状況は芳しくなかった。

捜査本部が設置されて以来、総員が休みなしで犯人の痕跡を追っているのだが、いまだに有力な手掛かりは摑めないままだ。犯行がきっかり六日の間隔で続いているため、このままでは明日にも新たな血染めの死体が転がるのでは、とも懸念されており、本部長の発破は悲壮な調子を帯びだしていた。三人の被害者にまったく接点がなかったことから、通り魔殺人との見方が完全に固まり、市内のみならず県下の変質者や麻薬中毒者を徹底的に洗え、というお達しが出ているのだが……。

ひっかかる。理由は説明しにくいが、俺には自分でも無気味なぐらい勘が冴えわたることがあり、これまでそのおかげで本部長賞を六回もらっていた。人望のない悲しさで、まぐれ連発のラッキーな野郎と一部でやっかまれてもいるようだが、とにかくピンとくるのだから仕方がない。刑事でいる間は、せいぜい特殊能力を利用しようと決めていた。

そんな俺の勘が告げる。こいつはただの通り魔殺人ではなさそうだ。人間離れした残酷さはまさに怪物の犯行を思わせるが、〈Y市の怪物〉の異名に、どこか不自然なものを感じた。世間は、怪物という言葉をえてして好意的な称賛の比喩に遣うものだ。超人的な活躍をするスポーツ選手なり圧倒的な成功を収めている事業家などが、しばしば怪物という尊称とともに崇められる。海外の例はいざ知らず、この国で逮捕前の姿なき犯罪者が怪物と呼ばれるのは稀だ。なのに何故、この事件の犯人は〈Y市の怪物〉と呼ばれるのか？

俺は、そんな疑問を一度だけ口にしてみた。「忙しい時にくだらんことを」と詰られるかと思いきや、捜査の指揮を執る橘警部はこちらが驚くほど真剣に耳を傾けてくれた。そして、「何か考えがあるのなら話せ」と言うので、思っていたことを吐き出した。

非論理的なのを承知で、あえて違和感に説明をつけるなら、こういうことだ。人々は無意識のうちに、この連続猟奇殺人の背後に〈怪物的なもの〉が伏在しているのを察知しているのではないか。容疑者も挙がらず、まだ犯人像すら見当をつけかねているが、そいつが逮捕された暁には、ただそいつが凶悪であったという以外に、「ああ、やはり怪物という名こそがふさわしい」という何らかの要素を持ち合わせていることが明らかになるのではないか。ほとんど超心理学的な言説であることは、自認している。

さらに警部は「心当たりはあるのか？」と尋ねてきた。あるとも。

怪物画を蒐集し、壁一面に飾って愛でている古河貴寿。彼が犯人だったならば、人々の無意識に怪物という言葉が浮かんだことも納得できる。怪物画に執着するあまり、彼の精神は怪物的なるものに侵食されて、ついには本当に人間の血を欲するまでに至った、とは考えられないか？　そして、その事実に人々の無意識が感応しているということは？

そこまで我慢して聞いてから、警部はきっぱりと否定した。市内に多くのマンションや駐車場を所有する資産家の古河貴寿は浮き世離れした変わり者らしいが、ごく普通の社会生活を営んでおり、過去におかしな事件を起こしたという記録もない。それどころか、教養豊かで穏やかな紳士という評判もある。風変わりな絵画を蒐集するというのも少し珍しい道楽という程度で、そもそもY市で五十六年間も平穏に暮らしてきた彼が、二十日前から突如として猟奇殺人鬼と化す理由もなく、疑う根拠があまりにも乏しい、というわけだ。そんなことは言われずとも承知している。もともと勘のお告げなのだから。

犯人が怪物と称されるのは、第三の事件現場の不可解な状況のせいだ、というのが警部の見解だった。そこは監視カメラが設置された商店街の一角で、勤務明けの被害者が一人で家路に向かう姿がはっきりと記録されていたにもかかわらず、犯人はどこにも映っていなかった。まるで天から降ったか、地から湧いたか、あるいは透明であったとしか思えない。怪物というニックネームはそこから生まれたのだ、と警部に断じられては、ひとまず黙るしかなかった。ちなみに姿なき路上の殺人鬼について、どこやらの軽薄な推理作家がテレビで「これは密室殺人だ」などとはしゃいでいた。苦々しいことだが、その謎もまだ解けていない。

黙るしかなかった俺だが、肚の中では警部の見解に異を唱えていた。監視カメラに何故か映っていなかったぐらいで、人々は犯人を「怪物」と呼ぶものだろうか？　しっくりこない。俺の直感は、超心理学的な現象を支持していたが、警部を説得するのはどだい無理であった。

時に怖いほど冴える第六感が、ぴたりと怪物画趣味の男を指している。俺は、かなり乱暴な仮説を組み立てていた。つまり、こういうことだ。古河貴寿と大石萌子の間で何かトラブルが生じて、男が女を殺害してしまった。遺体が常軌を逸した有り様だったのは、犯行時の古河の精神が正常ではなかったことを示している。それどころか萌子殺しで快楽殺人の味を覚え、見ず知らずの若い女を相次いで殺すに至った、ということはないか？

より合理的で、より異常な仮説も想定できる。愛憎のもつれから萌子を殺してしまった古河は、このままでは交際相手だった自分に嫌疑が掛かるのは避けられない、何とかならぬか、と思案した末に、萌子殺しを連続通り魔殺人の中に埋没させるべく、見知らぬ女を同じ形で続けざまに殺したのかもしれない。おぞましいことだが、もしもその真相がそのとおりだったら、俺が先頭に立って古河を「怪物」と面罵してやりたいものだ。

第一の被害者の身近にいた古河は、捜査の対象に入っている。さらに彼を洗いたい、と警部に訴えたところ、「さっさとシロだと証明してこい」という形で認められた。相方をつけず、単独で動くように命じられたのは、望むところだ。所轄の新米刑事に道案内してもらう必要などないし、よけいな干渉で勘が鈍らないよう、サシで古河と相対してみたかったからだ。

俺は、勇んで古河邸に乗り込んだのだが――。

揺さぶれば、どこかで尻尾を覗かせる。そう期待しながら再訪したのに、もどかしい結果に終わりかけている。大石萌子の事件に衝撃を受け、その死を深く悼んでいる、と言いながら、彼は終始いたって冷静だった。その点を当て擦っても、「友人以上のものではありませんでしたから」といなされる。第二、第三の事件のアリバイについて遠回しに尋ねた時は、「呆れました」とのけぞってから、さして残念がるでもなく「自宅に独りでした」とあっさり答えた。独身で独り暮らしの彼のアリバイがないことをもって、怪しむ材料にはできない。かくして、俺の疑念は温存されたままだった。

「どうやら刑事さんは、私を疑っておいでのようですね」古河は溜め息まじりに言う。

「こんな変態じみた絵を愛好しているところが胡乱ですか？　これはアートなんですけれどね」

そうなのだろう。誰にでも描ける、というものでないことだけは理解できる。しかし、芸術と呼べるほど高級なものに見えないのも事実で、悲しいかなB級ホラー映画の毒々しさからそう遠く隔たっているとも思えないのだ。審美眼が備わっていなくては味わえない感動があるのだろう。

「怪物を身近に置いていればこそ、私の精神は健康でいられるのですよ。常ならざるものと向き合うことには、明らかな利点があります。怪物を外在的に捉え、それが内面化することを防いでくれますからね。まさか、と思うのならば、学校を始めとするすべての公共施設に怪物画を飾って試してはどうでしょう。真摯な提案です。きっと人々は活力に満ちて幸せになり、犯罪の発生率は漸減していくことでしょう」

怪物画の勧めとは。市長ならぬ俺に熱弁をふるわれても聞き流すしかない。

「あなたにとって怪物とは、何なんですか？」

相手のペースに乗せられたのか、そんなことを尋ねてしまった。古河は指を複雑にからめ、したり顔で答える。

「絶対的な悪で、絶対的な破滅をもたらす存在です。画家たる犬伏は脳裏に飛来したヴィジョンを形あるものとしてキャンバスに油彩で描いていますが、本当のそれは実体を持たず、おそらく環境に応じて刻々と形態を変化させる現象のごときものなのでしょう。人間の心が乱れて隙を見せるや、怪物はすかさず邪悪な姿をとって現われる。油断は禁物です。だからこそ、怪物を心の戸口から締め出すために、それを自分の外側にあるものとして観察し続けることが有効なのです。怪物の持つ大切な役割が、少しはお判りいただけましたか？」

「悪を心から締め出すために観察することが必要なもの、ですか。難しいですね。怪物を滅ぼすことはできないわけですね？」

「人は、怪物とともに生きる定めのようです」

煙(けむ)に巻かれにきたのではない。材料もなく揺さぶっても無駄であった。俺は、自分の見通しの甘さを痛感しながら、出直すことにした。

「お訊きになりたいことがあれば、またいらしてください。ただし、アポイントメントもなしで突然に、というのは困りますよ」

古河は立ち上がって、玄関まで見送ろうとしてくれる。気のせいか得意げだ。お帰りはあちら、というふうに差し出した右手の大きさを、俺はあらためて目に焼きつけた。扼殺(やくさつ)死体の頸部(けいぶ)に遺(のこ)った犯人の手形は、平均的な男のものよりもひと回り大きかった。犯人は、ちょうど古河ぐらいの手をしているものと思われる。捜査本部に加わってからというもの、道ですれ違うあらゆる男たちの手が気になってならなかった。

玄関脇の飾り棚に、写真立てが置いてあった。怪物画を背にして、古河と小柄な男が並んで写っている。

「私の隣が犬伏犬人です。それは画廊で撮った写真ですね。私が愛(いと)しの怪物と出合った記念すべき場所。……大石君がアルバイトをしていた場所でもあります」

犬伏は、いかにも気弱そうな目をしていた。顔も体つきも貧相で、脳裏に浮かぶ怪物のヴィジョンとやらによく押し潰(つぶ)されないものだ。古河がカメラに向かってしっかりポーズをとっているのに対し、画家はあまりにも無防備で、わずかに開いた唇の間からは涎がこぼれ落ちそうだった。それも芸術家らしいとも言えるかもしれないが。

「ところで、今夜ですね」

そう言ってから、古河の喉がごくりと動くのが見えた。俺は「何がですか？」と、とぼける。

「またまた。刑事さんが意識していないはずがない。例の連続殺人鬼は七日ごとに犯行を繰り返しているではありませんか。前の事件から数えて、今日がちょうど一週間目。今夜、第四の事件が起きるのでは、と世間は顫えていますよ。私も胸騒ぎがしてなりません。これまで犯人が犠牲者を選んできた基準からすれば標的にはならないでしょうが、しっかりと戸締まりをして家にこもっていることにします」

「用心するに越したことはありません」

俺は、時間を割いてもらったことへの謝意を伝えて、邸宅をあとにした。

捜査本部に帰ると、橘警部が部屋で手招きをする。意外にも、古河貴寿との面談の結果を気にしていたようだ。警部は「ちょっとこい」と俺を廊下へ出し、一つ上のフロアに向かった。連れて行かれたのは署長室だ。面喰らう俺を、署長と見知らぬ男が待っていた。年の頃は四十過ぎで、警部とさして変わらない。冷酷そうな顔をしていて、全身からいやに尖った雰囲気を発散させていた。

「橘君はいいよ」

署長のひと声で、警部は一礼して退出する。逃げるような速さだった。

初対面の挨拶（あいさつ）も抜きで、見知らぬ男は言う。

「ご苦労。古河貴寿について興味があるようだが、君の観察したところを聞きたい。彼は、どこまで気づいているのか、ということだ」

「お尋ねになっていることの意味が判りません」

そう答えるしかなかった。相手は鼻を鳴らして、何かぶつぶつと呟（つぶや）く。「そもそも気づいとらんか」と聞こえた。

「気づく気づかないとは、何を指しているのでしょうか？」

名乗らず、所属や官職も明かさない男は、鋭い眼光で俺を見据えた。刑事部の捜査員とは異質の匂いが漂っており、ひょっとすると公安部の人間かもしれない。

「君から質問するのは控えたまえ。古河貴寿は怪物の絵を蒐集（しゅうしゅう）しているそうだが、画家の犬伏犬人を礼賛したかね？」

「熱心なファンであることは間違いなさそうです」

「頼りない返事だ」渋い顔をされた。「犬伏とは親密なのか？」

「時々、家に招くようです」

「最近、犬伏が古河の家を訪ねたのはいつだ？」

「聞いておりません」

「犬伏の訪問を受けることを、古河は自分から話したんだな、隠さずに？」

「はい」

男は、部屋の中をうろうろと歩きだす。どれほどの階級にあるのか知らないが、無礼な態度だ。署長は無言のままで、居心地悪そうにしていた。

「古河と面談した内容を話してくれ。細大洩らさず、彼が発言したとおりに再現するように」

求められるままに話した。途中、何度も些細なことを質されて辟易する。相手は満足したらしいが、報告が完了しても解放してはもらえなかった。

「君はたいそう鋭い直感に恵まれているそうじゃないか。立派な手柄をいくつも挙げている。しかし、今回の事件の裏を見抜くほど鋭敏ではないらしいな。素材はいいが、まだ磨き足りないわけだ」

褒められているのやら腐されているのやら判らない。

「よろしい。今夜、われわれと一緒に動いてもらおう。必ず拳銃を携帯したまえ」

俺が知らないところで捜査が進行していて、通り魔を確保する算段がついているというのか？　不興を買うだけなのは承知していたが、ついよけいなことを口走ってしまう。

「今夜、古河は自宅から出ないと言っておりましたが」

「それはさっき聞いた。一応、彼の身辺も見張るようにするが、君にはもっと興味深いものを見てもらう。狩りの支度は整ったのでね。場合によってはスカウトしてやるから、気をしっかりと持って腰を抜かすなよ」

男は赤壁と名乗り、素性を明かした。


犬伏犬人が死亡した三日後。

電話を入れてから古河貴寿を訪ねた。心酔し、知遇を得ていた芸術家の訃報に接したショックはよほど大きかったらしく、古河は悄然としていた。来意がはっきりしない刑事を快く迎えてくれたのは、俺になら犬伏の想い出話が語れると思ったからかもしれない。

「もう彼が描く素晴らしい怪物たちに会えないのかと思うと、残念でなりません。彼は、私たちに視えないものを私たちのかわりに視て、描いてくれたのです。偉大な天才だった。喪失感があまりにも大きくて、食事の味さえ判らない日々を過ごしています」

傷心の様子だ。俺は、悔やみの言葉を伝えた。

「しかし、石油をかぶって焼身自殺をするだなんて驚きました。何を考えているのか判らない茫洋とした人ではありましたけれど、あまりにも唐突です。何故、自ら死を選ばなくてはならなかったのか……」

しっかり眉に唾して、嘆く男を観察した。どうしても演技には見えない。

俺は迷った。明日か明後日になれば、犬伏犬人こそが連続通り魔殺人の犯人であったことが発表される。その予定を、ここで古河に教えてやるべきか否か。反応を見るためにあえてリークしても、赤壁は事後承諾してくれるだろう。――ニュースで知って驚愕する前に教えてやるか？

口を開きかけた時、古河の肩越しに毛むくじゃらの怪物が見えた。深刻な話を打ち明ける気力が萎えてしまった。三日前の夜、目のあたりにした光景が思い出されて、胸がむかつく。

──追い詰めたぞ。チャンスだ。

──撃て、撃て！

いくつもの銃声が夜の空気を引き裂く。

港湾倉庫の屋根づたいに逃げようとしていた「犯人」の背中に、数発が命中した。翼の付け根から粘り気のある体液が飛ぶ。「犯人」の体は独楽のように一回転してから倒れ、ごろごろと屋根を転げて、地面に叩きつけられた。俺からほんの五メートルほど離れたところだ。

──止めを刺せ！

──頭を撃て！

赤壁の怒声を横っ面に受けて、俺は発砲した。命じられたとおり、「犯人」の頭部に。額から突き出た触角がちぎれ、肉と骨の欠片が散った。「犯人」の手が痙攣しながら虚空を掻きむしる。林檎を楽々と包み込めそうなほど馬鹿でかい手……。

一分ほどで「犯人」は動かなくなった。検視官はひるむこともなく、慣れた様子で瞼をめくって瞳孔を調べる。完全に死亡していることが確認された。

俺の恐怖と驚きは、さらに続いた。見ているうちに、塩を振りかけられた蛞蝓のごとく「犯人」の死体が縮みだしたのだ。さらには額に残った触角がぽろりと抜け落ち、背中の翼も萎びて、怪物は人間の姿に戻っていった。犬伏犬人の名で呼ばれた画家の姿に。

立ち尽くす俺。その右肩に、赤壁が手を置いた。

——な。こんなふうに、世間に出せない解決もあるわけだ。翼を持っているんだから、密室殺人もへったくれもない。

怪物による犯罪を扱う部署があるとは、夢にも思わなかった。公安部外事三課。俺は、そこにスカウトされるらしい。海外の組織が関与しているわけでもないのに、人間界の外からの攻撃だから外事というわけだ。

——何がきっかけでこいつらが暴れだすのか、それは判っていない。ある日、スイッチが入るらしいな。事前に正体が摑めたなら、事を起こす前にマークできるんだが。

赤壁のもとに、本部長が歩み寄る。この事件をどのように処理するかについて、明日中に結論を出すことになるらしい。連続通り魔殺人を未解決にするわけにはいかないから、犯人である犬伏が捜査の手が迫っていることを察知して自殺した、というおおまかな筋書きは、すでに用意されていたのだ。

——事前に正体が摑めたなら、事を起こす前にマークできるんだが。

「実は、怪物画に興味が湧きかけていたんですよ」

俺が言うと、古河は喜んだ。

「理解者を得て、うれしいですね。しかし、もう犬伏犬人は……」

「ええ、残念なことです。でも、勝れた才能はまた現われますよ。古河さんの審美眼をもってすれば、きっと見つかります」

「だといいのですが」

俺は古河をマークすることにした。悪くない線だと思う。

彼は、怪物が描く絵に、怪物画に、敏感に反応できるらしいから。

ジージーとの日々

「麗ちゃん」

道路の向こうに麗亜がいた。ちょうどいい。借りていたeブックを返しにいくところだった。呼び掛けたが、声が小さくて聞こえなかったようだ。

「ねぇ、麗ちゃーん」

恥ずかしくて、これ以上は大きな声を出せなかった。麗亜は、ずんずん歩いていく。次の角を曲がってしまうかもしれない。

仕方がない。

彼は車道に踏み出した。「道路を渡る時は左右をよく見てからよ」といつも母親から言われていたが、そんな注意は頭から消えていた。

「危ナイヨ、こうチャン」

制止する声も耳に入らない。

「待ってよ、麗ちゃん。待って」

右からやってくる車がないことを確認して、駈け出した。

「止マリナサイ!」

一台の車が左からやってきた。市のコウドショリセイソウシャ（高度処理清掃車）だ。

鋭いクラクションの音があたりの空気を震わせる。

「あっ！」と叫んだ時、車はすぐ目の前まできていた。恐怖で足がすくんでしまい、体が動かない。死を覚悟した彼は、ほんの一瞬の間に、パパとママ、麗亜や保育園の彩音先生に別れを告げた。

――さよなら、さようなら。

そして、瞬きをするほどの短い間に、自分を止めようとしてくれた優しいジージーに繰り返し詫びる。

――ごめんね、ジージー。このまま死ぬかもしれない。ごめんなさい。ちゃんと止まりなさいって言ってくれたのに。ジージーは僕を守ろうとしてくれた。無茶をして、言うことを聞かなかったのが悪いんだ。ジージーが悪くなかったことをパパとママに言えなくて、ごめん。ジージーが叱られたら、どうしよう。ごめんね。

経験したことのないほどの激痛が襲ってくるだろう。怖い、と思った。

かたく目を閉じて、諦めに身を任せた途端に、体がふわりと宙に舞っていた。景色が反転する。アスファルトに叩きつけられ、右の肩と脇腹が熱くなった。

ガシャンという金属音。

大人たちの叫び。

麗亜の悲鳴も聞こえた。

彼は、おそるおそる首を持ち上げる。街角が斜めに傾いでいた。ハンドバッグを提げたおばさんとTシャツ姿のおにいさんが走ってくるのが見える。口をぱくぱくさせながら、麗亜も。

「コウちゃん、コウちゃん！」

天国の風景ではない。助かったらしい。

「おい、大丈夫か？」

おにいさんの顔が、目の前いっぱいに広がった。怪我をしていないか、心配して訊いてくれているのだ。

「うん。大……丈夫」

上体を起こしたら、少し先で青い清掃車が道路をふさぐようにして止まっていた。路面には湯気がたつような急ブレーキの痕。

車のドアが開き、作業服を着た運転手が降りてくる。あのおじさんに叱られるんだな、と思ったが、運転手は車の前に回って、タイヤのあたりを見た。地面に何か横たわっている。

「……ジージー？」

投げ出された白い脚に見覚えがあった。ジージーの脚だ。

「ジージー！」

痛みをものともせず立ち上がった彼は、おにいさんやおばさんの腕を掻いくぐって、ジージーの元へ走った。半泣きの麗亜の傍らも素通りする。

「駄目！　ジージー、壊れないで！」

　とっさに自分を突き飛ばしたのは、まぎれもなくジージーの大きな掌だった。ジージーが自分を犠牲にして助けてくれた。そして、撥ねられてしまった。

　作業服のおじさんの腰に抱きつきながら、彼は何度も尋ねた。

「故障しても直るよね？　ねぇ、これぐらい直るよね？」

　直るよ、と言って欲しかったのに、答えてもらえなかった。

　見たこともない角度にねじ曲がったジージーの首。その目が、彼に語っていた。——今度から気をつけるんですよ、コウちゃん。

「お願いだから壊れないで、もうしないから！」

　彼は号泣した。

＊　＊

　吉岡のプレゼンテーションがあまりに冗漫だったので、ぼけっとしていた。どうやらもうすぐ終わるらしい。表情を引き締めて、椅子に座り直した。

「——というわけで、やはりメイン会場にＤｉＧは外せません。人間を一番楽しませるのは、やはり人間です。今のうちに彼らのスケジュールを押さえておくべきだと考えます。

いかがでしょうか、江島チーフ？」

　そらきた。彼は、ＰＣシートのモニターを見たまま応える。

「熱弁に聞き惚れていたよ。いいんじゃないか。Ｄ・ｉＧのスラッシュダンスは呼び物になる。肉体の復権とかいって、ますます人気が盛り上がってるからな」

　吉岡の顔に笑みが広がった。辛口のコメントを予想していたのだろう。他の課員たちも、ようやく会議の出口が見えてきたことに安堵している様子だ。

「ロボット劇とＣライトショーって機械系が二本続くから、その後にＤ・ｉＧダンスショーという構成はバランスがいい。――みんなもＯＫ？　はい、拍手」

　会議室に拍手が響く。これしきのイベント企画をまとめるのに三日もかけてるようじゃいけないな、と思いつつも、吉岡に成長が認められたので、ひとまずは満足だった。

「遅くなったから、今日はこのへんにしよう。今週中に企画を各員にブレイクダウンして、進行表を作ってもらう。詳細は……疲れたから明日だ。メールで指示するので、不明な点があれば私に問い合わせること。以上です、お疲れ」

「お疲れさまでした」の唱和。三時間に及ぶ会議が終わった。ＰＣシートをテーブルに収納して、ぐるぐる首を回す。肩が凝ってしまった。

　最後に席を立ち、企画室に戻る。ほとんどの者が退社していたが、隣のブースでは菊地原がハンバーガーを頬張りながらＰＣシートとにらめっこをしていた。

「よぉ」と声を掛けたら、レタスを口の端からはみ出させたまま振り向く。ネクタイにはマスタードが垂れていた。

「がんばっているね」

「江島さんこそ」指をなめて「長い会議でしたね。もう九時が近い。顔を突き合わせてやると、どうしても長くなるでしょ。在宅が多い人間がたまに集まると、みんな人恋しくて引き延ばすんですよ」

「まさか。わざわざ引き延ばす奴なんて……って、おい、何やってるんだ？」

ＰＣシートのモニターは、家庭用ロボットのカタログを映していた。残業に勤しんでいたのではないらしい。

「そうか。そろそろ息子さん向けのが一台いるんだ」

菊地原は、大口を開けてハンバーガーを平らげた。

「ええ、これからますます物入りですよ。女房も職場に早く復帰したがっているし、性能のいいのを買ってくれって、うるさいんです。新製品を見てたんですが、やっぱり高い。ホームロボットって上を見たらキリがないですからねぇ。ほら、これなんてボーナス三回分が飛んじゃいますよ。本音をいえば、僕は派遣ロボットを利用するか、中古品を買ってソフトだけアップグレードさせればいいだろう、と思っていたんですけれど、とても許されそうにない。『子供のための贅沢を惜しむのはやめましょう。いいものを買ったら下取りに出す時に有利だから、結局は得をするのよ』って、言い包められました」

彼もよく利用する大手通販サイトの３Ｄページだ。〈キャンペーン実施中　最新のおすすめロ母(ろぼ)　一挙放出〉というタイトルがチカチカと光り、それぞれの商品には〈最高レベルの動作を保証〉〈危機回避能力が格段に向上しました〉〈情操教育機能で大人気〉といった宣伝文句が添えられていた。

ヒューと口笛を吹いて「確かに高いね」

「でしょ？　ディスカウント価格でこれですもん。それにしても、このロ母ってネーミング、何とかなりませんかね。どんな言語感覚の野郎がつけたんだろう。またそれが普及しかけてるから嫌だなぁ」

乳母がわりのロボットだから、ロ母。他愛(たあい)もない発想だ。コピーライターの菊地原には耐えられないらしい。

「僕らの子供の頃は、こんなおかしな言葉はありませんでしたよね。子守ロボット、子育てロボット、ロボットママ。色々ありましたけれど、ロ母は最低だ。ロボットママもそうだけれど、子育てロボットを女性扱いしているのが時代錯誤的です。どうしてロボットパパはないんだろう。あーあ、うちの息子も『ロ母さん、ロ母さん』って言うようになるのかな」

「ロボットに愛称をつけてやればいい。そうすれば『ロ母さん、ロ母さん』とは言わないよ。――そうか、菊地原君も子育てロボット一台ご購入か。ますます仕事に精を出さないといけないいな」

「昔の本を読んだら『ミルク代を稼ぐ』という長閑(のどか)な表現が出てきます。ロ母代に比べたら、ずいぶんとお安くすんだものですよ。われわれの祖父さんの時代はよかった。まったく世の中が便利になるほどパパとママの苦労が増える」

「ぼやくなって。可愛いわが子のための出費なんだから」

自分のブースから椅子を引き寄せて、腰を下ろす。なるほど、たまに出社すると人恋しい。

「まあ、どんなロボットを買うにしても、大切なのは使い方だ。子供とロボットがうまく付き合えるように配慮してやるのが親の務めだよ。君のしっかり者の奥さんなら、抜かりはないだろうけれどね」

菊地原は、ぼりぼりと頭を掻く。

「僕は、本当は最新型のロボットなんか欲しくないんです。せっかく初めての子供ができたんだから、仕事に精を出してロボットのローンやメンテナンス代を稼ぐより、むしろ仕事を減らして、自分が手を掛けて子育てをしてみたかったんですけれど……。女房と意見が分かれましてね。結局は折れちゃいました」

「奥さんも間違ったことは言っていないよ。いくらロボットの性能がよくなったって、子供は生身の親と機械の区別ぐらいつく。一緒にいられる時間を大切にして、たっぷり愛情を注いでやればいいんだ。――ただし、さっきも言ったとおり配慮は必要だよ。子供がロボットに頼るくせがついてはいけない」

ビジネスマンとしても父親としても四年先輩というだけで、つい説教じみた話し方になってしまう。

「女房に育児論の参考書を与えられて勉強中です。子育てロボットについての注意事項がいっぱい載っていました。『何といってもパパとママの愛情をたっぷり享けて育つのがお子様にとって一番の幸せです』だなんて、当たり前のことが結論なんですけれどね。祖父さんたちの時代には、家庭用ビデオを子守に使うのが問題視されたことがあるんだそうですね。『その点、現在のロボットママは言語能力習得に寄与するように造られているので安心です』というけれど、それもなぁ。みんながみんな同じようなしゃべり方にならないかと心配です」

「そんなことはない。子供っていうのは、鋳型に嵌めようとしてもなかなか嵌まらないものさ。お上品なロボットが相手をしていても、どこかで覚えて『くそ食らえ』とか言いだすしね。そんなお行儀の悪い言葉を聞いたらかえって安心するから、親の心理も複雑だよ」

「はは、そんなものかもしれませんね。江島さんのお話はためになる」

新米パパは笑った。

＊

帰宅したのは十時過ぎだった。

「お疲れさま。時間どおりのお帰りね。ちょうどできたところだから、すぐ食べて」

食卓には、彼の好きな鮪のステーキが鎮座していた。このところ鮪の値が高騰し、お目にかかる頻度がめっきり減っていたので、思わず顔がほころぶ。「私はすませたから」と美葉はコーヒーを淹れて、向かいの席に座った。

「光矢は寝たわよ。『パパ、遅いね』って可愛いことを言いながら。あとで寝顔を見てやって」

頷きながら好物にかぶりつく。

「イベントの企画、まとまったの?」

「ああ。D・i・Gのダンスを入れる」

「D・i・G好きよ、いいじゃない」

「若いね。――ロボットやコンピュータ・プログラミングのショーばかりじゃ退屈だから、最後は人間で盛り上げるわけさ」

「肉体の復権ね」

「うん。でも、D・i・Gのショーはもちろん、彼らのトレーニングにもコンピュータの助けはなくてはならない。超人的なダンスは、人間と機械がうまく付き合った賜物でもある」

「ほら、月よ」

突然、テレビの話題に変わった。月面の日本区で、恒例の餅つき大会が行なわれました、というトピックスが流れていたのだ。そういえば今日は中秋の名月だった。着ぐるみ兎に扮した観測員が、箱形ロボットとともに餅をついている。わざわざ月まで行って何をしているんだか。次のニュースは、北太平洋上の衛星軌道太陽電池パネルに隕石が衝突した、というもの。月面餅つき大会の後に報じられるぐらいだから、大事には至らなかったようだ。

「ごちそうさま。おいしかった」

ナイフとフォークを置き、息子の寝室を覗きにいった。細めにドアを開いてみると、すやすやと眠っている。ロボットに寄りかかったまま。

「まだ添い寝させているのか。ジージーに甘えすぎじゃないのか？」

「四歳なんだから、あんなものよ。保育園の先生は『自立心が芽生えてきました』っておっしゃっていたわ」

背中で妻の声がする。佐藤先生をどこまで信用していいものやら。おべんちゃらも仕事のうち、という先生もいる。

「ロボットもスリープになっているんだろうな。頭の後ろの赤いランプが点いたままだぞ」

「修理してからはああなの。気がついてなかった？　ちゃんとスリープ状態になっているサインよ。ジージー、調子いいわよ」

「そうか。高くついただけあるな」

「目玉が飛び出るぐらいいね」

美葉のぼやきに、苦笑した。

熟睡しているようだ。ベッドに近づくと、寝息が聞こえてくる。穏やかな寝顔だ。いい夢でも見ているのか、長くて女の子のような睫毛がぴくぴくと動いた。父親似だと誰も言ってくれないのが不思議だ。どう見ても俺の分身ではないか、と思う。

頭を撫でてやろうと身を乗り出したら、よろけてロボットの脚に手を突いた。人間だったら驚かせただろうが、もちろん機械は沈黙したままだ。交換された真新しい部分だけ、白が鮮やかだった。

掛け布団の隙間から、銀色の背中が覗いている。製造ナンバーが見えた。GG2483 69301。頭のアルファベットがジージーという名前の由来だ。いたって安直なネーミングで、菊地原の失笑を買いかねない。息子はGGではなく、祖父を呼ぶように柔らかくその名を発音していた。

ダイニングに戻るなり「ねぇ」と美葉がテレビを指差した。UAE発の海外トピックスだ。ドバイのビル工事現場で事故があったらしい。散乱した鉄骨の下敷きになり、ロボットが大破していた。

「かわいそうに、介護ロボットよ」

工事現場に迷い込んだ老人の上に、鉄骨が落ちてきた。その主を救うために身を挺して、押し潰されてしまったのだ。バラバラだ。老人は軽傷ですんだらしく、病院で呆然としている映像が続いた。

「よかったわね、ジージーがああならなくて」

妻の言葉に、深く頷いた。

「ああ、よかったよ。本当に」

＊　＊

「ジージー、ごめんなさい」

ロボットは小首を傾げる。

「僕のために、ごめんね。もう危ないことはしないから。痛かったでしょ」

新品に交換された右肩と右脚を、何度もさすってやる。そこだけ色が新しいのが、かえって痛々しく思えた。

「今度カラハ気ヲツケマショウネ、こうチャン」

「うん。約束するよ」

彼はeブックを取って、ジージーに差し出す。

「今日、麗ちゃんから借りてきた本。読んで。とっても面白いんだって。おかしくて、笑えるそうだよ」

ロボットはカートリッジ状の本を受け取り、首のスリットに挿入した。

「楽シイオ話デスネ？　ハイ、読ミマショウ」

ジージーの胸のスピーカーから、心がうきうきするようなヴァイオリンの調べが流れだす。ロボットの膝にのり、スピーカーに耳を寄せながらお話に聞き入った。

始まってすぐ笑い、途中で何度も笑い、最後にお腹を抱えて爆笑した。涙が出るほど笑った。

「ジージー、どうして笑わないの？　よく平気で読んでいられるね。こんな面白い本、初めてじゃないか！」

ジージーは「ソレハヨカッタ」と応える。何がソレハヨカッタだよ、とまたおかしくなった。

「ねぇ、もう一度読んで。音楽も同じのがいい」

「ハイ、読ミマショウ」

二度目も笑い転げた。相手がパパだったら「こら、膝の上で暴れるな」と叱られただろうが、ジージーは文句一つ言わない。

「ああ、面白かった。ジージーは読むのがうまいから、よけい面白いよ。別のお話も読んでもらおうかな」

「コレニシマスカ？」

ジージーが手に取ったリアルブックを、彼は慌ててひったくった。

「これは駄目。ママに読んでもらったことがあるから知ってる」

「面白クナカッタノ？」

きっぱりと首を振る。

「とてもいいロボットが壊れてしまうお話なんだ。だから駄目。ジージーみたいなロボットが戦争に行くことになって、敵のロボットと戦って……」

思い出しただけで目頭が熱くなる。

「これだけは絶対にもう聞きたくない。ジージーが壊れてしまうみたいだから、絶対に駄目」

さっきはおかしくて涙が出たのに、今度は悲しくて泣いた。わずかに弾力を持つバイオセラミックの胸にしがみついて、また詫びる。

「ジージー、ごめんね。僕が悪かった。ごめんなさい。危ないことはしないから、いつまでも壊れないでいてね。いつまでもね」

「ハイ、こうチャン。こうチャンハ、イイ子デス」

しなやかな人差し指が、涙を拭ってくれた。

＊　＊

ソファに体を沈めて二十世紀末のテレビコマーシャルに関する資料を読んでいたら、e

メールの受信を報せるチャイムが鳴った。サイドテーブルに置いてあったPCシートを取り、受信箱を開く。吉岡からのプライベートなメールだった。表題は〈子守ロボットの件で〉。

〈悩める吉岡です。サイバーダム社のUYシリーズかジャパンロボット社のなでしこシリーズのどちらにするか、決めかねています。そこで質問です。日本の子供にはやはり日本製がいい、という人がいますが、どうなんでしょうか？　もう一つ。UYシリーズは『G機能がますます洗練されました』と謳っています。G機能もポイントだと思うのですが、それで価格が一割も高くなるというのは、どうなんでしょう？　アドバイスをよろしくお願いします〉

やれやれ、頼りにされたものだ。

面倒なので、すぐに処理しておいた方がいい。音声入力で返信を書いた。

「楽しく悩めばいいよ。ロボットと子供の相性は様々だから、買ってみないと判らない、というのが現実なんだ。日本製にこだわる必要もないし、最新式のG機能に飛びつく必要もない。奥さんとよく相談して、最後は直感だよ。役に立たなくて申し訳ない。じゃあ、これで」

そっけなかったかな、と思うが、付け加えることはない。だいたい自分に最新型のロボットについて助言を求めるのがピントはずれなのだ。どうせなら、つい最近ニューモデルを買った同僚に相談すればいいのに。

　窓の外から、光矢の笑い声が聞こえてきた。芝生の上で、ジージーとサッカーボールで遊んでいる。光矢はこちらに背を向けているから、間違ってもボールが窓ガラスめがけて飛んでくることはないだろう。そんな位置取りもジージーの判断だ。

「ジージー、もっと強く蹴ってもいいよ。止めてみせるから」

「強ク蹴リマセン、危ナイカラ」

　諫められて、息子は不満げだった。こんな子供用のボールが顔に当たったって怪我なんかするわけがない、と。しかし、ジージーは希望をかなえてくれなかった。

「ジージーはイシベだな」

　どこで覚えたのか、光矢が思いがけない言葉を口走った。幼児のボキャブラリィを逸脱していたので、ロボットはとっさに反応できない。

「イシベ……イシベ」

「イシベだよ。知らないの？　パパがよく使っているよ」

　堅物を意味する石部金吉という死語を使った仲間内の隠語だ。メールを音声入力しているのを聞いて覚えたのだろう。

「イシベ。イシベ。じーじーニハ、判リマセン」

「ジージーみたいなことを言うのがイシベなんだ。だいたい判るでしょ？　面白くないってことさ」

「危ナイコトハ、ヤメマショウ」

妻が光矢を呼んだ。保育園の友だちが遊びにきたらしい。

「揚君(ヤン)がきてくれたわよ。そっちに行ってもらうわね」

同い年の友だちは、「コウちゃん、何してるのぉ?」と言いながら庭に現われた。小柄でおっとりとしゃべる子だが、光矢よりもしっかりしている。

「サッカー。――あれ、一人?」

「うん。シャオマーには家の前まで送ってもらったんだ。帰る頃には迎えにきてくれるよ」

「ふぅん。一緒にサッカーする?」

「うん。ジージーにキーパーをしてもらおうか」

元気のいい声が庭に響くのを聞きながら、父親はデスクの抽斗(ひきだし)を開け、ヴィジュアル・レコーダーを取り出した。資料を脇によけて、子供たちを録画する。

「揚君、パスパス!」

「コウちゃん、僕にもシュートさせてよ。ジージーと二人でやらないで」

「仲ヨクシマショウ」

いい映像が撮れそうだった。息子が成長した後、懐かしがって観てくれるような映像が。

レコーダーを置いたところへ、美葉がやってきた。手に小冊子を持っている。

「お仕事中にごめんなさい、と言おうとしたら、カメラマンになっていたのね。もういいかしら?」

「ああ、いいよ。何だい、それ？」

　妻は横に掛けて、持ってきたものをテーブルに並べた。どれも美麗な写真が表紙を飾った幼稚園のパンフレットで、紙製なので高級感が漂う。

「そろそろ決めないといけないでしょ。ここならば、という候補を選んで入園案内を集めたの。見て」

「どれ」と一冊ずつ目を通していった。夫に意見を求めつつも、彼女は自分なりに優先順位をつけているらしい。家から最も近くて、かつ名門の幼稚園にやりたいのだろう。

「ここなら施設も先生も最高水準よ。セキュリティも万全みたいだし、マイナス点をつけるところがないの。月謝は高くつくけれども」

　それが最大のマイナス点じゃないか、と思ったが、口にはしなかった。これまで妻は浪費を避け、うまく家計をやりくりしてきた。その幼稚園を推奨するのは、ただ世間のイメージがよいからではなく、内容が充実しているからなのだろう。彼女の判断を信じて後悔することはあるまい。

「——という制度も魅力でしょ。こういうのがコウちゃんに合っていると思うんだけれど……聞いてる？」

　視線が宙を泳いでいたらしい。妻はそれを見逃さなかった。

「もちろん、聞いてる。ただ……」

「ただ、何？」

「光矢も来年は幼稚園か、大きくなったもんだ、と感慨に耽(ふけ)っていただけだよ」

「何よ、そんなことを今さら」

「背だって、もうジージーの肩ぐらいまでになった」

妻の笑みが途中で消え、「本当ね」と呟(つぶや)く。二人は、揃って庭を見た。子供たちはボール遊びに疲れたのか、寝そべってジージーと何か話している。明るい日差しの下で。

「今日は朝からずっと私たちが家にいたんだから、ジージーはお休みでもよかったわね」

「この前ジージーが休んだのって、いつだっけ?」

「年中無休よ。修理に出ている期間を除いたら」

「よく働いてるな。皆勤手当を出してやらなくっちゃ」

夫婦は黙って、しばらく庭を見ていた。

＊　＊

「危ない危ないって、ジージーはそればっかりだ。ベンチから落ちたって、何ともないのに」

「怪我ヲスルカモシレマセンヨ」

「するわけないよ。僕のことを何歳だと思ってるの?」

「何歳デモ怪我ハシマス」

「ジージーって、人間のことがあんまり判ってないんだね。ロボットと違って、人間は大きくなるんだよ」

「知ッテイマス」

「知らないのかと思った」

「知ッテイマス」

「知らないのかと思った、って言ってるの。判らない？」

「……」

「ジージーはうるさいよ」

「危ナイコトハヤメマショウ。ヤメナイト、ままニ言イマス」

「そういうのを告げ口って言うんだ。告げ口する子は嫌われるんだよ」

「言ウコトヲ聞カナイト、ままニ――」

「ちぇっ。そんな奴だったのか。あんまりうるさいことを言うと、止めるぞ」

「コウチャンニハ止メラレマセン。止メラレルノハぱぱトままダケデス」

「だいたい判ってるんだ。耳の下のところに蓋（ふた）があって、それを開けたらスイッチがあるんだ。止めてやろうか？　麗ちゃんなんかピピを自分で止めてるんだぞ」

「ままニ言イマス」

「待てよ。行くな、ジージー。告げ口するなよ。待てって。――おい、転んだのに起こしてくれないのか？　ジージー！　くそっ、お前なんか錆びろ！」

＊　＊　＊

ドアがそっと開いた。息子が立っている。戸口でもじもじしたまま、何も言わない。彼はテレビのボリュームを絞り、「どうした？」と問いかけた。

父親の目をやっとのことで見て、光矢は小声で言う。

「ジージーに充電して」

「充電してどうする？　お前が止めろと言うから動かないようにしたんじゃないか。あいつは旧式だから、電気をいっぱい食うんだ。充電しないいままなら助かる、とパパは喜んでいたのにな」

「お願い」

思いつめたような表情で請われては仕方がない。

「勝手な奴だ。充電してやってもいいけれど、同じことを二度と頼むなよ。今度ジージーのスイッチを切ったら、もうそれでおしまいだ」

「……うん」

こんなことだろうと思い、まだジージーは地下の納戸に運ばず、廊下の隅に立たせていた。充電器に接続してやると、半日後にジージーは再起動した。

光矢は、「ごめんなさい」とロボットに謝る。「ハイ、判リマシタ」という抑揚の乏しい応えに、小さな主は力なく笑った。

＊

成功裏にイベントを終え、打ち上げもすませてホテルに戻ったところへ、美葉から電話がかかってきた。

「どうだった？」と訊かれて「うまくいった」と短く答える。

「そう、よかったわね。今日の大阪はひどい雨だったんでしょ？」

「荒れた天気だったけれど大入りさ。クライアントはご満悦だったよ。――そっちはどう？」

妻は、もったいぶって間を措いた。

「コウちゃんがジージーと大喧嘩よ。もちろん、喧嘩といってもあの子がロボットに当たっただけだけれどね。『もう二度と口をききたくないから、ジージーを止めて』って言うの」

「まだ止めるなよ」

「『パパが帰ってきたら、パパに止めてもらう』と言って聞かせたわ。それまでに頭が冷えるかもしれない」

「さぁ、どうなるだろうね。そうか、大喧嘩か」

「今は疲れてるでしょ。詳しいことは帰ってから話すわ。今度はすぐに『やっぱり充電して』と言わないでしょうね」

「明日はオフィスに寄ってから帰る。君より早いかもしれない。光矢に土産でも買って帰るよ」

電話を切り、ベッドに横になった。天井を見上げながら、ネクタイを解く。息子の寝顔が浮かんだ。

＊　＊

本当にいいんだな、と重ねて訊かれた。

「いいよ」

息子はためらいなく答える。

父がジージーの左耳の下に親指を当てると、指紋認証キーが解除されて跳ね蓋が開いた。親指は、そのまま中の赤いスイッチを押す。

ジージーの目の明かりが、すっと消えた。機械音もなくなって、部屋は静まり返る。

「ジージーにはお前がよちよち歩きをしている頃から世話になったんだ。お礼を言いなさい。色々あっただろ」

「機械にお礼を言うの？　ジージー、もう止まったよ」

「言いなさい。『今日までどうもありがとう』と」

父の命令に従い、息子は「ありがとう」とだけ小声で言う。感謝の気持ちはあったが、おせっかいぶりに腹を立てている今は素直になれない。

「何だ、その言い方は。嫌々か。ひねくれた奴だな」

唇を摘まれた息子は、顔をしかめて父の手を払った。

「まぁ、いい」父は苦笑して「だけど、お前も来月から幼稚園に通うんだろ。そんな態度じゃ先生に叱られるぞ。先生には『厳しく躾をしてください』とパパとママからお願いしてあるから、しっかりしないといけない。——返事は？」

「うん……はい」

父は、それでいい、というように頷いて、動かなくなったロボットの肩を叩く。

「さて。とりあえず納戸にしまっておくか。こいつもゆっくり休みたいだろう。お前から解放されて、ほっとしてるぞ」

にやにや笑う父の横顔を、息子はこっそりとにらんだ。

後ろで見ていた母が、ふだんより優しく声を掛ける。

「入園前のお祝いに、ケーキがあるわよ、コウちゃん。あとで食べましょう」

「ケーキって、苺がのったの？」

息子はふくれっ面のまま尋ねた。

＊

「ジージー！　ジージー！」

＊　＊

本当にいいんだな、と重ねて訊いた。

「うん、いいよ」

息子はためらいなく答える。

彼はジージーの左耳の下に親指を当てて、指紋認証キーを解除した。跳ね蓋が懐かしい音をたてて開く。光矢は上目遣いで、父がすることを注視していた。

赤いスイッチを押すと、ジージーの目から光が消える。旧式ロボット独特の微かな機械音がなくなり、部屋は静まり返った。

「ジージーにお礼を言うんだ。これまでいっぱい遊んでもらっただろ。ジージーがパパとママを手伝ってくれたおかげで、お前は大きな怪我や病気をせずにすんだんだし」

「うん。――ジージー、ありがとう」

自分よりもずっと素直なその態度を、父はうれしく思った。息子の向こうに立った美葉は、ハンカチで目尻を拭っている。

「えらいぞ。ジージーと喧嘩した後なのに、よく言えた。さすがは来月から幼稚園に行くだけあるな。今日はママがケーキを買ってきてくれてるみたいだぞ。食べようか」

「食べる。それって、幼稚園に行く前祝い？　寝る前にケーキが出てくるなんて珍しいや」

屈託のない笑顔。

「前祝いなんて言葉を知っているのか。生意気だな、おい」

ケーキを食べると、息子はすぐに寝室に向かった。彼がメールをチェックして、ダイニングに戻ろうとすると――

廊下の片隅に立つジージーの体を、妻がタオルで拭っていた。涙ぐみながら丁寧に。

「とうとう光矢も卒業だな」

「思い出したの」彼女は手を止めずに言う。「うちのキキのこと。私、『こんなボロットもういらない』って罵ってスイッチを切ってもらったの。風邪で寝込んだ時、ずっと看病してくれたのに、ひどいことをいっぱい言って……」

「俺なんか、命の恩人のこいつに『お前なんか錆びろ！』と悪態をついた。みんなそうさ。

特にあの頃は。最近は〈洗練された卒業(グラデュエイト)機能〉とやらが装備されているらしいけれど、どうなんだろうね」

　より自然な形で子育てロボットを卒業できるようになったのは、いいことなのだろう。しかし、彼は自分の体験も無意味ではなかったと確信している。だからこそ、自分のお下がりを息子に与えたのだ。

　祖父は、ロボットが孫の世話をすることに対して異議を唱えていたそうだ。機械に幼い子を託すなど野蛮だ、心のない人間ができる、と。ロボットの性能を誤解した上のことだが、祖父の世代には理解しづらかったのもやむを得まい。人間がロボットとともに生きる時代が到来したことを認められなかった。われわれはロボットと付き合う術(すべ)を習得しなくてはならない、ということを。

　大切なのは、それだけではない。人生には、あとになって気づく真実もある。息子には、それを知ってもらいたかった。

　ジージーを磨き終えた美葉は、「光樹(こうき)」と言う。久しぶりに名前で呼ばれた。

「ジージーでよかったわ」

「そうだね」

「コウちゃんは、いくつになったらジージーのことが判るのかしら」

　彼は、十二歳で知った。ジージーは、子供がロボット離れをしやすいようにプログラムされていたことを。すべての子育てロボットがそうであることを。

「さぁね。光矢なら、俺よりも早く判るかもしれないな」

その時、ジージーと過ごした日々を思い出しながら、息子は泣くだろう。父がそうであったように。

「今度こそ引退だな、疲れただろ」

彼は、その頬を撫でた。

「ありがとう、ジージー」

震度四の秘密

男

午後十時半を過ぎた。

連絡をする、と約束していた時間だ。

輝樹はテレビのボリュームを絞り、ベッドサイドの電話に手を伸ばした。暗記している十一桁の番号をダイヤルすると、五回目の呼び出し音が終わる前に奈央が出る。

――輝樹？　お疲れさま。どうだった？

「うまくいった。明日には東京に帰れそうだ」

――よかった。あなたが深刻そうな顔をしていたから、心配していたのよ。

恋人に嘘をつくのは後ろめたいものだ。奈央には、かつて友人と共同経営していた大阪の広告代理店でトラブルが起きたので、その処理の手伝いに行く、と話してあった。真っ赤な嘘である。結婚式を再来月にひかえ、最後までくすぶっていた女性関係を清算するために名古屋に出向く、と正直に話せるはずがなかった。遊び回っていたツケだ。

「声が晴れ晴れとしているだろう？」

会って話すと、相手は素直に身を引いてくれた。これで後顧の憂いなく奈央と一緒になれる。重荷を下ろして、ほっとしていた。

——うん、そうね。

彼女の返事まで、何秒かの不自然な間があった。女の勘と言うが、奈央のそれはことのほか鋭い。もしかすると、自分の言葉を疑っているのだろうか？　まさか。不信を招くような言動は慎重に避けてきたはずだ。

「それより、お色直しのドレスは決めたのかい？　俺はあのピンクのが好みだな」

話題の転換をはかると、奈央は声のトーンを上げて長広舌になった。ピンクのドレスは肌の露出が多いのが気になる。フリルも子供っぽいし、やっぱりシルバーグレーの方にしたいのだが、どうだろうか、と言う。

「うん、よく似合ってた。迷わずあれにしたら。形もいいじゃないか」

そう勧めながら、輝樹は時折テレビに視線を送った。Jリーグの試合結果が知りたかったのだ。

と、浦和レッズの大勝を伝える画面に、臨時ニュースのテロップが出た。午後十時三十三分、京都府南部を震源とする地震があったらしい。各地の震度を見て、彼はどきりとした。大阪市内は震度四。平然と電話をしていられる揺れではない。

同じ放送を奈央が観ていたら、「さっき地震があったでしょ?」と突っ込まれたはずだ。彼女がテレビのない生活をしている幸運に感謝したが、翌朝になって新聞を読めば、電話中に地震があったことを知る。

ひと芝居うつことにした。

「あっ、地震だ。結構でかい」

過剰にならないよう抑えた演技を試みる。ベッドのスプリングを軋ませて効果音にしかけたが、あまりにも空々しいのでやめた。

――大丈夫？

「じき治まるさ。……まだ少し揺れてるけど……もうやんだ。びっくりしたよ。震度四はあったんじゃないかな。和歌山あたりが震源かもしれない。南海地震っていうのがくるって、こっちじゃ騒がれてるみたいだから。関西も怖いよね」

つい口数が多くなった。かえって奈央の不信を招いたのでは、と反応を窺ったが、どうやらうまく騙せたらしい。

――気をつけて帰ってきてね。あなたの声を聞いて安心したわ。

「すべてうまくいったからね」

――愛してる。

甘い会話をひとしきり交わして、電話を切った。そう、結婚前にすべての問題を解決できたのだ。大阪に行くという嘘だって、バレているはずがない。

「震度四の地震をやり過ごすようなものだったな」

夜の静けさに浸りながら、輝樹はそっと微笑んだ。

付き合ってすぐに判ったこと。

輝樹は嘘が下手。

——あっ、地震だ。結構でかい。

あれで精一杯の演技だったのだろう。とんでもない大根役者だ。

それに、恐ろしく間が悪い。たとえ彼がアカデミー賞俳優だとしても、今夜の奈央を騙すことは無理だった。

「大阪にいた頃、一緒に広告代理店をやっていた奴がヘマをやってピンチなんだ。助けに行ってくるよ。二、三日ですむから」

出鱈目もいいとこ。

さっきの電話をどこから掛けてきたのかは判らないが、大阪からではない。おそらく、関西で地震があったことをテレビの速報で知り、慌てて猿芝居をしたのだろう。彼が「あっ」と叫んだのは、本当の揺れから三、四分もたった後だった。

奈央がいつもどおりテレビのない自分の部屋にいたなら、彼の熱演は報われたかもしれない。が、彼女は、輝樹の思いも寄らない場所にいた。

携帯電話を手にしたまま、奈央は窓の向こうに目をやった。東山連峰のシルエットが、月の下に長く横たわっている。今宵(こよい)の宿は、鴨川(かもがわ)べりのレディスホテルだった。

「まさか私が京都にきているなんて、夢にも思わないわよね」

輝樹の芝居が拙劣というよりも、嘘がばれる時なんてこんなものなのかもしれない。あまりにも間の悪い彼。しかし、それも善良さの裏返しに思えてきた。

どうして大阪に行く、だなどと偽ったのか判らない。何か言いにくい事情があったのだろう。自分と出会う以前は派手に遊んでいた時期もあったそうだから、結婚までに処理しておくべきことがあったのかもしれない。

「お互いさま、かな」

奈央は独りごちて、苦笑した。

自分だって、輝樹に隠して京都にやってきている。大学時代から交際を続けていた男との関係を完全に切るために。相手は奈央が結婚するのを人づてに聞いていたが、最後にもう一度だけ会いたい、彼女の口から直接別れの言葉を聞きたい、と望んだのだ。

輝樹にどんな事情があったのかは知らないが、本人が言ったとおり晴れ晴れとした声をしていた。何事があったにせよ、丸く収まったのだろう。

奈央の問題も解決した。

ホテルに着いてから、「やっぱり会わないでおきましょう」と電話することで、すべてに方がついた。

「あなた、大阪に行ったなんて嘘でしょう?」

輝樹を問い詰めて、いじめたりしない。結婚したら秘密を持たないようにしたいけれど、今回だけは「お互いさま」なのだから。これを最後の秘密にするのだ。

――びっくりしたよ。震度四はあったんじゃないかな。

彼の言葉が甦る。

「びっくりしたのは、こっちよ」

話し始めてすぐ、横波をくらった小舟のように部屋が揺れた。地震が苦手な彼女は、悲鳴をあげそうになるのを懸命にこらえた。東京にいるはずの自分が、京都の地震に驚くわけにはいかない。そのため会話に妙な間が空いてしまったが、輝樹は何とも感じなかったようだ。話題をお色直しのドレスに変えてくれたので助かった。

嘘をつくのが下手な男は、嘘を見抜くのも下手らしい。

明朝は、早い時間にチェックアウトすることにした。輝樹より早く東京に戻るため。新幹線で鉢合わせしてはかなわない。

明かりを消して、ベッドに入る。

一度だけ小さな余震があったが、彼女はじきに眠りに就いた。

恋人

落葉松(からまつ)林の間を、車は快調に走っていく。梅雨入り宣言が出されたばかりであったが、昼下がりの陽は燦爛(さんらん)と耀(かがや)き、空は抜けるように青い。カーステレオから流れるカルチャー・クラブの『カーマは気まぐれ』に合わせ、私はステアリングに掛けた右手の人差し指でリズムを取っていた。懐かしい曲ばかりが続くので心から寛(くつろ)いで耳を傾けることができる。〈TOP OF THE POPS 1978—1983〉というタイトルを見てすぐに購入したCDだ。こんなにうまく自分が大学生であった時間を切り取ったCDが出ているとは思わなかった。あの時間へと遡行(そこう)する途上に、これほどふさわしいBGMはない。

カーナビの指示に従わずとも、この先の道は判る。明瞭(めいりょう)に記憶に刻まれている煉瓦(れんが)造りの別荘を右手に見ながら、あと少しを急いだ。季節はずれの別荘地に人影はほとんどない。清里(きよさと)方面からの観光客が迷い込む道ではなかったから、練馬(ねりま)ナンバーの私の車は、別荘の住民のものだと認知されるであろう。小振りなものなら別荘だって手に入れられないものでもない。衝動的に買ってしまおうか。どうせなら、あの家を。そう考えただけで、ほのかに甘い唾(つば)が湧き、過ぎた懶(もの)い夏の午後へ心が飛び去っていきそうになる。

木立の中に、白いコロニアル葺(ぶ)きの三角屋根が見えてきた。私は胸の鼓動が高まるのを感じながら、横道に入って駐車スペースで車を停める。他には一台の車もなかった。

披露宴の二次会が了ったのは、もう日付が変わる寸前になってからだった。お前らも今晩はみんなと付き合え、と悪酔いした友人が囃し立てるのを別の友人が諫めて、ようよう新郎新婦を解放してやる。最後までホテルのバーに残っていたのは、新郎の大学時代の旧友たちだけになっていた。疲れているはずの新婦は迷惑がるそぶりも見せず、おやすみなさい、とエレベーターに乗り込むまで微笑をたやさなかった。いい女房をもらいやがった、と恐妻家で通っている男が呟いた。

まだ飲もう、という元気な者と、もう休ませてくれ、という者とに三対三で分かれる。寝る、と答えた。四時間も車を走らせてきた後、ずっと賑やかな空気の中にいたので独りになりたい。後は呑ん兵衛の宵っぱりだけで、その気ならば場所を誰かの部屋に移して朝まで思い出話やら家庭の愚痴やら出世自慢を並べていればいい。法学研究会の究極の目標である弁護士になって法曹界に入った男は一人だけで、司法書士になった者、行政書士になった者、私のように税理士になった者、家業を継いでフィルター開発会社の社長に納まった者と様々だが、みんな羽振りはよさそうだった。四十歳を迎え、恰幅がよくなりすぎている男もいた。その最たる者が新郎で、お色直しで新婦をエスコートして入場してくる際には、横綱だの土俵入りだの、あんまりな野次が飛んでいた。やっかみも交じっていたのかもしれない。十四歳年下だという花嫁は可憐で見目麗しかった。岩渕、羨ましいだろう、と耳打ちした男が一番羨ましげだった。仲間が一人席を立つと、たちまち罪のない陰口が始まるのが学生時代からの常である。自分が乗り込んだエレベーターの扉が閉まるなり、やっぱり岩渕が最後まで残っただろ、とからかわれるのは必定だった。女に関してよほど手酷い経験をしたのではないか、ノーマルな性生活を送るのに致命的な欠陥か支障があるのでは、といった下世話な方向におしゃべりが進むこともあるだろう。悪意がなければ、ちっともかまわない。仲間に話題を提供できない人間は淋しいものだ。

部屋に引き揚げる二人の友人とともにバーを後にする。三階の廊下で別れる間際に、明日はどうするのだ、という話になったので、とりあえず揃って朝食をすませて解散しようということになった。みんな忽卒たる身であった。旧友の結婚式に招かれてきたのを利用して信州の休日を楽しむどころか、午前中のうちに東京へ名古屋へ帰り着きたいと願っている者がほとんどなのだ。正午過ぎまでホテルでのんびりして、午後に寄り道をしながら帰るつもりの私にしても、決して暇なわけではなく、忙中閑有りと洒落込みたかったにすぎず、夜になってからでも事務所にちょっと顔を出してみようか、とまだ迷っている。顧客からの電話メモが机一面に百人一首の取り札のように貼られた様子を、火曜日の朝にいきなり見るのが鬱陶しいのだ。携帯電話が鳴らなければ火急の用件はないだろう。その分、帰ったら連絡乞う、というメモは着実に溜まっていくのに違いない。顧客には人遣いの荒いドクターたちが揃っている。これからは税理士一本ではよそとの競合に勝てないと見越し、医業経営コンサルタントの資格を取得したのは正解であったが、現状では客筋に恵まれているとも思えない。老人医療の理想と展望という演題で一時間のスピーチ原稿を明日までに書いてくれ、と泣きついてくる院長先生やら、真摯な経営コンサルティングを迷惑がって脱税の指南しか要求してこない強欲な開業医やらの相手をするのは、心身ともほとほと疲れる。新規開拓を進める必要があるだろう。重いが、それが仕事であり日常というものだ。

独りになると、疲労感がどっと波のように押し寄せてきた。シャワーを浴びるのも大儀になって窓辺の椅子に腰を降ろし、カーテンをめくると、常夜灯に照らされた芝生の緑が鮮やかだった。六月の緑。シャツの袖をまくって腕時計を見たら、ちょうど一時だ。新郎新婦は床に就いて、どのように甘い夜を過ごしているのであろうか。一つ上のフロアのことだが、遠い国の戦争について思いを巡らすようなとりとめのない気分だった。結婚というものが、遠い国の戦争のように思える。無縁のもの。自分は奴隷となってガレイ船を漕がされることもなければ、妻を娶ることもない。砂漠で熱砂の嵐に巻かれることもなければ、夫と呼ばれることもない。フリーメーソンの入会式や産褥の苦痛と同じくらい無縁のもの。どうしてこうなったのかは承知している。口さがない友人たちが当て推量したとおり、一人の女のせいだ。ただし、どのような女とどのような関わりを持ったのかは想像の埒外であろう。私以外の誰が知ろう。あるいは、と思われる男の顔が脳裏に浮かんだが、それは自ら鉄道に身を投げて散華した幼馴染みであった。

不意に怺えていた感情が意識の表に浮上してくる。この高原での披露宴に出席を決めた時から、そうなることが私には判っていた。ここは、あまりにも想い出の場所に近い。納骨堂のように閑かな夜に独りとなれば、封印していた想いが息づき始めもしよう。それは私の裡で燐光のように燃えだした。ジャケットの内ポケットに手を差し入れて、こんなこともあろうかと、携えてきたものを弄る。指の腹でその硬さを確かめ、尖り具合を味わい、爪で表面をなぞる。馴れ親しんだ感触であることを忘れ、今宵、初めてそれを手に入れたのだと思うように努めてみた。初めてそれをわがものにした時の感激の残滓が、心のどこかに一滴でも残っていはしまいか、と希いつつ。

そして、この寄り道となった。あの夏より後に、一度だけここを訪れたことがある。譲り受けた父親のオペルを乗り回していた大学四年の秋だ。避暑地から人が去るのを見計らって、こっそりと忍んでここまでやってきた。落葉松が葉を落としかけた初秋の晴朗な日だった。ひんやりとした空気の中を泳ぐようにあたりを逍遥し、名も知らないあの池の畔で倒木に腰を降ろして、青黝い水面を眺めて長い時間を過ごした。もう十八年も昔のことになるとは驚きだ。あの夏は、そのさらに二年前。今からちょうど二十年昔。

樅の高い枝で郭公が啼いている。その声を頭上に聞きながら三角屋根に向かって歩いた。一歩ごとに大きくなるその家で、私はあの夏の一週間を過ごした。二階に見えるカーテンが下りた窓が私にあてがわれた部屋。明け方まで眠れぬ夜を送った部屋だ。近寄って見てみると、どうやら今は主人なき家になっているらしかった。玄関前から家の裏まで続くデッキには枯葉がちらばり、薄汚れていた。人間が構わなくなったものというのは、たちまち心寂れた雰囲気をまとうようになる。米松の壁には、かつて紺野という表札が掲げられていたのだが。私はコの字をしたデッキを歩いて、家を半周してみる。大きなサッシ窓に手を掛けて引いてみると、しっかりと戸締まりしてあった。カーテンの隙間から覗いた室内はがらんとしていて、アンティークなデザインが洒落ていたボックス・ヒーターもなくなっている。飾りもののマントルピースは所在なげに口を開いたままだった。

多少の感慨を抱きながらその場を離れ、もう一軒の家を目指すことにした。かつて紺野氏の別荘だった家の西側へ回り、白樺の疎林を抜けて五十メートルばかり歩くと、ほどなく流れるように美しい勾配を持った屋根が梢の間に見えてくる。赤い瓦を葺いたその家のウッドデッキで、私は初めて芽久美と出会ったのだ。それが二十歳の夏。私を閉じ込めた七月のその日、芽久美は十歳になったばかりだった。五角形をした米松のテーブルとそれを囲んだ三つのベンチがデッキにあった。テーブルの上には、ストローを突っ込んだコーラのグラスが三つ。遅い午後だった。

*

「へぇ、岩渕さんってそんなに英語が得意なの。じゃあ、岩渕さんに特訓してもらおうかな。マジで焦らないとやばいんだもん」

生方由美絵は甘ったれた声でそう言うと、私に流し目を送ってきた。妖艶というにはほど遠かったが、高校生の媚態としては堂に入ったその仕草は、女の子に慣れていない私を軽く動揺させるのには充分だった。どう返したらいいのやら、と困惑していると、傍らの秀輔がぷっとガムを銀紙に吐き出す。

「家庭教師は俺で間に合うだろ。人の親友に気安くものを頼むんじゃないよ」

「妬いてるの、紺野さん？」

秀輔はにやにやしている。

「妬くか。自惚れるのも大概にしろよな」

「じゃあ、岩渕さんにレッスンを頼んでもいい？」由美絵はぱっちりとした眸で私を見据えて、

「紺野さんね、英語ひどいの。チューズデイもサーティーンも書けないんですよ。こんな大学生ってあります？」

どぎまぎしながら、私は頭を掻いた。

「それは……たしかに難しいスペルだね」

二人は声を合わせて笑った。どう応えればよかったのだろう、とおのれの不器用さを呪いたくなる。彼らにからかわれているだけなのか。しかし、そうだったとしても、幼稚園からの付き合いの秀輔にからかわれることは慣れっこだったし、初対面の由美絵の方もいかにもからっとした人懐っこい性格のようなので、嫌な気はしなかった。

「岩渕さんって、真面目なんですね。あ、年上の人に生意気な言い方をしてごめんなさい。

あたし、口のきき方を知らないから」

　そう言いながら、彼女は花柄のタンクトップの肩紐を直した。私もずれかけていたのが気になっていたのだ。露出した両肩が、午後の陽射しに白っぽく耀いており眩しい。日が翳ったら肌寒くなるだろうに、と気を回してしまう。高原の夜がどういうものか、私は今夜初めて体験するのだが、秀輔に忠告されて薄手のセーターを持参していた。

　と、木立の深緑を背にした由美絵の視線がすっと逸れた。私の後方に誰かを発見したらしく、声を掛ける。

「メグ、いらっしゃいよ」

　おかっぱ頭の少女が立っていた。青い花を散らしたプリント柄のブラウスにグレイのスカート。小学校の中学年ぐらいだろうか。探るような目でこちらを見ている。妹だ、と由美絵は紹介した。彼女は十八歳だから、かなり齢が離れている。名前は芽久美。どういう字を書くのか由美絵が説明すると、これは難しいスペルだろ、と秀輔がすかさず雑ぜ返した。メグと呼ばれた少女は無表情のまま、俯きかげんで佇んでいる。

「あんたもこっちにきてコーラ飲む？　コップがないから持ってきなさいよ」

　芽久美は姉に首を振ってから、思いがけずはっきりとした口調で言う。

「ちょっと、そこに座りたかっただけ」

　上目遣いの視線はベンチを差していた。私はとっさに尻をずらして場所を空ける。芽久美が躊躇をみせると、姉が手招きした。親切に空けてもらったんだからいらっしゃい、と。

芽久美はスカートの裾をふわふわ揺らしながらやってきて、ぺこりと一礼して横に掛けた。私の肩の高さに頭のてっぺんがくる。

「四年生なの」由美絵が言う。「つい一昨日、十歳になったとこ。東京でお誕生日のお祝いをしてからこっちにきたの」

昨日、父親の車で別荘にやってきたことは聞いていた。妹と一緒だと聞いたような気もするが、こんなに小さな子供だとは思わなかった。姉妹だけにして親は心配ではないのだろうか。閑かな別荘地とはいえ、どんな物騒な人間が徘徊しているとも知れないだろうに。遠回しに訊いてみると、由美絵は涼しい顔で答える。

「あたしを信用してるから平気みたい。それに、たまには娘どもを厄介払いして夫婦水入らずを楽しみたいんでしょ。新婚だから」

父親は半年前に再婚したばかりだと言う。芽久美は新しい母親の連れ子ではなく、血を分けた妹なのだ、とも。姉妹を生んだ母親は、五年前に不幸な医療事故で他界したのだそうだ。つらい話を思い出させてしまったが、芽久美は相変わらず何の表情も見せない。ただ顔を上げて、姉と秀輔の間にある林を眺めているようだった。

「メグちゃん、紹介しよう」秀輔が親しげに「こっちは岩渕といって、僕の幼稚園時代からの友だちなんだ。今は別々の大学に通っているけれどね。夏休みなんで、うちの別荘に遊びにきてもらったんだ」

幾度か夏休みをともに過ごしているせいだろう。まるで親戚の子供に語りかけているようだ。芽久美はまたぺこりと頭を下げただけだった。よろしく、とだけ私は言う。一人っ子だもので、年下の女の子との接し方がわれながらぎこちない。芽久美は愛想の乏しい子のようだったが、同じ齢の頃、叔父や伯母がくるたび鬱陶しくて勉強部屋にこもった私よりは遥かにましだろう。

姉さんと似ていないんだな、と思いながらさりげなく身を屈め、その横顔を覗いてみる。とびきりの美少女というのではないが、長くて反った睫毛と形のいい唇が可愛かった。長じると男も女もそれぞれの個性で異性にアピールできるようになるが、小学生の頃はそうもいかず、異性の憧れを誘うことができるのは、どのクラスにもせいぜい数人しかいないものである。私にはそんな小学生の習慣が染みついていて、この子はクラスでトップレベルだとか、五指には入るな、と女の子をこっそり品定めするのが常だった。芽久美は三本の指で数えられる。彼女で初恋を知る男の子も少なくないだろう。そんな耀かしい存在である子供が羨ましい。初めての片想いの対象が私だった、という女の子など考えられないというコンプレックスのせいか、それが素晴らしく価値のあることに思えるのだ。なおも愛らしい横顔を見ていると、風が起こって芽久美の髪をなぶる。毛先が私の鼻の近くまで届き、藁に似た匂いがした。その瞬間、自分の胸がときめいたことに私は驚く。

「今晩、うちでみんな一緒にご飯を食べない？　冷蔵庫がぱんぱんになるぐらい、色んなものが揃っているからさ」

「いいな、いいな」秀輔が拍手する。「ご馳走になろう。明日の夜は、車でステーキハウスまで行ってお返しするから。ステーキ好きだろ、メグちゃん？」

　芽久美は、床にやっと届いている足をぶらぶらさせながら、こっくり頷いた。日が傾く頃まで他愛のないおしゃべりが続いたが、ずっと隣に芽久美が座っていることが、居心地がいいようで悪いようで複雑だった。十歳の女の子がこの世で最も話しかけにくい存在に思えて、波長の合わないコンパに出席しているみたいだったのだ。それでいて、漫画を読んでくる、と彼女が席を立った時には残念な気がした。切ないほど懐かしいその感じ。小学校の卒業文集を作っていた放課後を思い出した。机を向かい合わせにして、私はほのかな想いを寄せていた女の子と何かの作業をしていた。よしないことを語りながら。私の分はすんだから、と彼女が立って行ってしまった時は、胸に穴が穿たれたようでやるせなかった。遠い記憶だ。小学生の女の子と同席する機会が珍しかったので、そんな気持ちがふと甦ったのだろう。私の動揺にまるで気づかない様子で、どういう話の流れなのか、秀輔は由美絵にバオバブの木がいかなる形をしているかを熱心に説明していた。

　その夜、秀輔と私は由美絵に手料理をふるまってもらった。意外に家庭的なところがあるらしく、シーフードをふんだんに使ったサラダにパスタにローストビーフという晩餐はとても美味だった。芽久美を除く三人掛かりでシャトー・グリエを二本あけてしまい、みんな微酔いになる。食事の後は秀輔の提案でトランプが始まり、七並べと婆抜きが夜更けまで延々と続いた。酔った彼女と私がテンポのいい冗談の応酬をすると、由美絵だけでなく芽久美も白い歯を見せて笑った。やがて芽久美は「岩渕さん」と気軽に私の名を呼んでくれるようになり、十一時を過ぎて私たちが引き揚げる際には「また明日もするの?」と子供らしく頬を紅潮させて言った。

用意してきた懐中電灯で足許を照らしながら帰る道、やけにお前はにやついている、と友人に指摘された。ガールフレンドの一人も持ったことがない私が、由美絵とたっぷり談笑できたことを喜んでいる、と思ったようだ。私は否定をせず、顔の筋肉をさらに弛緩させた。

「惜しい。メグちゃんが、もう七つ八つ上だったら、ちょうどよかったのにな」

慰めの言葉らしかった。由美絵は自分が占有を狙っているからお前は節度を守っておれ、と制しているつもりだったのかもしれない。それは杞憂というもので、由美絵は私の眼中になかった。久方ぶりに恋をする気分を経験させてくれたのは、芽久美の方だ。彼女の齢がもう七つ八つ上だったらば、と残念がるつもりはさらさらない。せめて自分がそれだけ年少であればよかったのに、と悔やまれる。そうだったらば、私は心置きなく芽久美に憧れることができただろう。こんなすれ違いもあるのか、とおかしかった。

疲れと酔いの両方で、私たちは帰ると早々に床に就いた。明かりを消し、目を瞑ると芽久美の一挙手一投足が脳裏に浮かんでくる。あの声を、あの唇が歌うように動く様を思い返すと、心がぬるい温泉につかったようにじわじわと火照る。妙な気分だと思いながら、避暑地の恋という言葉を見つけては悦び、馴れない蕎麦殻の枕を何度もひっくり返した。

二日目の昼下がり、私たちはまた連れ立って赤い瓦屋根の家を訪ねてデッキで雑談を楽しんだ。しばらくすると秀輔と由美絵は微妙な表現を駆使して、二人で外に出たいので芽久美を頼む、というシグナルを送ってきた。十歳の女の子に悟られないように互いの意志をやりとりするという高度なゲームの末、〈絵の上手な岩渕さんが芽久美の夏休みの宿題である写生を指導する〉という役割が決まり、邪魔にならないよう姉と秀輔は車で近辺のドライブに出るという筋書きが完成した。子守を押しつけてすまないな、というシグナルも発せられたが、恐縮されるには及ばない。それしきのサポートを惜しむほど野暮ではなかったし、何より芽久美と二人になるのは迷惑どころか歓迎すべきことであった。

秀輔の車が砂塵を上げて出ていくのを見送ってから、どこで何を描こうか、と芽久美に意向を尋ねる。池、と彼女は答えた。かねて南の森の中にある池で写生がしたかったのだが、独りで行くことは禁じられ、付き添ってもらおうとすると虫にやたらと咬まれる体質の姉が断乎として拒絶したために果たせずにいたという。私は快諾し、彼女はいそいそと準備を始める。顔がほころんでいた。芽久美は水彩絵具やパレットが収まった鞄を肩から掛け、私は画板の代用に見繕った廃材らしいベニヤ板を小脇に挟んで、森へと出発した。

ものの五分とかからないところに美しい森があった。椈、山紅葉、水楢の木立に分け入ると、清冽な空気が肌と肺に心地よい。父親の趣味が山歩きや自然観察だったせいで、子供の頃に野山に親しんだ私は草木の名前に明るいのだ。外界から遮断されたふうな森に入ると、日常を離れた解放感のせいか芽久美は多弁になった。こちらが骨を折って話題を探さなくても、担任の先生の授業中の性癖やらクラスメイトの勢力分布やらを次々に教えてくれる。いかにも小学生らしく微笑ましい話題ばかりだった。

　周囲の緑を水面に映した池の端(はた)に着く。非常に複雑な形をしているようで、汀(みぎわ)に沿っていくら歩いても全容を見渡すことはできなかった。大きく歪(ゆが)んだ星形をしているらしい。散策をしにくる人も稀(まれ)だろうに、細いながらもちゃんと道はついていた。くるぶしを草で擦(こす)りながら、芽久美は妥協することなく気に入った場所を求めて池を巡った。歩くほどに池は形を変え、斜めに射し込む光が新たな効果を演出するので、ここがいいよ、と提言するきっかけがつかめない。芽久美に従ううちに、結局は池を半周近くした。ここにする、と彼女が確信を持って宣言した場所からの眺めは、なるほど探した甲斐(かい)のあるものだった。絵心を持った子なのだ。池の面に張り出した太い椈の枝振りが絶妙で、その灰色の樹肌の苔生(こけむ)し具合も素晴らしい。

　お誂(あつら)え向きに転がっていた倒木に腰を掛け、道具を取り出すと、芽久美はさっそく絵筆をふるった。指導の真似事でもするべきなのか、と思っていたのだが、そんな必要を感じさせない迷いのない筆の運びだ。私はただ彼女に並んで腰掛け、静寂の中で絵筆が画用紙を擦る微(かす)かな音に耳を傾けていればよかった。芽久美はすっかり創作に没頭してしまい、所在がなくなった私は立ち上がって伸びをしたり、汀に寄って水の匂いを呼吸した。少し離れたところで振り返って芽久美を見る。深緑の中に黒い髪が映え、ブラウスに散った花柄の青が鮮やかだった。見ているだけで、私は幸福な気分になる。小さな画家は一時間ほど創作に打ち込み、その途中で私は一度だけ木漏れ陽の描き方についての相談に応(こた)えた。でき上がった絵は池の神秘的な雰囲気を的確に捉(とら)えており、画家自身も満足そうだった。

「私、あそこ好き」

帰りながら芽久美は言った。

「ありがとう、岩渕さん」

　別荘に戻ると、デッキでコーラを飲みながらおしゃべりをして過ごした。会話は途切れることがなく、日が暮れかけて秀輔たちが帰ってくるまでの時間はとても短く感じられた。芽久美の絵に二人は感嘆し、それに気をよくしたのか、画家は翌日も違う場所で池を描きたいと言う。二人がこちらの反応を窺(うかが)ったので、私はにこやかに了承した。秀輔と由美絵の仲は、これで急速に進展することだろう。私に感謝するのなら勝手にすればよい。

　外食の後、その夜もくたびれるまで賑(にぎ)やかにトランプをして遊んだ。芽久美は時折笑った。私たち皆の心がつながった瞬間だったり、誰かが個性から滲(にじ)み出た冗談を放った瞬間だったり、絶妙のタイミングで破顔する。私は、自分が彼女に惹(ひ)かれる理由を発見した。そういうことだったのか。彼女が笑う時、人間やこの世界が価値あるものに感じられるのだ。私はこれまで、明るい笑顔がチャーミングだ、と友人たちが称賛する女の子に魅力を感じたことがない。われながら臍(へそ)曲がりだと思っていたが、そういうことだったのだ。

　メグ、君は素敵(すてき)だ。

朝のうちは低く垂れ籠めていた雲が午過ぎに去ったので、私は画家とともに翌日も森の池に向かった。芽久美は姉から、あなたがいないと私も勉強が捗るからゆっくりしていらっしゃい、と声をかけられていた。英語の問題集を開くかどうかさえ怪しいものだ。ともあれ、私は芽久美と二人で過ごす長い時間を確保し、密かに胸をときめかせる。十歳の少女に恋心を抱く自分をおかしいとは微塵も思わなかった。もしも私が今十歳だったならば必ずや芽久美に惹かれ、彼女の存在に憧れながらただ痒みに似た遣り切れない感情を持て余したり愉しんだりしただろう。そして時に、どうすれば近くにいられるのかの算段ができないことに苛立ったのに違いない。明日も夜更かしして遊ぼう、森に行くのならついていってあげる、君のことをもっと話してごらん。今は悶々と苦しまずにそんなことが言える。言えはしたが、それでも芽久美は眩しかった。初恋の対象になりうる耀かしい女の子は、そうではなかった私の目を永遠に眩ませるのかもしれない。この夏休みの初め、秀輔は街で小学校時代のクラスメイトとばったり出くわしたのだそうだ。兜虫のように無気味だった女の子が男好きのする美女に変身していた、と彼は報告した。だからどうなのだ。そんなものは欠伸が出るほど退屈な話だ。所詮、男好きのする美女などというものは、財布の中身と相談して買えるか買えないかという商品のごとく意味が判りきった存在ではないか。

「喉が渇いた」

絵筆を止めた芽久美が私を見上げていた。お願いだから、という風情だ。予測された事態に手を打っておかなかった失策に反省しつつ、何か取ってくるよ、と私は立ち上がる。崩れた星形の道を少し行って振り返ると芽久美の姿は木立に隠れ、さらに行って見ると池の対岸で手を振っていた。

　案の定というべきか由美絵たちは家にいなかった。鍵が掛かっていたので、また車でどこかに出たのだと思った。秀輔から合鍵を預かっていたので私は坂を上る。冷蔵庫に馬鹿ほど清涼飲料水が詰まってるはずだ。白樺林を抜けてそのまま家の正面に回ろうとしたところで、リビングの三つの窓すべてにカーテンが下りていることに違和感を抱いた。足を止め、ふらふらと窓に寄ってわずかな隙間から中の様子を窺ってみる。

　秀輔と由美絵の裸身が、薄いカーペットだけしか敷いていない床の上でからまっていた。階上の寝室に移る間もないほど、彼らの衝動は爆発的だったのだろう。私は唖然としながら動けなくなる。心臓の鼓動が速くなったが、秀輔の痩せた尻がまともにこちらを向いていたせいもあってか、ガラスの向こうの光景はどこか滑稽なところがあった。彼らのぎこちなさは、さながら生まれて初めてのスポーツかダンスに戸惑ってるかのようで、手順を探りながらことに及んでいるのは明らかだ。組み敷かれた由美絵が背中と尻で這って上に上に逃れようとするのを秀輔が追い、二人はマントルピースの際へと進んでいく。頭を壁に当てたところで退路を断たれた由美絵は、ひきつけを起こしたように間歇的に喘いだ。それが耳許で聞くと幻滅しそうな声だったためか、友人たちの痴態を窃視することに興奮しながらも私はどこか醒めていた。マントルピースの端にのった安っぽい石膏のヴィーナス像が震動でバランスを失い、秀輔の後頭部にでも落ちたら危険ではないか、といらぬ心配をしたりする。

涼風が林を渡る音を遠くに聞きながら、その場に釘づけになっていたのは五分程度の間だったであろうか。われに返って、池畔で芽久美が待っていることを思い出した。早く戻らなくては。後退りで窓を離れかけた時、秀輔の肩越しにこちらを見た由美絵と視線がぶつかったような気がした。すぐに立ち去ったので悟られたかどうか微妙だ。もしも彼女が気づいたとしても自分に罪はない、無防備な彼女らが悪いのだ、と言い聞かせて芽久美の許へと急いだ。

家に入れなくて飲み物を調達できなかった、と説明すると、芽久美はむくれたり落胆した様子を見せたりせずに、どうもありがとう、と私を労ってくれた。難しいお使いで苦労して戻るのが遅かったのだな、と解釈してくれたのかもしれない。絵筆を擱いた芽久美と私は、椥の木陰で雨垂れのようにぽつりぽつりと話した。彼女の将来の夢は、外国で仕事がしたいという漠然としたものだった。行きたい国は、テレビや本から刺激を受ける度にある時は白夜とフィヨルドの北欧、またある時は楽園めいた南の島と目紛るしく変わるらしい。話している最中、芽久美は舌で頻繁に頬の裏を探るのでわけを訊くと、左上の歯がぐらついているのだと言う。黴菌が入るといけないから手でいじらないよう私は忠告し、彼女は素直に頷いた。それから水面を指差して「魚が」と唐突に短く言う。「どこに？」と両手両膝を突いて覗き込むと、清んだ水の中を小指ほどの雑魚の一群が回遊していた。

四つん這いにまでなった私を見て、芽久美はくすりと笑う。目の位置が低くなり、キュロットパンツから伸びた小枝のような脚が近くにきたせいだろう。私はさっき目撃した未熟者たちの情事を思い出し、欲情した。芽久美が何も知らずに微笑したままでいるのがさらに不道徳な気持ちを昂進させかけたので、慌てて気を散らす。私は十歳の少年にはなれない。

邪心が天に届いたのでは、というタイミングで空が曇ってきた。池の面が銀鼠色に変わる。私は心の片隅で安堵しつつ撤収の号令を掛けた。二人でてきぱきと片づけをして家に戻ると、リビングに何をしていたというふうでもなく由美絵たちがいた。はたして覗き見がばれているのかどうか、彼女の素振りからは窺い知ることができない。だから、すべてはなかったことになった。ソファにだらしなく掛けた秀輔は、餌をたっぷり食べて満腹になった犬のように気怠げだ。その向かいの籐椅子に座ると、じろりと私の膝のあたりを見た。

「汚れてるぞ、両膝」

それを聞いた途端、由美絵は「メグ」と呼びかけた。立ったまま未完成の自作を見直していた妹は「何？」と顔を上げる。

「ちょっと後ろを向いて。背中を見せなさい」

怪訝そうにしながらも芽久美は黙って従う。由美絵は一瞥しただけで納得がいったらしく、「いいわ」と言った。私は、そのさりげないやりとりの意味を理解して羞かしくなった。私の両膝に土がついていることを見るなり、由美絵が妹の背中を点検した意図は明白ではないか。森の奥で、私が芽久美の幼さに付け込んで不埒な真似をしたのでは、と疑ったのだ。そんな誤解にも一片の根拠がありそうで、無礼だ、と口にするのも憚られる。一方の由美絵も居心地が悪そうに空咳を払っただけで、誤解を笑ったり謝罪したりするでもなければ、妹の背中に関心があった理由を即席で拵えたりもしなかった。私に接する態度にも表面上は変化はなかったものの、もう芽久美と二人で森へ行くことは許されなくなるのであろう、と思うと哀しさが込み上げた。

昼間の疲れからか、その夜の芽久美は欠伸ばかりしていて、早く寝るよう姉に命じられる。そうする、と言って奥に消えた芽久美は、青いパジャマに着替えて、おやすみを告げに出てきた。私たちも早々に三角屋根の下に引き揚げる。芽久美の寝顔を想像し、私はやるせない夜を過ごした。

翌朝、東京から彼女らの父親と後妻が週末を娘たちとともに過ごすためにやってきた。秀輔と私は赤い屋根の家から遠ざかり、大人たちが滞在する二日間は諏訪や松本方面へと日帰りで遠征をした。男同士、姉妹とどんな時間を過ごしているか仄めかし合ったりすることもなく。

暮れると夜が長かった。口数少なく酒を酌み交わして過ごす。友人は酔い潰れ、私は独り、デッキで良夜を愉しんだ。蒼い月が森の上にある。月は淫猥な妄想を誘ったが、自瀆で散らすには惜しかった。私は芽久美のことを想った。夜気に寝室へ追い立てられてからも、夜の対岸に渡るまで芽久美のことばかりを想っていた。

姉妹の両親が発った翌日の午後、彼女らの方からこちらに遊びにきた。随分と久しぶりに思えて、皆が上機嫌だった。バドミントンで汗を流してからデッキで一服していた時に、秀輔と由美絵はある提案をした。英語の勉強を本気でやらなくてはならない。ついては、岩渕はまた芽久美の相手をしてやってくれないだろうか。あの子の二枚目の絵が未完成のままだし。二人の目付きにねっとりとした胡乱なものを感じ、私は返答を躊躇ったのだが、少女は邪気なく「賛成」と手を挙げた。いいのだろうか、となお惑う私だったが、胸が弾むのは如何ともしがたかった。

三度、森に分け入る。ノースリーブの黒いTシャツの上に羽織ったシースルーのパーカの裾を翻しながら、芽久美はスキップを交えて先に先に歩いていく。スカートの下で跳ねるふくらはぎは、まだ男の子のものと区別できないほど幼かった。この二日間、まるで会えなかったわけでもないのだが、彼女と二人になる機会は皆無だった。両親が帰っても、そんな時間を持つことを由美絵が禁じるのではと危惧もした。いずれも思い過ごしであった。私は狂おしい気持ちで仔鹿を追う。前を行く姿がせめて由美絵ぐらいに成長した女の子のものであったら、と思うことはない。産毛の光る柔らかそうな頬を間近で見て勃起することはあっても、塒を巻いた幼女姦の欲望を圧し殺しているでもない。ひたすら焦がれるのは、今この時、自分が少年として彼女の耀きに灼かれる幸福なのだ。その夢想が絶対に叶わないことが苦しく、やるせない。

三日前の場所に着いた芽久美は、草叢に膝を突いて座る。そして、追いついた私に裁縫用の糸を差し出した。

「この間の歯が、ぐらぐらなの。抜きたいけど怖いから、岩渕さん、手伝って」

芽久美は生え変わろうとしている乳歯にそれを巻きつけて、一端を私に託そうというのだ。

「いいよ」と応える声が顫えた。

「ここなら、痛いって大きな声を出しても誰も聞こえないよね」

「うん、それは大丈夫。でも、なるべく痛くないようにする」

「もうちょっとで抜けるところまできてるから、多分、平気。私が頼んでるんだから、少しぐらい痛くても怒らないよ。抜けそうで抜けないのがすごく嫌な感じだから、ずっと岩渕さんに頼もうと思ってた」

あまりにも健気なことを言う。糸を右手の人差し指に巻きつけながら、私は「どうして僕に？」と訊かずにいられない。

「岩渕さんは優しいから」

糸を軽くひっぱり、どの程度の抵抗があるのか試してみる。芽久美は小さく口を開きながら目を瞑った。無抵抗で恭順なその顔。私はごくりと生唾を呑んで、「いくよ」と力を加えた。人差し指に糸が食い込み、空気が張り詰める。彼女の言ったとおり上顎の乳歯は自然に抜け落ちる一歩手前のようではあったが、刷毛で頬をひと撫でするようなわけにはいかず、芽久美の眉宇に皺が寄る。その顔を見つめてどきどきしながら、私は残忍な気持ちでひと息に糸を手繰った。手応えはあまりにも生々しく、自分の歯をもがれるような錯覚に顔が歪んだ。芽久美は喉の奥で鋭く呻く。唇の間から乳白色の欠片がこぼれ落ちるのを、私は左手で受け止めた。

「痛くなかったよ」

頬に手を当てて芽久美は言うが、目尻には涙が溜まっていた。私は懸命に作り笑いで応える。タイトなジーンズが災いして、不用意に動くと射精してしまいかねなかったのだ。

「血の味がする」

彼女は舌の先で、できたばかりの歯肉の穴を探っていた。それから「見せて」と自分の欠片を覗き込む。私も熟視した。形のいい乳犬歯だ。

「これ、屋根の上に棄てるといい歯が生えてくるんでしょ?」

そうだが別のやり方もある、と私は言う。

「目を瞑って、後ろ向きに水の中に投げてもいいんだ。そうやってコインを投げるといいことがあるって聞いたことあるだろ?」

「知ってる。何とかの泉」

でまかせに喰いついてくれた。じゃあ、ここで池に棄てよう、となるのは必然の流れだ。目を閉じるよう促すと、彼女は催眠術に罹ったように目蓋を合わせた。はにかんだ笑みが口許にあり、長い睫毛が顫えている。私は掌上の歯を素早く口中に投じて舌の裏にもぐらせた。そして、目をつけておいた砂礫の一つを小さな掌に置いて握らせる。

「いい？」

細い両肩に手を掛けて、芽久美の背中が池を向くようにする。彼女は頷いてから祈りの表情になり、握っていたものを真っすぐ背後に投げた。軌跡は見えず、水面に届く音も聞こえなかった。儀式がすむと彼女は晴々と目を開く。

「きれいな歯が生えてくるといいね」

自分の掠れた声を聞く。「うん」と応えた少女は、なおも口をもごもごさせながら鞄からパレットを取り出す。私はその唇を割って侵入し、舌で歯肉の空洞を弄ってやりたかった。

芽久美が絵筆を動かす傍らで、ずっと口腔で彼女の歯を玩んでいた。舌先でその複雑な形を丁寧になぞり、口を窄めて頬で存分に味わい、臼歯で挟んで苛むように摺り合わせ、前歯や唇でくわえて硬さを確かめ、貯えた唾液に浸してみたりする。芽久美そのものを口にふくんで転がしているようで、快感は目眩く虹のように変化した。もっともっと、と私は貪り、セメント質の歯根を舐め回しているうちに錆のような血の味を感じる。その瞬間に、火酒のような吐息とともに私は高ぶりを放出しきっていた。

もう帰ろう、と芽久美が言い出すまで、私は放心していた。絵はよい出来だった。とてもよく描けていた。いいよ、としか言えなかった。

家に戻ると、由美絵と秀輔はリビングのテーブルで英語の問題集を挟んで向かい合っていた。ただいま、という芽久美の声に揃って振り向く。二人の視線は、私の内面にもぐり込もうとしているかのように粘っこくて、怯みそうになる。何なのだ、その目は。何かを期待していたのか、と私は真意を問いたかった。

＊

あの翌々日、私は友人とともに名残を惜しみつつ避暑地を去った。二人ともアルバイトの予定が動かせなかったのだ。秀輔が間にいればまた会えると信じていたのだが、思いがけないことが幾つも重なり、私が彼女らと再会する日はこなかった。彼の父が急逝したのがあの夏の半年後。遺された食品加工会社を従兄と継いで経営に携わるも失敗。巨額の債務の重圧に負けて、二十四の若さで自殺した。無性に悲しい死だった。自決する一時間ほど前、泥酔しているらしい彼からの電話を受けた。一方的な別れのつもりだったのだろう。わずか五分ほどのその電話の中で、彼は四年前の夏を懐かしんでいた。あの別荘の持ち主だった生方氏もまた事業に躓き、行方が知れないということだった。

芽久美を捜そうと思ったことはない。十歳という年齢差が恋愛にとって支障にならないだけの時間が経過しても、その気持ちは変わるどころか固まるばかりだった。どこかで美しく、幸せでいて欲しいと希うだけだ。

こうしてあの日と同じ場所に腰を降ろし、風に吹かれているとすべてが懐かしい。この静謐な池を、夢で何度視たことだろう。池畔の私は年月を経るほどに老けていったが、向こう岸から膝で漣を作りながら歩いてくる芽久美は遠い日のままだった。夢の中に充溢している光はいつも夏のものだ。彼女は青い花を散らしたブラウスを着ていたり、半裸に薄衣をまとっていたりした。岸までやってくると、水から上がろうとはせずに黒い眸で招くので、私は躄って寄る。そして、残酷な朝が訪れるまで、二人は無言で見詰め合っているのだ。

ほぼ季節ごと、彼女はそうやって私の心を掻き乱しにやってくる。これでは新しい恋など獲られようはずもない。満たされた器に水は入らない。苦しく不毛なだけの生き方ではないのかと自問することもいつしか絶えて、幻が私の伴侶になった。妻はいないが、私には恋人がいたのだ。

昨夜、夢に現われた彼女は、あの日と同じ黒いTシャツ姿だった。私の前までやってきたところで、泉の水を掬うかのように両手を口許に掲げた。唇の間からぽろぽろと何かがこぼれる。彼女はそれをすべて掌で受けると、細い腕を伸ばして私に差し出した。落とさないよう慎重に受け取る。芽久美は唇を結んだまま微笑した。掌いっぱいの歯は、紐の切れた数珠のようだった。彼女に見下ろされながら、私はそれらを口にふくんでいき、全部を口中に収めて顎を上げる。澄ました表情からは何も読み取れないが、決して不愉快そうではなく、振り向いて去る間際にまた微かに笑みを浮かべたように見えた。遠ざかる背中に何か伝えたいと思ったのに、口にしたものが邪魔をする。気がつくと陽の光は失われ、木々の間から霧が湧き出していた。それはたちまち水面を覆い、芽久美の姿を私から奪う。白い闇にとり残され、生まれて初めて夢の中で嗚咽を洩らした。肩をゆすって痛哭すると、歯と歯と歯と歯と歯と歯とがぶつかってカチカチと鳴っていた。

友人の婚礼の夜に、そんな夢を視る男もいるのだ。

水面に穏やかな陽が射している。

私はポケットから芽久美の欠片を取り出し、口にふくんで齧った。荊冠めいた畢生の恋の形見。自分の人生は何と豊かなのだろう、と誇らしく思う。

私には恋人がいた。

あとがき

この十年の間に溜まったノンシリーズものの短編・掌編をまとめた。一貫したテーマはない。このような本は十年前に出した『ジュリエットの悲鳴』以来の二冊目だ。常識はずれにごちゃごちゃした本だが、その混沌をお楽しみいただけただろうか。

収録作品には、御題を頂戴し、注文に応える形で書いたものがたくさん含まれている。「それにしても……どういうつもりで書いたのだ？」と首を傾げられそうなものもあるので、各作品の執筆の経緯をご説明したい。

「ガラスの檻の殺人」は、三週間（二十回）にわたって夕刊紙に連載した懸賞つき犯人当て。六人の作家が次々に出題するリレー形式の連載で、私がトップバッターだった。一緒に参加したのは、麻耶雄嵩、法月綸太郎、我孫子武丸、霧舎巧、貫井徳郎の各氏（執筆順）。その六編は、連載終了後に『気分は名探偵』というアンソロジーにまとめられた。私の作品の正答率は十一パーセントだったそうで、シンプルな真相にしてはあまり率が高くないのは、紛らわしい記述があったせいかもしれない。アンソロジー収録の機会に、書き改めた箇所がある。短期とはいえ新聞に連載するのは初めてだったので、適当な切れ目を入れるのに苦労した。作者としては、編集部が解答の正誤を判定しやすい問題にしたつもりだ。

「壁抜け男の謎」も同じく懸賞つき犯人当て。読売新聞朝刊とともに配られる生活情報紙「読売ファミリー」が媒体だったので（しかも近畿エリアのみ）、題名も聞いたことがない、という方が大勢いらっしゃるだろう。こちらは問題編と解決編の二回に分けての掲載だったが、原稿用紙にして二十枚という短さに手を焼いた。夏休みに家族で楽しめるように、というのが企画の狙いだったので、殺人事件は避けている。アンリ・プレサックとその作品に興味を抱いた方がいたらすみません、架空の画家です。

　犯人当て二編に続いては、敬愛するマエストロに捧げたオマージュが三編。まずは、鮎川哲也トリビュートの「下り『あさかぜ』」。芦辺拓・二階堂黎人・有栖川有栖が共同で編集した『鮎川哲也読本』のために書いた。題名は「下り〝はつかり〟」のパロディで、内容については『王を探せ』『憎悪の化石』を読めばより楽しめる（はず）。謎解きシーンも『憎悪の化石』を下敷きにしているため、「女中」といった死語が交じっている。文体や文字遣いを鮎川調にした上、〈鬼貫は黙ってうなずいた〉などと書くのは、畏れ多くも感激だった。いかにもパロディ向きのふざけたトリックだが、この話を成立させてくれる列車を発見できた時は万歳した。そんな〈あさかぜ〉も、ブルートレイン廃止の流れに逆らえず、二〇〇五年二月に時刻表から消えてしまったのは淋しいかぎりだ。

「キンダイチ先生の推理」は、横溝正史生誕百年を記念したオリジナル・アンソロジー

『金田一耕助に捧ぐ九つの狂想曲』に書いたもの。取材で真備町を訪ねたことがあったので、その時にふと思ったことを題材にした。取材の成果は、紀行エッセイ集『作家の犯行現場』に収まっている。

「彼方にて」は、『虚無への供物』出版四十周年に編まれた『凶鳥の黒影　中井英夫へ捧げるオマージュ』に寄せた。これだけ読めば実にとりとめのない小説で、中井英夫に関する予備知識がなければ作品の意図が見えにくい。読者が『黒鳥譚』を読んでいることを前提にしているのも、こういう本に書いたためだ。『虚無への供物』の単行本の表紙には、真紅の薔薇があしらわれていたことを付記しておく。

パロディを頼まれたわけではないが、「ミタテサツジン」は横溝正史の『獄門島』を下敷きにしている。これまた「下り『あさかぜ』」同様にふざけた話だ。すました顔で冗談を言ってみた、というところか。

「天国と地獄」は、「小説現代」誌のショートショート特集に書いた。与えられた枚数は五枚。十枚ぐらいでまとめた方が面白かったのでは、という思いが残っているが、それは自分が至らぬせいである。

「ざっくらばん」は、相模鉄道の社外広報誌「相鉄瓦版」に掲載された。大阪在住の私に、神奈川県の電鉄会社から小説の依頼がきたのが意外で、なんだかうれしかった。糸井重里氏のウェブサイト「ほぼ日刊イトイ新聞」からは、愉快な本がいくつも生まれている。ついついやってしまう言い間違いや言葉の覚え間違いをまとめた『言いまつがい』に「ざっくらばん」という例も挙がっていたが、それは後日に知った。私が「ざっくらばん」を初めて聞いたのは、大学の国語学の講義において。教授曰く「言葉の覚え間違いは、誰しもやる。自分では気がつかないだけ。国語学の会議で、さる先生が『ざっくらばんに話しましょう』と言ったので驚愕したが、高名な方だったのでみんな訂正できなかった」。印象に残るエピソードだった。四半世紀たって、それを小説に利用したわけだ。

「屈辱のかたち」を読んで、「有栖川はよほど評論家が嫌いなんだな」と思われたら、とんでもない誤解だ。作品ができあがる経緯や背景について、「本当のことは評論家には判らん」と言いたいのではない。「読者にも同業者にも判らん」と言いたいのだ。作者や時代の無意識を持ち出しても駄目。「子供が急病で金がいる」という事情からやけくそで他人のネタを盗用したり、別れた恋人にメッセージを伝えるために相手だけに理解できる言葉を並べたり、ということもあり得る。評論はそんな不可知性を承知した上で、あえて書かれるものだ。したがって、当然ながら、作中の復讐者は間違っている――って、何人も殺しておいて正しいわけはありませんが。これはそもそも落とし噺。

「猛虎館の惨劇」は、阪神タイガースに材をとったオリジナル・アンソロジー『新本格猛虎会の冒険』に収録された。ミステリ史上に前例のない企画を考えたのは、東京創元社会長（当時）の戸川安宣氏。氏自身は広島カープのファンなのだが、周辺にタイガースファンの作家が少なからずいたので、こんな変なアイディアが浮かんだのだろう。本が出たのは、二〇〇三年の三月。もちろんプロ野球の開幕に合わせた出版で、帯には「阪神タイガース熱烈応援ミステリ・アンソロジー　今年こそ優勝や」のコピーが躍っていた。当時の阪神は、Bクラスどころか最下位が半指定席という体たらくで、収録作品にも自虐ネタが散見した。ところがその年、拙作にあったとおりキョジンから首位を奪い、なんと十八年ぶりにリーグ優勝してしまうのだ。幸運な巡り合わせに驚喜した。ちなみに、作中に登場する刑事らの名前は、すべて阪神を優勝に導いた監督の名前。星野のみ「未来の優勝監督」という祈りを込めて起用したのだが、それがあっさり実現したのだった。

「Cの妄想」は、作品に添えた注釈のとおり新聞紙上で掲載された。〈よみうり読書　芦屋サロン〉という企画の一環で、芦屋市民センターのルナ・ホールに四百人の読者が集まった中、この作品や創作について語り、質問に答えた。平野啓一郎氏、乃南アサ氏、小川国夫氏に続いての登場だったから、「よぉし、ミステリ作家らしいものを」と考え、想を練ったものだ。お判りだろうが、「新聞の一ページに掲載される」という通常の小説とは違った形を利用したメタ・フィクションである。その理屈っぽさがミステリ作家らしさの一端だ。無機的な雰囲気をだすため作中人物の名前を記号にした。Cは、「作中人物」の頭文字と解釈していただければよい。

「迷宮書房」は、トーハンが書店向けに出している雑誌「しゅっぱんフォーラム」が初出。書店をモチーフにした十二枚の小説を、という依頼だった。事前に送ってもらった雑誌を読むと、他の作家の作品がどれもこれも見事にいい話だったので、「この流れを俺が断ち切ろう」と思わずにいられなかった。元書店員の私は、休み時間に目を通すなら本屋を舞台にした法螺話がいいと考え、大型書店に立てこもったテロリストと自衛隊の死闘を書きかけたのだが、トーハンさんを困らせぬよう自重した。書店の皆さんに大受けする書店ミニ冒険小説を書く自信はあったのだが。この作中の銃撃シーンは、そんな構想の名残である。後に単行本『本からはじまる物語』（メディアパル刊）がまとめられた際、同書に収録。

「怪物画趣味」は、異形コレクションのために書いた。ともに富士見ヤングミステリー大賞の選考委員をしている井上雅彦氏から、選考会の後で依頼されたと記憶している。『アート偏愛』というテーマが魅力的で創作意欲を大いにそそられたし、それならば有栖川向きかもしれないと期待して井上氏は声をかけてくれたのだろう。が、気負いすぎておかしなものを書いてしまった。本作については、コメントは少なめで。

「ジージーとの日々」は、「ダ・ヴィンチ」誌の付録「別冊ダ・ヴィンチ」に「ロボットをテーマにしたものを」と頼まれて書いた。進化をテーマにした角田光代氏の作品と並んで掲載。ロボットだの進化だのがテーマなのは、その別冊がマイクロソフト社とタイアップしていたため。ご指名いただいたのはありがたかったものの、私がロボットSFを書くのは無謀なので、こんな形になった。ある種のトリックを用いているが、最後に読者を驚かせてやろう、というつもりはさらさらなく、物語上の必然性があったから使った。

「震度四の秘密」も「ダ・ヴィンチ」誌の企画。一つの物語をA面とB面に分け、二つの視点から語るという趣向だ。A面のみ同誌に掲載、B面はウェブサイトにアップされたが、後に文庫版ダ・ヴィンチ・ブックスに『秘密。』の書名でまとめられた。ささやかな作品だが、遠方の劇団から「朗読のテキストにしたい」と請われたり、私の作品で初めて韓国語に訳されたり、色々な形で読者と出会っている。

最後の「恋人」は、津原泰水氏に「『エロティシズム12幻想』という官能小説のオリジナル・アンソロジーを編むので」と電話で依頼されて書いた。「どうして私に？」と訊いたら、「書くものをお持ちではないかと思いました」と言われ、ちょっと痺れた。これが時代小説やＳＦだったら「書けません」だし、恋愛小説だったら「ミステリの形でしょっちゅう書いています」と答えただろうが、官能小説だと話は違ってくる。「小説家なら書けないはずがないし、書きたいテーマがあるはず」と感じ、何をどう書くという当てもないまま承諾した。結果、思ってもみなかった作品をわがものにできて、津原さんにはとても感謝している。冒頭に出てくる懐メロＣＤは実在のもので、本当に『カーマは気まぐれ』などを聴きながら執筆した。

作家は、書きたいものを書いてこそ作家だ。と同時に、読者が求めるものを書く喜びもあるだろう。それに加え、「あなたにこれを書かせたい」と頼まれて、思わぬものを書くこともまた作家の幸せではないか。本書をまとめてみて、そう実感する。

私にこれらの小説を書かせてくださった皆さんに感謝を捧げます。

今回も装丁でお世話になった大路浩実さん、角川書店第一編集部の遠藤徹哉さんにも深謝を。
そして、お読みいただいた皆様、ありがとうございました。

二〇〇八年三月十四日

有栖川有栖

文庫版あとがき

短編集が売れない、と言われて久しい。短編小説好きとしては淋(さび)しいことだ。

昨今、短編集をまとめる際はキャラクターやテーマを統一させることが多く、本書のように雑然としたものは出してもらいにくいのに、この度はめでたく文庫化の運びとなった。ありがたいことであり、喜んでいる。

この本をまとめた後も、「こういうテーマで」という原稿の依頼を何度か受けた。「八百字で」という注文があったぐらいで、それらはえてして短い作品だ。だから、この次に本書のような短編集を作れるとしても、相当先になるだろう。そんな機会がくるのを楽しみにしている。

末尾ながら、文庫版の装丁でもお世話になった大路浩実さん、貴重なお時間を割いて解説をお書きくだった倉知淳さん、そして角川書店第三編集部の足立雄一さんに深謝いたします。

二〇一一年二月二十二日

有栖川有栖

解説

倉知淳

さて、ここに一枚の名刺があります。

有栖川有栖さんの名刺です。

随分前にご本人からいただいたもののはずですが、いつどこでいただいたのか具体的なことは、残念ながら覚えていません。何しろ私が有栖川さんと初めてお目にかかったのは、かれこれ二十年ほど前になりますから、さすがに記憶も朧（おぼろ）になろうというものです。しかしまあ、こうして手元に残っているわけですので、ご本人から直接いただいたのは間違いないでしょう。さすがに拾ったり盗んだりしたのではないと思いますし。（盗んでないよね、大丈夫だよな、自分）

その名刺を裏返してみます。

チェシャ猫のイラストが印刷されています。有栖川さんのご著書のあとがきなどで、トレードマークとして載っているあのイラストですね。皆さんも見覚えがあることと思います。そのイラストが入った名刺です。洒落（しゃれ）ています。カッコいいです。有栖川ファン垂涎（すいぜん）の一品です。どうです、いいでしょう、羨（うらや）ましいでしょう？

と、レアアイテムを自慢しようというわけではないのです。

もう一度、名刺をひっくり返して、表側を見てみます。〝有栖川有栖〟と名前が刷ってあります。肩書きはありません。そう、この名刺はお名前だけで、肩書きが入っていないのです。

さてさて、ではここで皆さんにひとつ問いがあります。肩書きのないこの名刺に何か肩書きを入れるとしたら、どんなものがいいでしょうか。ちょっと考えてみてください。

作家、でしょうか。はたまた小説家？　ミステリ作家？　推理作家？（ちなみに、火村准教授が探偵役を務めるシリーズでは、語り手役の〝有栖川有栖〟氏は〝推理作家〟と自称することが多いようですね）

どうですか、答えは出たでしょうか。

この問いに、もっともふさわしい解答を私は知っています。

皆さんは判りますか？

では、答えを発表します。

それは、そう……本格ミステリ作家、です。

えーと、当り前すぎますか。ありきたりすぎてつまらないでしょうか。「鼻の穴おっぴろげてドヤ顔で何を云い出すかと思ったら、そんな普通の解答かよ、オチも捻(ひね)りもないじゃないか」というご不満はもっともです。

ただ、ちょっと待ってください。当り前のように見えますけれど、実は、本格ミステリというのはその定義すらはっきりしないものなのです。「主として犯罪事件などにまつわる不可解な謎が、論理的に解かれる過程の面白さを主眼とした小説が本格ミステリである（うろ覚え）」という偉大な先人の言葉がありますが（うろ覚えで申し訳ない）これとて絶対というわけではありません。

中には極端な人がいて「絶海の孤島か人里を遠く離れた深い山中か、とにかくそういう世の中から隔絶された場所に建つ古い曰くありげで壮麗な洋館が、物語りの舞台ね。そこに一癖も二癖もありそうな怪しげな登場人物達が集められて、大嵐や台風や土砂崩れで完全に外界と遮断された状況で、おどろおどろしい雰囲気の派手な密室殺人事件が起きて、警察の介入が望めないまま探偵役が犯人を見つけようと必死の捜査を始めるんだけど、新たに不可能殺人が次から次へと連続して起きる……っていう、そういう展開じゃなくちゃ本格ミステリとして認めない。あ、不可能殺人は不気味な伝承やマザーグースの唄に見立てられた装飾が施されてると、さらにベストだね」などと、無茶な主張までする有り様です。

かように、本格ミステリというジャンルはその定義が定まっていないだけではなくて、十人十色の意見があるものなのです。人それぞれの好みの関係もあり、すっきりとした線引きができない。

ただ、そんな混沌の中にあって、はっきり云えることがあります。本格ミステリがミステリの王道であること……それは誰もが認めるところだと思います。

きっちりとした論理。

スマートな発想。

大胆なアイディア。

こういうのが本格ミステリ、ですよね。

別に、鬼面人を驚かすような仰々しさは、必ずしも必要でないにしても、ただ、核になるアイディアが常に新鮮な驚きに満ちていて、発想の飛翔の瞬間がエレガントで美しいもの。そういう思考の華麗さを内包した小説こそが、本格ミステリではないかと思うのです。

定義の線引きはここではできませんが、少なくとも、それらの要素が重要だとは云えるでしょう。

有栖川さんの作品は、そういう意味ではいつでも、正に王道を歩んでいます。きっちりと姿勢正しくまっとうな正統派で、しっかりとした論理性と柔軟な発想力を持ち、思いがけないアイディアで「あっ、なるほど、そうだったのか、うわあ、やられた」と、私たち読者を楽しませてくれます。

世にミステリを書く作家は少なくないと云えど、有栖川さんこそがきちんとした本格ミステリを書く人の代表格であることに、異論は出ないと思います。

王道の本格ミステリの最先端であらんと常に挑戦を続ける作家。そんな有栖川さんだから〝本格ミステリ作家〟という呼び方がふさわしい。そう思うのです。

だから、有栖川さんの名刺に肩書きを入れるとしたら、〝本格ミステリ作家〟と入れるのがしっくりくる、という結論になるのです。

さて、前置きはここまでにして（「えっ、ここまで前置きなの？　長っ！」と驚かれた向きもあるやもしれませんが、自分でもびっくりしました。前置き、長っ！）本書『壁抜け男の謎』です。

有栖川さんご自身のあとがきにもあるように、本書はノンシリーズものの短編集です。ですからシリーズのレギュラーである〈臨床犯罪学者〉火村准教授や英都大学推理小説研究会の江神部長など、お馴染みの登場人物は出てきません。

ただ、いつもの面々に会えない代わりに、色とりどりの作品のカラーを楽しむことができます。

バラエティに富み、まるでフルーツの籠盛りみたいな作品集です（おお、我ながらきれいな喩えだ）。

フルーツに様々な味わいがあるように、一冊の本の中に色々な表情を見ることができるのです。時に理知的で時にユーモラスで、時に硬質で時に洒落ていて、さらにロマンティックであり、または時々恐ろしい……。

もちろん〝本格ミステリ作家〟有栖川有栖の手によるものですから、一作一作を見ても、本格ミステリを志向する志に満ちた作品ばかりです。意外性があったりツィストを加えてみたり斬新な切り口を見せたり、と本格ミステリ作家ならではの手法で読者を翻弄し、あっと驚かせて楽しませてくれるのです。

さらに云うなら、その仕掛けだったりアイディアだったりする〝核〟の部分の一粒一粒が大きい。まるで特大のアーモンドが入ったアーモンドチョコのようです（あれ？　この喩えはあんまりうまくないな）。大きなアイディアを惜しげもなく投入し、「これだけ大きいネタだったら、もっと長い作品に仕上げることもできたんじゃないかな」というような、ちょっと〝もったいない〟使い方をしている短編も多々見られるのです。本格ミステリ作家はサービス精神も旺盛（おうせい）なのですね。

　そしてまた、本書の特徴には、〝制約されていること自体がアイディアの元になっている〟作品がいくつかあることが挙げられると思います。

ん？　ちょっと判りにくいですね。えーと、何か別の物に喩えてみましょうか。例えば、ある漫画では、そのものズバリを描いてしまうと出版できなくなる人体のとある部分にモザイクを掛け、登場人物がそのモザイクを手に持って動かした挙句、主人公の顔にくっつけて「おいっ、俺の顔面はワイセツブツかっ、お巡りさんに捕まる顔なのかよっ」と突っ込むギャグをやっていましたし、あるテレビアニメでは、そのものズバリを言葉にしてしまうと放送規定に引っかかってしまう単語を信号音で隠す、という常識を利用して「そうね、あなたのピ――はピ――みたいだからピ――しないといけないわね」「ちょっと、やめてください、僕のすべてがヤラシイみたいに聞こえちゃいますよ、それ」とやって笑いに繋（つな）げていました。

　そんな具合に、何らかの制約が掛かっていることをネタにする場合がありますよね。ご存じの通り、本格ミステリも制約が多いジャンルです。

ノックスの十戒やヴァン・ダインの二十則はいささか古風すぎるとしても、「作者は地の文章で読者に嘘をついてはいけない」とか「手掛かりはきちんと最初から見える形で提示しないといけない」などの約束事が色々あるわけです。

そこで、本格ミステリを書く側は反対に、それを逆手に取って利用してしまうこともあるのです。

「地の文で嘘を書いてはいけないんなら、本当のことをわざと紛らわしい記述で書いて、読者に先入観を持たせて錯覚させるトリックを仕掛けてやろう」とか「手掛かりをちゃんと提示しないといけないんなら、逆に思いっきり前面に出して、あまりにもあからさまぎてそれが伏線だと気付かせないようにしちゃえ」とか。

本格ミステリならではの逆転の発想、ですね。制約があることを逆に、面白がって使ってしまうというしたたかさ、です。

もちろん、本格ミステリ作家の代表格である有栖川さんにとっても、そういう技はお手のものです。だから本書でも、このテクニックを使って、〝制約されていること自体をアイディアに〟してしまい、読者を掌(てのひら)の中で転がして、楽しんでいるかのようです。

紙面が一ページであることを利用した『Cの妄想』、阪神(はんしん)タイガースをモチーフにするという制限がメイントリックに密接に関わって意外性を演出する『猛虎館の惨劇』、二つの視点から物語りを描くという手法がどんでん返しに繋がる『震度四の秘密』等々……。

しかも、それらのアイディアは小説の面白さにも有機的に寄与し、作品の深みと質を高める効果を増しています。本格ミステリマスターである有栖川さんならではの技の冴えですね。

本書はそんなふうに、本格ミステリの達人がどんな発想で驚きを仕掛けてくるのか、そのテクニックを楽しむ読み方もできるわけです。

面白い本は色々な深度で楽しめますよ、という、これは一例と云えるでしょう。

読者の皆さんも、様々な角度から、この色彩豊かな作品集を楽しんでください。もちろん有栖川さんの本なのですから、面白いことは保証付きです。

と、ここまで進めてきて、困ったことに気付いてしまいました。

解説として依頼された予定原稿枚数を、とっくに超過している！

さあ、大変だ、早くまとめないと角川書店の人に叱られてしまいます。

いささか尻切れトンボのような印象は拭えませんけれど（中途半端ですみませんすみません）いい年をして叱られるのも悲しいです。

そこで、ちょっと恥ずかしい告白をして、本稿を締めたいと思います。

本書冒頭の二編『ガラスの檻の殺人』と『壁抜け男の謎』は犯人当ての形式を取って、読者に挑戦しているのですが……。

えーと、カッコ悪いことに、二つとも、私は全然歯が立ちませんでした。もう、まるっきり、まったく、全然、カスリもしませんでしたよ、ああ、情けない恥ずかしい。

あなたは、推理できましたか？

初出

ガラスの檻の殺人　「夕刊フジ」二〇〇五年五月九日〜六月三日
壁抜け男の謎　「読売ファミリー」二〇〇五年八月一七日号
下り「あさかぜ」　『鮎川哲也読本』一九九八年九月
キンダイチ先生の推理　『金田一耕助に捧ぐ九つの狂想曲』二〇〇二年五月
彼方にて　『凶鳥の黒影　中井英夫へ捧げるオマージュ』二〇〇四年九月
ミタテサツジン　「野性時代」二〇〇七年一一月号
天国と地獄　「小説現代」二〇〇七年二月号
ざっくらばん　「相鉄瓦版」二〇〇三年一一月号
屈辱のかたち　「野性時代」二〇〇六年一二月号
猛虎館の惨劇　『新本格猛虎会の冒険』二〇〇三年三月
Cの妄想　「讀賣新聞」二〇〇三年一〇月二八日
迷宮書房　「しゅっぱんフォーラム」二〇〇六年七月号・八月号
怪物画趣味　『アート偏愛　異形コレクション』二〇〇五年一二月
ジージーとの日々　「ダ・ヴィンチ」二〇〇六年四月号
震度四の秘密　「ダ・ヴィンチ」二〇〇四年四月号（「震度四の秘密―男」）
「日本テレコム　SHORT THEATER」（web）（「震度四の秘密―女」）
恋人　『エロティシズム12幻想』二〇〇二年三月

本書は、二〇〇八年四月に小社より刊行した
単行本を文庫化したものです。

壁抜け男の謎

有栖川有栖

平成23年 4月25日　初版発行
令和7年 9月30日　12版発行

発行者●山下直久

発行●株式会社KADOKAWA
〒102-8177　東京都千代田区富士見2-13-3
電話　0570-002-301（ナビダイヤル）

角川文庫 16775

印刷所●株式会社KADOKAWA
製本所●株式会社KADOKAWA

表紙画●和田三造

ISBN978-4-04-191310-9　C0193

角川文庫発刊に際して

角川源義

第二次世界大戦の敗北は、軍事力の敗北であった以上に、私たちの若い文化力の敗退であった。私たちの文化が戦争に対して如何に無力であり、単なるあだ花に過ぎなかったかを、私たちは身を以て体験し痛感した。西洋近代文化の摂取にとって、明治以後八十年の歳月は決して短かすぎたとは言えない。にもかかわらず、近代文化の伝統を確立し、自由な批判と柔軟な良識に富む文化層として自らを形成することに私たちは失敗して来た。そしてこれは、各層への文化の普及滲透を任務とする出版人の責任でもあった。

一九四五年以来、私たちは再び振出しに戻り、第一歩から踏み出すことを余儀なくされた。これは大きな不幸ではあるが、反面、これまでの混沌・未熟・歪曲の中にあった我が国の文化に秩序と確たる基礎を齎らすためには絶好の機会でもある。角川書店は、このような祖国の文化的危機にあたり、微力をも顧みず再建の礎石たるべき抱負と決意とをもって出発したが、ここに創立以来の念願を果すべく角川文庫を発刊する。これまで刊行されたあらゆる全集叢書文庫類の長所と短所とを検討し、古今東西の不朽の典籍を、良心的編集のもとに、廉価に、そして書架にふさわしい美本として、多くのひとびとに提供しようとする。しかし私たちは徒らに百科全書的な知識のジレッタントを作ることを目的とせず、あくまで祖国の文化に秩序と再建への道を示し、この文庫を角川書店の栄ある事業として、今後永久に継続発展せしめ、学芸と教養との殿堂として大成せんことを期したい。多くの読書子の愛情ある忠言と支持とによって、この希望と抱負とを完遂せしめられんことを願う。

一九四九年五月三日

角川文庫ベストセラー

ダリの繭(まゆ)　有栖川有栖

サルバドール・ダリの心酔者の宝石チェーン社長が殺された。現代の繭とも言うべきフロートカプセルに隠された難解なダイイング・メッセージに挑むは推理作家・有栖川有栖と臨床犯罪学者・火村英生！

海のある奈良に死す　有栖川有栖

半年がかりの長編の見本を見るために珀友社へ出向いた推理作家・有栖川有栖は同業者の赤星と出会い、話に花を咲かせる。だが彼は〈海のある奈良へ〉と言い残し、福井の古都・小浜で死体で発見され……。

朱色の研究　有栖川有栖

臨床犯罪学者・火村英生はゼミの教え子から2年前の未解決事件の調査を依頼されるが、動き出した途端、新たな殺人が発生。火村と推理作家・有栖川有栖が奇抜なトリックに挑む本格ミステリ。

ジュリエットの悲鳴　有栖川有栖

人気絶頂のロックシンガーの一曲に、女性の悲鳴が混じっているという不気味な噂。その悲鳴には切ない恋の物語が隠されていた。表題作のほか、日常の周辺に潜む暗闇、人間の危うさを描く名作を所収。

暗い宿　有栖川有栖

廃業が決まった取り壊し直前の民宿、南の島の極楽めいたリゾートホテル、冬の温泉旅館、都心のシティホテル……様々な宿で起こる難事件に、おなじみ火村・有栖川コンビが挑む！

角川文庫ベストセラー

濱地健三郎の霊なる事件簿 有栖川有栖

心霊探偵・濱地健三郎には鋭い推理力と幽霊を視る能力がある。事件の被疑者が同じ時刻に違う場所にいた謎、ホラー作家のもとを訪れる幽霊の謎、突然態度が豹変した恋人の謎……ミステリと怪異の驚異の融合！

こうして誰もいなくなった 有栖川有栖

孤島に招かれた10人の男女、死刑宣告から始まる連続殺人——。有栖川有栖があの名作『そして誰もいなくなった』を再解釈し、大胆かつ驚きに満ちたミステリにしあげた表題作を始め、名作揃いの贅沢な作品集！

論理仕掛けの奇談 有栖川有栖解説集 有栖川有栖

クリスティ、クイーン、松本清張、綾辻行人、皆川博子——。本格ミステリのプロフェッショナルが愛をこめて執筆した、国内外の名作に寄せた解説集！　書評家・杉江松恋との読書対談も収録した、文庫増補版。

濱地健三郎の幽たる事件簿 有栖川有栖

南新宿にある「濱地探偵事務所」には、今日も不可思議な現象に悩む依頼人や警視庁の刑事が訪れる。年齢不詳の探偵・濱地健三郎は、助手のユリエとともに、幽霊を視る能力と類まれな推理力で事件を解き明かす。

Another (上)(下) 綾辻行人

1998年春、夜見山北中学に転校してきた榊原恒一は、何かに怯えているようなクラスの空気に違和感を覚える。そして起こり始める、恐るべき死の連鎖！名手・綾辻行人の新たな代表作となった本格ホラー。

角川文庫ベストセラー

パズル崩壊
WHODUNIT SURVIVAL 1992-95
法月綸太郎

女の上半身と男の下半身が合体した遺体が発見された。残りの体と密室トリックの謎に迫る（「重ねて二つ」）。現金強奪事件を起こした犯人が陥った盲点とは？（「懐中電灯」）全8編を収めた珠玉の短編集。

赤い部屋異聞
法月綸太郎

日常に退屈した者が集い、世に秘められた珍奇な話や猟奇譚を披露する「赤い部屋」。新入会員のT氏は、これまで99人の命を奪ったという恐るべき〈殺人遊戯〉について語りはじめる。表題作ほか全9篇。

友達以上探偵未満
麻耶雄嵩

忍者と芭蕉の故郷、三重県伊賀市の高校に通う伊賀ももと上野あおは、地元の謎解きイヴェントで殺人事件に巻き込まれる。探偵志望の2人は、ももの直感力とあおの論理力を生かし事件を推理していくが!?

ゆめこ縮緬
皆川博子

愛する男を慕って、女の黒髪が蠢きだす「文月の使者」、挿絵画家と若い人妻の戯れを濃密に映し出す「青火童女」、蛇屋に里子に出された少女の記憶を描く表題作等、密やかに紡がれる8編。幻の名作、決定版。

愛と髑髏（どくろ）と
皆川博子

檻の中に監禁された美青年と犬の関係を鮮烈に描く「悦楽園」、無垢な少女の残酷さを抉り出す「人それぞれに噴火獣」、不可解な殺人に手を染めた女の姿が哀切な「舟唄」ほか、妖しく美しい輝きを秘めた短篇集。